浴血青春
我的叔叔曾日章

曾佑桥

著

湖南人民出版社·长沙

序　言

湖南是一片有着光荣革命历史的红色热土。辛亥革命，特别是新民主主义革命以来，湖南老一辈革命家和共产党人舍生忘死、一往无前，抛头颅、洒热血，谱写了感天动地的壮美诗篇。"寸土千滴红军血，一步一尊英雄躯"，熔铸在这段历史中的红色血脉，已经成为湖湘大地永恒的精神底色。

邵阳人杰地灵、英才辈出。辛亥革命时期的蔡锷、五四运动中火烧赵家楼的匡互生、抗战时期的新四军政治部主任袁国平等，为了民族的独立、人民的解放，不怕困难，艰苦奋斗，甚至不惜牺牲自己宝贵的生命。他们的高尚品格和革命精神，在我们心中矗立起永不磨灭的丰碑。

曾日章，20世纪大革命时期邵阳地区的中共地下党员，1940年上半年担任中共邵阳县委书记，这年9月毅然投奔新四军，在福建省崇安县（今武夷山市）被国民党反动派杀害。为了心中的信念，为了党的事业，曾日章奉献了自己年仅24岁的年轻生命。

本书再现了曾日章烈士为革命奋斗的一生，既有宏大壮阔的背景描写，也有精细入微的情感叙述。曾日章的成长过程和心路历程能够给读者深刻的启迪和教育。

我们今天的美好生活，来自革命先辈的负重前行。让我们牢记光荣历史，传承红色基因，在新时代不懈奋斗、砥砺前行！

是为序。

（中共湖南省委原书记）

2021年10月15日

目 录

引 子 >001

第一章 **团山惨案** >003

昏暗的烛光,一张八仙桌,数条板凳,十几个汉子。屋里异常安静,只有"吧嗒吧嗒"抽旱烟的声响,和着不远处塘里、田边"呱呱呱"的蛙鸣,在这寂静的夜里透出几分诡异的气氛。

第二章 **叔叔的少年时代** >023

1932年一个春日的午后,阳光灿烂。我的16岁的叔叔曾日章在祖屋仁让堂前陪伴着我的爷爷曾祥生。曾家是流泽的大户人家,家境殷实。叔叔身材修长、面容白皙,穿着灰布长衫,颇有书生气质。

第三章 **翩翩美少年,拳拳爱国心** >043

每个人心中都应该有一份正义和坚持,而这份正义和坚持是为着爱国、为人民服务的。只有这样,个人才有光环,国家才有希望。爱国是每一个中国人最基本的情操和坚持,不爱国,你就不配当一个中国人!

第四章 **躁动的邵阳一中** >063

叔叔和刘擎天在邵阳一中刻苦读书,毫不懈怠。公园里,栗山旁,凉亭中,沙滩上,校园到处留下了他们的身影。在知识的浇灌下,他们心中理想的种子不断长大。

第五章	**三民中学的 高材生** > 075	从走进三民中学的大门开始,叔叔就感受到了这里不一样的气氛。这里比邵阳一中宽阔大气,更重要的是一切都显得整齐有序,教学楼、图书馆、体育馆、操场、学生宿舍都有自己的特色,也没有邵阳一中那种狂躁。
第六章	**爱国青年, 民族先锋** > 093	所谓成家立业,成家在前,成家以后就有了动力、担当和干劲,立业也就不远了,叔叔就是这样想的。叔叔更希望能够和叔母在一起,一起为生活和家庭努力,一起为国家和民族的振兴奋斗。
第七章	**入党的 革命誓言** > 119	叔叔心情激动,终于成为中国共产党的一分子,终于可以聆听党的教育,接受党的指导,全心全意为党工作,为国家、为人民奉献自己的力量了。
第八章	**波涛汹涌的 塘田讲学院** > 145	叔叔所在的研究班各色人等都有,但无外乎两种势力:一种是中国共产党领导下的进步势力,坚决贯彻党在抗战时期的总方针,宣传抗战,积极救亡;一种是由国民党操纵、控制的反革命势力,从各个方面对讲学院进行破坏。
第九章	**红色廉桥 区委** > 165	1938年11月,隶属中共邵阳县委的中共廉桥区委员会正式成立,赵勤(赵竞之)任书记,彭柏林任组织委员,曾国策任宣传委员。廉桥区委领导廉桥附近的党支部,即廉桥党支部、流泽所党支部、三斯堂党支部。

第十章	**明月楼饺面馆** > 185	面对国民党白色恐怖的阴霾,终需有人来点亮一根照明的蜡烛,那么,就让明月楼成为这根永不熄灭的蜡烛吧,就让明月楼这星星之火燃出一片燎原的天地吧!明月楼的寓意正在于此。
第十一章	**姚家纱厂的枪声** > 197	这次是叔叔开枪了。在塘田战时讲学院时,从方品那里得来的精致小巧的手枪,此刻终于派上了用场。叔叔来不及思考,对待敌人的疯狂,唯有以暴制暴,保护好亲人和朋友的生命安全是此刻最重要的事。
第十二章	**邵阳城的新风尚** > 213	邵阳的局势也越来越艰难,我的身份已经暴露,不走不行了,待在邵阳更加危险,因为我现在是中共邵阳县委书记,目标太大。与其在邵阳苦苦求生存,不如走上前线主动消灭敌人。擎天就交给你们照顾了,等我回来,我们全家一定能够过上快乐幸福的美好生活。
第十三章	**奔向东南** > 235	傍晚时分,叔叔三人来到了流光岭的向天岩。这是一个天然溶洞,洞顶奇峰迭出,洞中巧石罗列,洞底清流蜿蜒。溪澄石怪,清凉宜人。
第十四章	**崇安,月黑风高** > 257	夜来香,崇安街道有名的旅店。日暮时分,叔叔三人围坐。三人要了一壶酒、几个炒菜,打算好好吃上一顿,以解旅途之乏。申学明兴奋地给张曼娇讲着崇安故事,惹得张曼娇不住地娇笑。

| 第十五章 | **营救、营救，还是营救** > 273 | 司法看守所就在靠背山下，与靠背山连在一起，就像一个球网，靠背山上被捕的所有人，无论男女老幼，都被装进了这个监狱。看守所就是一座坚固的小城，四面高墙环绕、铁网森森，墙内哨塔林立。一进此地，绝难逃脱。 |

| 第十六章 | **生为人杰，死亦鬼雄** > 293 | 叔叔想起了自己的革命经历，从掩护共产党员申子苍，到三民中学演讲和声援北平学生一二·九运动的示威游行，入党之前自己就是一个坚定的共产主义信仰者。 |

曾日章年谱　　> 309

附　　录　　> 339

叔父曾日章的革命人生

珍藏一张烈士证书，体悟一代人红色初心，走好新时代长征路

主要参考文献　> 347

后　　记　　> 349

引 子

阳和岭，湘中衡邵盆地一座名不见经传的丘陵小山岗。

夕阳西下时，一位梳着短辫、身着碎花布衫的年青姑娘，站在山顶一块突兀的岩石上，目光死死地盯着山下蜿蜒向东的崎岖小道，企盼着远去抗日根据地投奔新四军队伍的丈夫，突然间从对面山坳口走出来，走向自己……她眼睛一眨不眨，生怕丈夫走过来第一眼看不到自己……

她就是我的叔母刘擎天，一名大革命时期的中共地下党员。我的叔叔曾日章1937年加入中国共产党，1940年上半年担任中共邵阳县委书记。由于叛徒告密，这年7月，组织安排他离开家乡前往福建寻找新四军，9月24日在福建省崇安县

（今武夷山市）不幸被捕，不久被国民党反动派杀害，年仅24岁。叔母不相信这个事实，每天都要去阳和岭迎接叔叔。暑去冬来，一晃就是46年，叔母从俊巧小姑娘熬成了古稀老人，从抗战胜利到新中国成立，一直到她依依不舍地离开这个世界，最终都没能等回曾经带领她追寻革命真理的挚爱的丈夫。

中国共产党成立100周年之际，大哥曾小山率领我们兄弟四人和叔叔的嗣子曾卫中，在流泽新仁堂建造了一座大型雕塑《终归故里》，总算圆了叔母一辈子盼夫归来的梦……

第一章　团山惨案

昏暗的烛光，一张八仙桌，数条板凳，十几个汉子。屋里异常安静，只有"吧嗒吧嗒"抽旱烟的声响，和着不远处塘里、田边"呱呱"的蛙鸣，在这寂静的夜里透出几分诡异的气氛。

学员曾日章又名曾国策、曾智。1939年4月在塘田战时讲学院解散后回邵东家乡与赵勋、彭柏林等一道成立中共康桥区委,赵勋为区委书记,曾日章为宣传委员,彭柏林任组织委员。以"明月楼"饭面馆为掩护,开展地下工作。1939年9月曾日章与李仁、刘惊天等人在两市塘、新铺台成立了中共两市塘支部,李仁任书记。1940年初曾日章与加入共产党的妻子刘惊天调入邵阳县委,担任地下交通员,灵活地开展党的地下工作。由于叛徒告密,同年7月28日离开家乡寻找新四军,9月24日在福建省崇县不幸被捕,不久被国民党反动派杀害,年仅24岁。

◎ 叔叔曾日章简介

如果说冬天是头北极熊,那么春天绝对是一个温柔的狩猎者。春天用麻醉弹将北极熊放倒,把它交给秋天的管家,再换上七彩弹珠射向世界。于是,温暖的春风开始躁动,屈服于冬天淫威的小花小草开始挣脱枷锁,躲藏的动物和人们开始走出家园,奔向春天。

1927年的5月,邵阳流泽的天气十分寒冷,过往的行人大多穿着夹衣。冷冽的空气经过春风的吹拂,加快了流动的脚步。山野的花草毫不屈服地努力挺直腰板,以对抗这非同寻常的倒春寒。

24日晚,县城青云街玉皇阁,中共宝庆县委召开紧急党员大会。

昏暗的烛光,一张八仙桌,数条板凳,十几个汉子。屋里异常安静,只有"吧嗒吧嗒"抽旱烟的声响,和着不远处塘里、田边"呱呱呱"的蛙鸣,在这寂静的夜里透出几分诡异的气氛。

中共宝庆地方执行委员会书记彭觉如望了望四周庄严肃穆的菩萨雕像和坐在条凳上闷闷沉沉的汉子们,从白色头巾中取出两张纸来,声音低沉地说道:"同志们,革命形势非常严峻,3天前的21号，驻防长沙的国民革命军第三十五军第三十三团团长许克祥率军发动叛乱，疯狂屠杀共产党人和革命群众。到目前为止，屠杀事件还在继续，省总工会和省农协已发来通电，通告许克祥在长沙发动军事叛变，要求各县严防反革命异动。另一份是省总工会委员长郭亮署名的电报，命令我宝庆工农武装组织力量支援并进攻长沙，打败国民党反动派。今天我们召开紧急会议，一是要充分了解形势，做好一切准备；二是要商量下一步的对策，包括支援长沙和以后县委的行动方案。"

彭觉如说完，把两份电报传给了身边的宝庆县委副书记蒋砚田，蒋砚田似乎早已经知道电报内容，只扫了两眼便递给了身边的省农运特派员、县农协副委员长刘惊涛。待两份电报重新传回彭觉如手上时，彭觉如用烛光点燃电报，将白纸化为灰烬。彭觉如扫视一圈，整了整头巾，十分严肃地说："现在请蒋书记作报告，讲讲当前的形势，然后大家抓紧时间议议，看我们该怎么应对局势。"

"同志们，"蒋砚田咳了两声，缓缓地说道，"我，很沉痛地告诉大家，我们前一段时间所造就的轰轰烈烈的革命高潮，已经失败了。党的三大确立的实行国共合作已经破产了。蒋介石4月12日在上海发动了反革命政变，窃取了北伐战争的胜利果实，汪精卫的国民党政府在武汉也蠢蠢欲动。现在，许克祥又在长沙发动叛乱。这些说明了什么？说明国民党已经容不下共产党，说明国民党已经对共产党举起了屠刀，说明我们党已经到了最困难的时期，说明全国包括我们湖南都陷入了白色恐怖之中。前两天，太一乡的地主赵文甫，把省城赵恒惕的军队搬来一个连，一夜之间杀害了县农民特派员、稽古学校老师邬金农以及太一乡农会会长,乌龙岩、砂石的农会会长,还有两个从邵阳过来的革命党人。他们这是要全面反攻倒算了,我们必须提高警惕,暂避锋芒,保存实力。当然,我们也应该要有信心,要相信革命一定会成功,现在的局面只是革命进程中的曲折和反复而已。毛泽东同志今年3月发表了《湖南农民运动考察报告》,这个报告科学分析了农民的各个阶层,充分估计了农民在中国民主革命中的伟大作用,着重宣传了放手发动群众、组织群众、依靠群众的革命思想,并明确指出在农村建立革命政权和农民武装的必要性。我们要学习这个报告,进一步发动农民群众,让革命进入更大的高潮。而目前,我们需要采取相应的策略,在保存革命力量的同时,给反动派严厉的打击。我要说的就是这些,请大家都说说我们下一步该怎么办。"

"怎么办?我觉得,我们不能眼睁睁地看着大好的形势被破坏,我们要反击。就按照省总工会的指示,我们发动十里八乡的群众,再加上工人纠察队、农民自卫军的800多条枪支,组织5000人,在我们农民自卫军的大本营团山集结,完了就浩浩荡荡开往长沙,去打那许克祥狗团长。从团山,经双峰、湘潭到长沙,最多也就250公里,三两天就可以跑到了。为了革命和未来,我们不应该怕流血,更不应该怕吃苦,所谓我不入地狱谁入地狱,怕死的话还不如回家搂着老婆孩子睡大觉呢,是不是这样?"刘惊涛从八仙桌旁站起来,一只脚踏在条凳上,眼中闪烁着兴奋的目光,冲着一屋子的汉子朗声说道。

"这么说倒是没错,不过……"县农协宣传部长雷毅庵在条凳上磕了磕旱烟枪,慢条斯理地说,"反动派的武装力量太强大了,他们的武器弹药很充足,他们的心太狠毒而且诡计多端,我们还是要防着点。邬金农老师被杀就说明了这一点。多好的一位老师啊,说没就没了。要不是曾家的曾日章小兄弟机灵,到邬老师卧室把《共产党宣言》、《苏联十月革命》、会议记录本和廉桥区各乡农民会长名单拿出来,我们的损失更大。这些东西现在都在我手里,是曾日章的哥哥曾敬章拿过来的。这说明反动派怕我们,他们想趁着形势突变,疯狂反扑,永绝后患。要想使其灭亡,必先让其疯狂。敌人的疯狂只是灭亡前的蹦跶而已。但是,俗话说,留得青山在,不怕没柴烧,一方面我们要做出反击的姿态,另一方面我们要注意隐蔽骨干力量,以便革命高潮再起的时候有一举击溃敌人的绝对力量。"

彭觉如说:"曾日章好像还只有 11 岁吧?这个小家伙真不错,聪明好学,要求进步,倒是个好苗子。听说去年他替他父亲参加龙阪同善堂董事会,在会上就同善堂的管理谈了一些很不错的建议,得到了与会董事们的赞许。"

蒋砚田点了点头:"是啊。同善堂是曾、苏、刘等姓捐资修建的一个慈善机构,对社会失散及无家可归的儿童进行托管抚养,每年召开一次董事会议。曾日章能够代表他父亲在同善堂董事会议上提出建议,说明他是一个有想法、有爱心、有担当的少年。就像这次,他确实是立了一功,要不然各乡的农会会长都很危险。有时间得去看看他。"

"这么说他确实是立了一功,要不然各乡的农会会长都很危险。有时间得去看看他。"

县农协执委李柏青说:"我们党的力量还不是很强大,要是屋里这些菩萨、罗汉能够大显神通,帮助我们就好了,呵呵。"

"哈哈哈,那你就去借一些天兵天将来噻。"

"不一定要天兵天将,只要我们能像天兵天将那样拥有金刚不坏之身就万事大吉了,哈哈。"

…………

"打住,打住,什么乱七八糟的,封建迷信。不过我们的党现在确实正在成长阶段,5月9日,我们党刚刚开完五大,全国一共有了57900名党员。五大批评了陈独秀同志,讨论了如何对待国民党、如何建立党的革命武装的问题。估计我们党就会有所动作了吧。"彭觉如又看了看四周的菩萨雕像,有些苦涩地说,"我们现在总结一下,尽快结束会议分头行动。第一,我们共产党员要坚定信念,提高警惕,勇于斗争,为维护党和工农群众的利益奋斗到底。因此,请刘惊涛、雷毅庵、邬建龙、李柏青同志带领县农运特派员张荣胜、李畴、吴伯屏、石霜坚、刘季和县农民自卫军代表邬喜湘等同志明天开始,到宝庆东路的震中、保厘、宝善、万安、亲义、卫东、安平、太一、太二等区、乡宣传、发动和组织农民武装,于5月30日在团山集合,响应省总工会的号召,誓师奔赴长沙攻打许克祥;第二,县城内的工农武装力量集中起来,出南门转四望山,与反动派周旋;第三,为防备反革命的屠杀,色彩鲜明的同志自寻妥善之地暂时藏匿待命,色彩不鲜明的同志留在城内继续从事革命工作,下乡尚未回城的同志暂不回城,在农村坚持工作。县委会继续向上级请示,看下一步该如何工作……"

"砰！"一声枪响。

一位负责警戒的同志跑进来："快走，赵恒惕的队伍来了，刚杀了一个人。"

"快走。"彭觉如低沉地吼道。

一屋子的人很快散去。

29日下午，刘惊涛、邬建龙、雷毅庵、李畤、吴伯屏、石霜坚等陆续从各区、乡来到团山农民自卫军驻地。张荣胜在枫树坪、刘季去湘乡青树坪、邬喜湘去湘潭、太一区农协委员长李翕如去界岭，他们尚未归来。

"哎呀，刘委员长、雷部长、邬委员，欢迎欢迎，一路辛苦了，你们来了我们就有了主心骨了，哈哈哈。"

"尹泽林，这次团山集结，你们是主人，要多多费心啊。接待工作、组织工作、安全保卫工作，都要做好，不能马虎大意。"

"刘委员长您放心，保证不会有事。那个谁？佘德贵，你过来，见过刘委员长。"

跑过来一个膀大臂长、满脸络腮胡子的大汉，正儿八经地立定站好："刘委员长好！各位首长好！"

邬建龙打量了佘德贵一眼，毫不客气地说："佘德贵，太一区农民自卫队是由原团防局改编过来的，原来的局长是所谓的太平王、大地主尹伊仲，只知道鱼肉乡亲。你和尹泽林原来都是跟着尹伊仲的，区农协执委李崔岑、曾泽生认为你们都是穷苦人，又有带兵经验，很信任你们，你们可不能辜负他们的期望，要努力学习并改变自己，为党的事业和人民的利益真诚付出啊。还有金希贤、陈秀清几个。说实话，我最担心的就是你们几个。"

佘德贵咧了咧嘴:"是,我们一定好好表现,决不让你们失望。"

尹泽林连忙打断:"行了,去吧,我接待完首长再找你算账。"

刘惊涛站在仁寿高等小学的校门口,转头望了望左侧的庙山岭,岭上绿树成行,郁郁葱葱,一条小道蜿蜒而下,直达学校的大道。岭不高,典型的江南丘陵地区,翻过山岭,就有一条小河,河水清澈,间有游鱼。学校右侧是大地主尹伊仲住的太一公馆。这团山的风水还真是不错,视野也很开阔,难怪原团防局喜欢驻扎在这里。

走进学校大门,刘惊涛问道:"尹泽林,各地的农民自卫军来了多少?"

"回刘委员长的话。除了我们太一区农民自卫军以外,亲义区的来得比较早。后面又来了黄新仪带领的保厘区农民自卫军、龙音清带领的万安区农民自卫队和王镇世带领的卫东区农民自卫队。目前一共有五支队伍……那个,刘委员长,我们这是要干啥呢?这么多人……"

"这就嫌人多了啊?还有呢!明天早上,谢立人的宝善区自卫军、刘怀德的太二区自卫军、唐玉廷的安平区自卫队、姜永清的震中区自卫军都要来。"

"那得多少人啊?"

"你问这个干啥?"

"我……我好准备准备、接待接待……"

"差不多五六千吧,你就按这个规模打算着吧。太一区是全县最强大的一支武装力量,人多枪多钱多,吃不穷,也吃不了多少,明天就要开拔。"

"开拔?"

"是啊……"刘惊涛点了点头,十分肯定地说,"这次我们干次大的,争取打个大胜仗,多得些武器弹药和银圆。再者,我们的自卫军都还没有出过县境,这次我们到长沙去见见世面、长点见识。等会吃完晚饭,8点左右吧,你通知各自卫军的骨干到太一公馆开会,合计合计。我先看看学校里的自卫军队员,你先去吃饭,人是铁,饭是钢嘛,哈哈。"

"好的,刘委员长,待会见。"

这一天是星期天,尹泽林出了学校,急忙找到佘德贵、金希贤、陈秀清几人,拉着他们来到团山街上一家小旅馆后面一间僻静房间,声称佘德贵生日,叫老板快快上菜。

"哥们,来大事了!尹老爷说的行动终于可以开始了。尹老爷都催死我了,没有十次也有八次了。怎么样,干不干?"

"不是,尹总,您先说清楚是怎么回事,该怎么干?"陈秀清一脸疑惑。

"来来来,先喝上一杯。渴死我了。吃,先吃点,听我仔细说。"

一阵盘杯交错声。

"哥几个,前不久不是许团长在长沙发动了马日事变吗?杀了好多共产党,那真是鸡飞狗跳、血流成河啊。然后尹老爷急急忙忙从汉口回到了长沙,写了好几封信给我,要我伺机干掉县里的一些共党头目或者农协骨干。尹老爷还和我们太一区的佘凤笙、禹桂轩、尹寿谷、李启峰老爷订了同心除害合约。对了,尹老爷不是还给了你们几个不少钱吗?"

"也……也没多少，我们几个也就每人 1500 大洋。"金希贤嘟囔着说。

"不少了，都够你家活一年了。现在不就是个机会吗？邬建龙、雷毅庵对我们很不放心，我们只有除了他们才能安稳。刘惊涛他们来了，明天还有自卫队要来。刘惊涛说是明天开拔，去长沙见见世面，那一定就是一起开赴长沙去打许团长。我们呢，不但要阻止他们去长沙，还要想办法灭了他们！尹老爷可是准备了不少钱等着我们拿呢。"

"是得灭了他们才安稳。尹总，你说吧，我们该怎么做？我们都听你的。"佘德贵兴奋地说。

"我是这么想的。分三步。首先，在晚上 8 点开会前……然后……都听明白了吗？"

"高！妙！高妙得很！来来来，走一个！"佘德贵仰脖把酒倒进了嗓子，吧嗒了几下嘴，晃了晃脑袋，一副意犹未尽的脸色。

"赶紧吃，吃了分头办事去。"尹泽林催促道。

"得嘞。"

"那个，刘委员长，您吃好了吗？"

"哟，尹泽林，就来了？"

"找您反映个事。您看……"

"坐，说，什么事呀？"

"是这样的。大伙听说要去长沙打仗，心里都很忐忑，都有些畏惧。您知道，我们都是点破枪和梭镖什么的，和正规军是没有办法比的，差十万八千里，真打起来是很吃亏的。所以大伙……怕……怕回不来，把命丢在了长沙。想……想要点安家费什么的，万一死了也好给老婆孩子或者父母亲一个交代或者安慰什么的。您看？我倒是觉得，大伙的要求不算过分，我们还是要给个说法，要不然……就怕影响士气啊，呵呵。"

"安家费？找谁要？找县委还是自己解决？我们都是为了革命，为了穷苦人的翻身解放，不是做生意……"

"刘委员长，刘委员长……"黄新仪气喘吁吁地跑进来，"学校……学校都闹翻天了，大家的情绪都失控了，说攻打长沙是掉脑壳的事情，硬要我们去，就得先发安家费……都……都吵着要钱呢……佘德贵、金希贤在学校吵架呢，他俩一个说现在要钱，一个说打了仗自然会有钱，大吵着呢……"

"什么？黄新仪，你来了正好，你先坐下。尹泽林，差不多了，你去通知各区、乡自卫军骨干，要他们马上来公馆开会。快去。"

尹泽林转身就跑，嘴角露出意味深长的阴冷微笑……

"同志们，我们这次团山集结，目的就是支援长沙，开赴长沙攻打许克祥部队，要让反动派付出应有的代价。现在已经到了五支队伍，分别是太一区、亲义区、保厘区、万安区、卫东区。明天凌晨，宝善区、太二区、安平区、震中区的自卫军也将到达这里。我们一起奔赴长沙，打击许克祥的嚣张气焰。我们要打倒蒋介石，活捉许克祥！大家有没有信心？"

刘惊涛的目光从会场各位骨干的脸上扫过，有神色坚定的，有目光迷茫的，有怨气满面的，有低头不语的，响应者寥寥无几。

雷毅庵咳了两声，表情严肃地说："我理解大家的想法，打仗不是儿戏。我们这次攻打长沙，是省总工会委员长郭亮的要求，是县委做出的正确决定，我们必须要以高姿态宣扬我们党的立场，我们代表的是工农大众。当官不为民做主，不如回家卖红薯。我们的队伍是人民的队伍，我们不能眼睁睁地看着劳苦大众被残害！而打仗没有不死人的，为了劳苦大众的幸福而牺牲，为了党的事业和自己心中的信念而牺牲就是伟大的，就是光荣的！子弹是冰冷无情的，我们要把无情而冰冷的子弹射进无情而冰冷的反动派的胸膛！两军相逢勇者胜，我们需要不怕牺牲的大无畏精神！不计较个人的利益，才会有全人类的幸福！现在，我们还没有开拔，甚至连队伍都没有到齐，就吵着嚷着要所谓的安家费，这是什么思想？这是极端自私、极端怕死的思想！我们的眼中只有钱吗？我们这次行动的目的是为了钱吗？同志们，想一想，反动派很猖狂，形势很严峻。唯有不怕牺牲、不考虑个人得失才能一往无前。等到我们活捉了许克祥，打倒了反动派，枪炮弹药都不是事，还怕缺了几个安家费吗？你们说是不是？所以，我们在座的骨干们，一定要做好自卫队员的思想工作，把情况和形势跟大伙说明白，好不好？困难是暂时的，胜利永远属于我们！"

"雷部长讲得非常好！"邬建龙带头鼓了鼓掌，声情并茂地说，"我们要跟大伙讲清楚，现在最关键的问题不是安家费的问题，不是怕牺牲胆子小的问题，现在的关键问题是讨论怎么样尽快赶到长沙，怎么样进攻许克祥部队的问题。敌人很强大，我们必须研究出最佳的行动方案，看怎么配合省总工会和各县友军，一举拿下许克祥。特别是太一区，你们是县农民自卫军的主力，你们要积极配合。佘德贵，下午刚说了要你们努力改变自己，为党和人民真诚付出，怎么这会儿吵着要安家费了呢？喝得醉醺醺的，还大吵大闹，像话吗？啊？"

"我上有老下有小，情况……特殊嘛。再说了，开拔前发几个安家费，也好鼓舞士气嘛，是不是？"佘德贵红着脸显得很是委屈。

"少说两句，少说两句。你是骨干，要有大局观。既然刘委员长和雷部长已经说明了情况，我们就只有服从，散会以后都去做做自卫队员的工作就是了，对不对？呵呵。"尹泽林举起手，对佘德贵微笑着说，"德贵，下级服从上级，等这次行动结束，我们再来解决这个问题，有意见先放下来再说，好不好？"

"明白了，我听你的。"

也许是怕安家费的事情说起来没完没了，刘惊涛赶紧举手示意："好了，安家费的事情就这样解决好了。下面，我们议议行动方案。等明天其他各区的自卫军到了以后，由雷部长负责传达。我们打算明天上午9点准时从团山开拔，经双峰、湘潭到长沙，计划三天之内赶到长沙市南门……"

深夜，静悄悄。

太一公馆的大门突然大开，几十个人影荷枪蜂拥而入。

"快，快。左边，楼上，走，快点！"尹泽林低呼。

"一排左边，二排楼上，上！"佘德贵的眼睛里充满杀气。

"什么人？"

"砰，砰。"

"啊……刘委员长，快跑。尹泽林、佘德贵他们叛变了！"

枪声大作，在这寂静的夜里传得很远很远。

刘惊涛一骨碌翻身下床，拿起床头的手枪，听到"尹泽林、佘德贵他们叛变了"以后，一身冷汗冒出："混蛋，混蛋，这几个混蛋,雷毅庵的担心一点没错,他们还和尹伊仲有勾结,他们就是埋伏在农民自卫军里面的炸弹,当时就应该换了他们!"

来不及细想,他们正从楼梯口往二楼冲上来,怎么办?刘惊涛冷静地扫了一眼房门,从房门出去就是个死!刘惊涛毫不犹豫地打开窗户,大脚一跨,"噌"的一下从二楼窗户往下跳去。

"该死的,这下完了!"刘惊涛跳进一个小坑,崴了脚。同时,二楼窗户响起一阵枪声,呼啸的子弹打在刘惊涛身旁"扑扑"作响。尽管刘惊涛奋勇跳起,不断翻滚,可身上、胳膊还是传来了痛楚。被子弹击中了!一阵眩晕袭来,刘惊涛亡魂冒起,顾不得疼痛,尽自己最大的力量不断前冲:"这里离县城差不多20公里,想一口气跑到不太现实。眼前最重要的是赶紧找到一个安全隐蔽的地方,歇口气,包扎一下伤口并补充体力。过了庙山岭就有一条小河,过了小河就能安全了。尽快赶到县城就能脱此困局。"刘惊涛边想边朝山上的树林里跑,一路血迹斑斑。他咬牙撕下衣袖,匆忙包了一下身上的伤口,让其不再流血,同时歪歪斜斜地往黑暗中跑去……

"小柱子,小柱子,怎么回事?"黄新仪大叫。

"来了来了,队长。"李小柱匆匆跑来,"不知道什么情况啊,莫不是赵恒惕的部队来进攻我们了?"

"那什么,赶紧集合队伍,从庙山岭往回撤。"黄新仪心中一紧,立即吩咐道。

"好的,队长。"

"嘀——"哨声吹响。"全体集合,准备撤退。"

一石激起千层浪,仁寿高等小学一阵慌乱,各区农民自卫军紧急集合，黄新仪带领保厘区农民自卫军急忙奔向庙山岭，经乌龙岩方向撤回两市塘。龙音清带领万安区农民自卫军边走边鸣枪，经流泽撤回周官桥。王镇世带领卫东区农民自卫军经茶市方向撤回佘田桥。亲义区农民自卫军撤回流泽。姜永清、谢立人、刘怀德、唐玉廷、张荣胜等各自带领的农民自卫军，正好到达团山附近，听到枪声大作，知道事出有变，只好原路折回。

轰轰烈烈支援长沙的行动，还未开始就已经夭折。

刘惊涛在庙山岭上望了望仁寿高等小学，他听到了"嘀嘀嘀"的集合哨声，但他已经没有体力，甚至连开口求救的力气也没有了，鲜血正在夺走他最后的力量和生命，只有保住最后一口气，才能到达小河边。只有到达小河边，才能缓解伤势、恢复体力、消弭血迹。后面的追捕正在继续，一切都看这短短的几百米开阔地了。

刘惊涛感觉到自己的心跳明显加速，感觉到自己就像即将干枯的禾苗，迫切需要这河水的滋润。他明白，这次团山行动已经失败，他低估了反动派的疯狂程度，他是这次行动的负责人，他必须对牺牲的所有干部和同志负责，他必须对县委、对党组织做出深刻检查，如果自己还能保住性命的话，他甚至愿意在全体党员大会上以死谢罪。

刘惊涛脑海中闪烁着无数画面，把今天发生的一切一一回放。他第一次觉得自己是如此幼稚，在这样的革命年代自己就像一个刚出生的婴儿，毫无手段，毫无心机，毫无准备。江山易改，本性难移。尹泽林、佘德贵、金希贤、陈秀清，这些人跟了尹伊仲那么久，改编成农民自卫军只有这点时间，没有经过彻底的思想改造，也没有大的革命行动证明他们的改变，怎么可能会那么可靠呢？任何人的思想改变都需要一个过程，不能自以为是地认为改变是轻而易举的。所有的质变都是以量变为基础的，这样简单的道理为什么自己就忽视了呢？喊几句口号，表几下决心，见面恭恭敬敬喊领导，就表明思想已经完全改变？幼稚，愚蠢，天真！如果我今天死了，希望其他的同志能够明白这个道理。也希望所有的共产党人能够明白，革命的武装是一切的基石。没有革命的军队，就没有革命的政权。反动派是不会自动倒台的，必须以革命武装彻底推翻并打倒他们。

小河近在咫尺，刘惊涛觉得有点不真实，难道自己就这样逃脱了追杀？

不对，河边有人！会是什么人？刘惊涛头上迅速冒出冷汗，他预感到不对，一种死亡的威胁瞬间笼罩了他。

刘惊涛立即趴下，举枪就射。

"砰，砰。"

"啊，啊。"

赵恒惕的人！刘惊涛听出了口音。赵恒惕的一个连队来到了团山！肯定是尹泽林告的密。看来，今天已经注定了死亡的命运。面临必死的局势，刘惊涛反而冷静下来：那就多杀几个人吧！

刘惊涛听到了风声，感到全身发冷。不，不是风声，是乌压压的人群向他压来。

"哈哈哈，来吧。死了老子一个，还有千千万万的共产党人。尹泽林、佘德贵，你们听着，你们杀了那么多革命者，你们会有报应的。老子就算做鬼也不会放过你们的。老子18年后又是一条好汉！"

"砰砰砰……"一阵密集的枪响，世界终于安静了，唯有冷嗖嗖的风不停地吹过。

八具尸体在庙山岭一字儿排开，千疮百孔，鲜血淋漓。

刘惊涛：宝庆东路龙古塘（今邵东市大禾塘街道办事处）人，1926年在长沙加入中国共产党。1926年12月，他和欧阳秋曝代表县农协出席全省第一次农民代表大会，当选为主席团成员。12月20日担任大会执行主席，主持欢迎毛泽东和国际农民代表卜礼慈的大会，并致欢迎词，称赞毛泽东是农民运动的领袖。1927年春，由湖南省委派遣回宝庆从事农民运动，任县农协副委员长。团山殉难时年仅24岁。

雷毅庵：宝庆南路（今属邵阳县）人，中共党员。1926年任县农协宣传部长。团山殉难时年仅29岁。

邬建龙：衡阳县金兰寺人，1926年加入中国共产党。任县农运特派员，人称"邬委员"。团山殉难时年仅24岁。

李畴：宝庆东路仁风桥（今邵东市野鸡坪镇西湖村）人，中共党员。1926年在本村领导筹备农民协会，任仁风乡农民协会井头分会负责人。参加宝庆农民训练班学习后，调任县农运特派员。团山殉难时年仅27岁。

石霜坚：宝庆东路黑木洞（今邵东市魏家桥镇黑木洞）人，中共党员。宝庆县农运特派员。团山殉难时年仅36岁。

吴伯屏：宝庆南路诸甲亭（今属邵阳县）人，中共党员。县农运特派员。团山殉难时年仅32岁。

李柏青：宝庆小江湖（今邵阳市东区）人，1926年12月加入中国共产党。任县农协执委。团山殉难时年仅25岁。

萧金城：宝庆东路黑田铺（今邵东市黑田铺镇齐合村）人，1926年加入中国共产党。经常跟随邬建龙一起开会，给他做通讯保卫工作。团山殉难时年仅19岁。

5月30日，尹泽林被推选为太一乡乡长，佘凤笙、禹桂轩、尹寿谷、李启峰等坐轿来到团山，听佘德贵等人眉飞色舞地谈起昨晚杀害共产党人的过程，并对八具尸体进行了检验。接着，尹伊仲从长沙归来，出任太一团防局局长，开始疯狂屠杀共产党员和农协干部。

8月，太一区农协委员长李翕如、太一区中共党支部书记李翰仪、太一区农协执委刘寿林和李绍芳先后被杀害于团山庙山岭。

同年，更多的农运干部把生命留在了庙山岭。

一时间，庙山岭成为反动派屠杀共产党人和进步人士的阴森刑场。

第二章 叔叔的少年时代

1932年一个春日的午后,阳光灿烂。我的16岁的叔叔曾日章在祖屋仁让堂前陪伴着我的爷爷曾祥生。曾家是流泽的大户人家,家境殷实。叔叔身材修长、面容白皙,穿着灰布长衫,颇有书生气质。

◎ 曾氏祖屋仁让堂

流泽，流恩布泽，位于今邵东市东北部。西距两市塘14公里，北距廉桥4公里，东边是团山，东南是流光岭，南边是火厂坪。地势高峻，水流四注，东流涟水，西流资水。

流泽有名的学校有化鲁斋和稽古书院。曾氏家族祖屋仁让堂也坐落于此，它是曾氏族人的精神象征。

"父亲，我们这里为什么叫流泽，不叫流芳、流韵之类的呢？"

1932年一个春日的午后，阳光灿烂。我的16岁的叔叔曾日章在祖屋仁让堂前陪伴着我的爷爷曾祥生。曾家是流泽的大户人家，家境殷实。叔叔身材修长、面容白皙，穿着灰布长衫，颇有书生气质。讲起话来轻柔和缓、面带微笑，让人亲近。一双大眼睛灵动智慧，是一个阳光男孩，深受我爷爷奶奶的喜爱。

"日章啊，流泽流泽，流远泽长啊。说起来有一个生动的故事。流泽这个地方呀，最初叫作牛客祖，和一位懂风水的牛贩子有关。流泽原来荆棘丛生，一片荒莽。在长岭山和我们仁让堂后面的阳和岭山山脉之间，有一片大约两里长的条形洼地，那里的乌蔹藤漫山遍野，叫作乌蔹皂。有一年，一位外地来的牛贩子从长岭山上经过，他朝山下一望：呀，好地方啊，这里竟然是五马合槽的风水宝地。五马呀，就是东面的长岭山、南面的麦秆山、西面的香火山、背面的阳和岭山和校背山。中间的洼地就是那马槽。谁在这里安家，谁就会人兴财旺。"爷爷曾祥生歇了一口气，接着说道，"后来，这位牛贩子干脆就留在这里，很多人也争着来这里安家落户。那片乌菠皂慢慢变成一条约一千米的小街道，这条街就是今天的流泽镇老街。为了纪念那位贩牛的老先生，大家合议将此地命名为牛客祖。后来，牛客祖谐音雅化成了流泽所，简称流泽。流泽这名就是这样来的。"

"好动人的故事啊！父亲，您知道化鲁斋和稽古书院的来历吗？"

"知道呀。"

"那……您也和我说说呗。"

"好的。"爷爷喝了一口热茶，清了清嗓子，"这两个学校都很有来历，都和曾国藩先生有关。那是清朝道光年间，曾国藩考中进士的第二年秋天，从湘乡老家来到流泽仁让堂。到这里来，一为报喜并联系宗亲，二为议修曾氏族谱。其实啊，他更希望能够得到宗亲的资助，为他解决北上京城的盘缠问题。曾国藩当时住在宗亲曾瑞堂家里。说起来，瑞堂公是我的天祖辈、你的烈祖辈了……"

"天祖？烈祖？"

"呵呵。古代有一部书叫《尔雅》。《尔雅·释亲》里面说：'生己者为父母，父之父为祖，祖之父为曾祖，曾祖之父为高祖，高祖之父为天祖，天祖之父为烈祖，烈祖之父为太祖，太祖之父为远祖，远祖之父为鼻祖。'"

"哦，明白了。"

"曾瑞堂的父亲曾九皋很有才能，家声大振，人财两发，可惜英年早逝。曾九皋夫人李太婆挑起重担，经过20余年奋斗，终成巨富。在李太婆70大寿的时候，子孙们要给她大肆操办寿宴，被李太婆拒绝，她要儿孙们拿做寿的钱，在道路旁建一座凉亭，给来往路人遮风挡雨，并全力创办供曾氏子弟上学的化鲁斋。曾国藩来到流泽，李太婆设宴款待，并挽留曾国藩在化鲁斋执教，培育曾氏子弟。可曾国藩意在京城，于是婉谢李太婆，并写下了《慈荫亭记》。而稽古书院则是清朝咸丰年间倡建的。曾国藩因为在流泽得到了资助，所以大力支持流泽士绅兴教办学。稽古书院创办时，曾国藩已经是兵部侍郎，他欣然题写了稽古书院匾额。现今稽古书院的匾额和对联，正是曾国藩的笔迹哦。说起来，我们流泽，我们曾氏，对兴教办学和教育子女是非常重视的。"

"听父亲说故事，真的好轻松啊……"叔叔长出了一口气。

"嗯，日章啊，我来考考你。我们这'仁让堂'的牌匾，你知道是什么意思吗？"爷爷微笑地看着叔叔。

"这个，仁就是仁爱，让……就是礼让吧？"叔叔不敢确定地望着爷爷。

爷爷摇摇头："不是这样理解的。虽然这样也不算错，但并不算我们仁让堂的初衷啊。《论语·卫灵公》有曰：'子曰："当仁，不让于师。"'朱熹做过一个注解：'当仁，以仁为己任也。虽师亦无所逊，言当勇往而必为也。盖仁者，人所自有而自为之，非有争也，何逊之有？'这话你明白什么意思吗？简单地说，仁让，就是当仁不让，所谓"当仁，不让于师"，就是担当实现仁道的重任，即使和老师相比，也不要逊色。也就是说，遇到应该做的事、符合仁义和道义的事情，就积极主动去做，不推让。我们曾家是耕读传家，历史上可是出过许多名人啊。远的不说，就说曾国藩，可是晚清中兴名臣啊。我们曾家特别注重三点：一是当仁不让。只要是应该做的事情，对国家、对社会、对百姓有益的事情，应该毫不犹豫地做。二是勤奋。业精于勤荒于嬉，勤奋才是成就事业的基础。三是学习。不但要多读书，学习知识开阔视野，还要学习别人的优点，见贤思齐。正是因为历代曾家人坚持这三点，曾家才有现在的丰衣足食。所以，无论何时，我们曾家这三点都要坚持并传之后世。你是老幺，从小勤奋又喜爱读书，并且聪明机智，这很好啊，你要保持下去。"爷爷面带微笑地望着叔叔，内心十分欣慰。这一年，爷爷的大儿子，我的伯父耀章公已经23岁了，因为先天体弱未婚，但一直勤劳不息；爷爷的二儿子，我的父亲敬章公已经19岁，结婚两年了，已有一个儿子。爷爷对我的父亲和叔叔都非常喜爱。"日章啊，你今天难得有空陪我聊天，是不是最近遇到了什么困难的事？从化鲁斋、稽古书院到现在跟着曾夏梅先生学古文，想是很辛苦吧？"

"夏梅先生淹通经史、学问渊博，对学生微笑和善、关爱有加呢，我们都……都叫他……'真善美'。"

"啊？真善美？什么意思？"

"就是……就是真诚、善良、美丽。"

"美丽？男的怎么用美丽？"

"谁说男的就不能用美丽了。这个美丽啊，是指他讲课很美。"

"……行行行，就你鬼点子多。看来，夏梅先生是个很不错的老师呀。"

爷爷宠溺地瞟了他的小儿子一眼，嘴角上翘，心里说不出的高兴。

"父亲，幺弟。"

不知何时，我的父亲敬章公来到了跟前。

爷爷看着我的父亲黝黑的脸庞，有些疼惜地说："敬儿，你……累不累？家里的事多，你也是当爹的人了，你幺弟在外读书，没时间也帮不了多少忙，你就辛苦点，给你娘多帮点忙……"

"爹，我知道的，您就放心吧，我有的是力气，什么事情都能做。不信你瞧……"

我父亲握紧拳头，晃了晃，胳膊上显出鼓鼓的肌肉，一脸的自豪。

"哈哈哈，好，好，你身体最棒。过两天爹去县城，给你们买点衣服和吃的，奖励你们，还有我的小孙子。你们俩都长大了，我就轻松啰。现在这个世道不太平，你们兄弟要互相帮助，不要出去惹事，特别是日章啊。安安静静读书，低调老实做人，比什么都强。我们曾氏出了很多能人，远如曾巩、曾布，近有曾国藩、曾纪泽。书中自有黄金屋，书中自有颜如玉，我可还指望章儿你光耀门楣，不要让老爹我失望哦。"

"父亲，知道了……哥，我找你有事呢，我们走吧，让爹在这儿休息一会儿。"

爷爷眯着眼睛，微笑着说："去吧去吧，敬儿，看着你弟。"

"哥，你都黑了，看把你累得……"

"不累不累。幺弟，最近读书还好吧？夏梅先生那里比稽古书院和化鲁斋要好些吧？"

"哥，夏梅先生对我们好着呢，他对得起'真善美'这个称呼的。我要说的不是这个。"

我的父亲两眼专注地望着弟弟："你说，我听着呢。"

叔叔皱起眉头，撇了撇嘴，犹犹豫豫地说道："哥，你知道马克思吗？"

"知道。上次你拿的邬金农老师的《共产党宣言》不就是马克思写的吗？我看过呢。一个幽灵，共产主义的幽灵，在欧洲游荡。为了对这个幽灵进行神圣的围剿，旧欧洲的一切势力，教皇和沙皇、梅特涅和基佐、法国的激进派和德国的警察，都联合起来了。有哪一个反对党不被它的当政的敌人骂为共产党呢？又有哪一个反对党不拿共产主义这个罪名去回敬更进步的反对党人和自己的反动敌人呢？从这一事实中可以得出两个结论：共产主义已经被欧洲的一切势力公认为一种势力；现在是共产党人向全世界公开说明自己的观点、自己的目的、自己的意图并且拿党自己的宣言来反驳关于共产主义幽灵的神话的时候了。怎么样，背得还行吧？哥虽然是庄稼汉，可哥也要有文化。哈哈哈。"

"哥你真棒！"叔叔竖起大拇指对我的父亲说，"那你知道地球是圆的，我们在地球的东方吗？"

"知道。"

"知道我们的邻国有哪些吗？"

"我们在太平洋沿岸，邻国有印度、苏联、朝鲜、日本什么的吧……"

"哥，日本是一个岛国，和我们隔海相望，但是，去年的9

月18日，日本在东北发动了九一八事变，侵占我国东北。我想我们中国和日本会有一场大的战争了，我好担心。我们推翻清朝统治不久，几千年的封建王朝终于结束了，可是现在国内又是国民党和共产党的争斗，国内真是不太平了，我们老百姓的日子不好过。我好想做点什么事情，为国家，为老百姓，为我们这个家，可是我还没有能力。哥……"

"哥明白的。你还只有16岁，先要把书读好，知识就是力量，就是武器，要为国家的强大、老百姓的幸福而读书。过几年，你一定能够实现你的理想的。我知道你很想到外面的世界去看看，这个也没有问题的，爹也会同意的，读书本来就是为了改变这个世界嘛。我听说南京的三民中学不错，是国民党元老和社会名流于右任、邵力子、黄绍竑、熊昆山等人创办的，校址在南京市龙蟠里曾国藩祠宇。你可以考虑读完这个学期考过去，我觉得这个学校很适合你。"

"哥，谢谢你。你想得真周到，读完这个学期我就过去。另外，哥，你觉得……共产党怎么样？"

我的父亲本能地四周望了望，压低声音说："么弟，你说这个干吗？不能说的。"

"就想问问你嘛。我最近听到消息，共产党领导的中国工农红军从2月4日到3月7日一直进攻江西赣州，最后失败了。江西和我们湖南相邻，红军会不会进攻长沙？"叔叔目光炯炯地盯着我的父亲。

父亲吐出一口气，思索着说："这个不好说。我想，工农红军前面有'工农'二字，说明红军代表的是工人、农民的利益。

国民党不断屠杀共产党和工农群众，说明代表的是地主富豪的利益。远的不说，就说团山的那次屠杀，尹伊仲他们太疯狂了，太坏了。共产党是为穷苦人着想的，分田分地斗地主，成立农协，宣传农民当家做主，代表的是我们国家绝大多数人的利益。我觉得共产党好。"

"哥你真棒。要是能够加入共产党、参加工农红军就好了……"叔叔脸上露出由衷的笑容。

"站住，别跑！"

仁让堂前面的大路上跑来一个大汉，几十米后跟着一群人，像是团丁。

叔叔赶紧跑到仁让堂前面的池塘边，对着那个汉子招手，让那汉子往自己这边跑。大汉飞快地跑进了巷子里。叔叔对着我父亲招呼一句"哥你去对付一下那帮人"后，飞奔着追向汉子……

"胜日寻芳泗水滨，无边光景一时新。等闲识得东风面，万紫千红总是春……"

"老师好！"

"嗯？日章，为什么迟到？给我一个理由。"

"我……我走着走着迷路了。"

哈哈哈哈，哈哈哈哈。整个课堂笑翻一片。彭柏林笑得打嗝，张曼娇笑得大喊肚子疼……居然还有这理由！

曾夏梅老师乐了："哟，以前迟到说是睡过头了、肚子疼、看错了时间、帮人做好事去了，今天这理由很新鲜呀……"

"老师，我……真的迷路了。我从家里跑出来，碰到了尹伊仲老爷带着好多人，我就怕，转头跑到了阳和岭山里面想躲起来，结果……结果……"

"结果迷路了？"

"是的，老师。阳和岭山好大，我好多地方没走过，结果转来转去就迷路了……所以就……就迟到了。"

"行了行了，进来……说说这首诗是谁写的，知道吗？"

叔叔赶紧站到座位前，声音洪亮地回答："知道的，老师。是南宋朱熹。"

"嗯，坐下吧。"

叔叔擦了一把汗，深呼吸几下赶紧坐下。

刚刚坐下，同桌彭柏林就把头凑过来低声地说："日章，阳和岭山好玩不？发现了什么？"

叔叔回道："嘘，待会，下课了说……"

"同学们，古代有很多大学问家、大思想家。朱熹既是大学问家，又是大思想家。朱熹的理学思想对元、明、清三朝影响极大，成为三朝的官学，他是中国教育史和思想史上继孔圣人以后的又一伟人。我们一定要重视中华传统文化，因为我大中华有着五千年的悠久历史和伟大文明。我们中华是世界四大文明古国之一，我们应该相信，我们的伟大文明一定会永放光彩。就凭着这一点，我们就应该永远地热爱我们的国家，就应该赶走侵略者，把我大中华的文明世世代代继承下去并发扬光大。"曾夏梅慷慨激昂地说着，突然想到他面前的学生还只是懵懂少年，说这些有些过早，于是停了下来，喝了一口茶，"那么接下来一段时间，我要和同学们讲讲我国古代的那些大思想家和大学问家。今天就讲讲庄子……庄子主张'天人合一'和'清静无为',他的名篇有《逍遥游》《齐物论》等。"

曾夏梅顿了顿,扫视了学生们一眼,接着说道:"我们有些同学可能读过庄子的《秋水》,《秋水》是《庄子》中的又一长篇,用篇首的两个字作为篇名,中心是讨论人应怎样去认识外物。全篇由两大部分组成,前一部分写北海海神跟河神的谈话,一问一答一气呵成,构成本篇的主体;后一部分写了六个寓言故事,每个寓言故事自成一体,各不关联,跟前一部分海神与河神的对话也没有任何结构关系上的联系。这篇文章写得非常好,大家都要读一读。这篇文章的最后很有意思,写的是庄子与惠子的对话。原文是这样的:庄子与惠子游于濠梁之上。庄子曰:'鲦鱼出游从容,是鱼之乐也。'惠子曰:'子非鱼,安知鱼之乐?'庄子曰:'子非我,安知我不知鱼之乐?'惠子曰:'我非子,固不知子矣;子固非鱼也,子之不知鱼之乐,全矣!'庄子曰:'请循其本。子曰"汝安知鱼乐"云者,既已知吾知之而问我。我知之濠上也。'我想问问同学们,庄子为什么这样写?他想表达出什么意思呢?谁可以来说说……"

大家一脸茫然。

彭柏林左右看看,突然站起来说:"老师,曾日章说他知道。"

叔叔连忙站起来:"我没有,老师。就算我知道我也不会告诉他啊。不过,彭柏林他这样说,我觉得他自己肯定知道,因为他是一个很有想法的人哦……"

哈哈哈哈,课堂又笑翻了。这两个好朋友啊,还真是拿来互相出卖的。太有喜感了。

曾夏梅又乐了，他赶紧敲了敲戒尺："严肃，严肃，注意课堂秩序！好了，那么，彭柏林同学，你先来说说吧，庄子为什么这样写，他想表达什么？"

彭柏林挠了挠头，无比艰难地说："庄子他……庄子他……他想吃鱼？是的，庄子想吃鱼！"

哈哈哈……

"我看是彭柏林自己肚子饿了，想吃鱼了啊，哈哈哈。"

"停，停。彭柏林同学说得也有道理，能够给我们解释一下吗？"

"这个，惠子很小气，但很有钱。庄子没想抢他的官做，但是想要点补偿，就用这些话提醒惠子请他吃鱼。而且多吃鱼会让人更聪明。"

"嗯，嗯，有道理，说得过去。曾日章同学，你有什么想法没有？"曾夏梅微笑着看向叔叔。

叔叔思索着说道："我觉得，庄子是一个淡泊名利、崇尚大道的人，他这样写……应该是羡慕鱼的自由自在，想着自己也能变成现实世界中的游鱼吧。"

"妙，妙啊！"曾夏梅抚掌微笑，"曾日章同学的回答直击庄子本心啊。同学们，我们看问题不能只看到表面的东西，要深刻了解其本质，所谓透过现象看本质。读书如此，看待社会现象更应该如此。日本人在我国东北发动九一八事变，真实目的何在？这是侵略，这是掠夺，这是战争！赤裸裸的！我们该怎么办？少年强则中国强，我们正当少年，我们应该强在哪里？同学们，书要读好，但更关键的是知识要用好，要用在国家强大、百姓幸福上！人不风流枉少年，我们就是要有成为风流人物的志向！"夏梅老师咳了咳，激动得通红的脸色逐渐平静下来："好了，今天的课就到这里吧，下课。"

说完，曾夏梅步履稳健地走出了教室，在同学们痴痴的眼神中，在日光的照耀下，留下了一个伟岸而厚重的背影……

"日章，日章。"

彭柏林喊了两声，见叔叔没有反应，便扯了扯他的衣服。

"啊？怎么了？"

"想什么呢？魂都飞了？"

"我……我在想'真善美'老师说的话呢。"

"'真善美'老师好帅啊，真是名不虚传啊……对了，日章，你在阳和岭山……"

"放学了，走！"叔叔拉着彭柏林往门口冲去。

"慢着！"张曼娇一个大步拦住叔叔和彭柏林，"别以为我没有听到你们说的话就不知道你们想干什么。曾日章，你今天很不正常哦，说吧，在阳和岭山……"

"打住！走啦，跟我来。"叔叔声音低沉地说。

张曼娇和彭柏林互相兴奋地望了一眼，赶紧跟上叔叔。

一路小跑，三人来到阳和岭山。

叔叔停了下来，十分严肃地对彭柏林和张曼娇说："你们两个给我听好了，此事非同小可。柏林，我先问你，什么是男人？"

彭柏林十分惊讶："男人？顶天立地，敢做敢当，勇字当头，义字当先。你问这个干啥？"

叔叔点了点头："我有我的道理。男人，应该敢打敢扛，敢做敢当,敢为天下先。只要坚持自己心中的正义,哪怕举世为敌!"

叔叔转向张曼娇:"曼娇,我知道你是个女汉子,也守得住秘密。我希望你也能敢做敢当。"

"没问题。"张曼娇点头答应。

"那么,第一,我发现的这个秘密非同一般,你们一定要严守秘密,不能让第四个人知道,哪怕是你们的父母兄弟,也不能告诉他们。"

"好。"两人重重点头,神情严肃。

"第二,你们两个要协助我做事,把事情圆满地处理完毕,不能打退堂鼓。"

"是。"两人内心兴奋,站得笔直。

"走。小心点,轻点。"

三人钻进树林,七弯八拐,来到树林深处的一个小斜坡前。

小斜坡位于阳和岭山半山腰深处,是自然形成的一个凹形地带,四周杂草茂盛,上面的树木高大密集,里面有着不小的空间,上下左右还有一块块凸出的片石,显得十分稳固。阳和岭山还有好多处这样的地方,只是这个凹部比较大而且避风。

"这地方我们好像来过啊。日章,你这个骗子,迷你的鬼路啊迷路。"张曼娇瞪着叔叔。

"呵呵,呵呵,借口,借口,你懂吗?"

"你一定发现了什么,是吧,日章?赶紧说说,里面有什么?等等,我先猜一下……好吃的?不,不可能,有好吃的那也是臭的……动物。对了,一定是受伤了的、好玩的、稀奇的动物!哈哈哈……"彭柏林说道。

"是，受伤了的、好玩的、稀奇的动物。好稀奇啊，你见了一定喜欢。"

"哇嘿嘿，日章，你太可爱了，哥们……"

"日章小兄弟，是你来了吗？"

凹洞（姑且这样称呼，也很合理）突然传出的成熟男人的声音吓了彭柏林和张曼娇一大跳。

"别问，我知道你们想问什么。我迟到就是因为这个，尹伊仲确实带人在追这人，只是被我'打劫'到了这里。但我现在也不知道他是什么人，反正尹伊仲要对付的人就是我们要保护的人，这一点是不会错的。"叔叔握紧拳头肯定地说。

"申叔叔，我来了。"

"申叔叔好。"

"申叔叔好。"

彭柏林、张曼娇两人惊魂未定。

"你们好。"

映入三个少年眼帘的，是一张疲惫、双眼炯炯、胡子稀疏、脏兮兮的尖脸，看上去很像书里面描述的风水先生，如果能配上一副圆圆的墨镜的话。

"日章，谢谢你了。"

"不用谢。申叔叔，他们是我的同学彭柏林和张曼娇，你能和我们说说你的事情吗？你为什么被尹伊仲追赶呀？"

"好。我叫申子苍，比你们大，今年26岁。我的老家在福建崇安，家里兄弟姐妹多，父母养不活，我就和几个同乡出门讨生活。1927年到了江西，参加了工农红军，也参加了8月1号攻打南昌的起义。失败以后退到了赣南根据地。今年2月上级下令进攻赣州,打了一个多月,工农红军还是失败了。我就逃到了这里……"申子苍似乎并没有受什么伤,说话中气很足。

"申叔叔,你是共产党吗?"彭柏林问。

申子苍一愣,回答道:"是的。"

"申叔叔,你伤好了以后打算怎么办?"张曼娇弱弱地问。

"嗯……想先回老家看看,然后再去井冈山革命根据地,那里很热闹,朱总司令、毛委员都在那里呢。"

"申叔叔,你安心养伤,我们三个会照顾你的,我们不会让尹伊仲的人发现的。"叔叔信心满满地说。

"好过瘾啊!"张曼娇大呼。

"真爽啊!"彭柏林舒服地躺倒在干草上。

"申叔叔,我有一些事情想不明白,可以问问您吗?"叔叔微笑地对申子苍说道。

"你说。"申子苍满脸笑容。

"我们中国目前究竟是一个什么样的状况?"

"这个,这个问题太大了,我也回答不好。我只能说下我的一些看法供你参考。我们中国呀,历史悠久,中华五千年文明影响深远,比如中国的汉字、中国的四大发明、中国的建筑等,但这些都是文化方面的。中国的政治一直以来都是封建王朝统治,所谓家天下,它有很多的弊端。特别是清朝以来,外国列强大肆侵略中国,迫使清政府签订了许多不平等的丧权辱国的条约,使中国变成半殖民地半封建社会,所以1911年10月10日爆发了辛亥革命,彻底推翻了几千年的封建王朝统治,建立了中华民国,孙中山先生是中华民国第一任大总统。这是中国政治的重大变革，开启了中国历史的新纪元。从1911年到现在，开始了反封建的大潮，民族、民主、民生等意识开始深入人心。特别是1919年的五四运动，开启了中国新民主主义的大门。1919年1月，英、美、法、日、意等战胜国在巴黎召开对德和会，决定由日本接管德国在中国山东的特权。可中国是参加对德宣战的战胜国之一，但北洋军阀政府却准备接受这个决定，这令国人无比愤慨，于是引发了这次伟大的运动。1919年5月4日下午，北京三所高校的3000多名学生代表冲破军警阻挠，云集天安门，北京高等师范学校（今北京师范大学前身）学生最早到达天安门。他们打出'誓死力争，还我青岛''收回山东权利''拒绝在巴黎和约上签字''废除二十一条''抵制日货''外争主权，内除国贼'等口号，并且要求惩办交通总长曹汝霖、币制局总裁陆宗舆、驻日公使章宗祥，学生游行队伍移至曹宅，痛打了章宗祥，北京高等师范学校数理部的匡互生第一个冲进曹宅，并带头火烧曹宅，这就是'火烧赵家楼'事件。随后，军警出面控制事态，并逮捕了学生代表32人。天安门前金水桥南边高悬的一副对联：卖国求荣，早知曹瞒遗种碑无字；倾心媚外，不期章惇余孽死有头。五四运动在全国激起强烈反响，是一次真正的群众运动。"申子苍停了停，接着说道，"这个匡互生，就是邵阳廉桥人，1891年出生，幼年在乡学读书时练就一身武术。他是五四运动的策划者之一，与傅斯年、段锡朋等组织了天安门大会和会后游行。"

叔叔很吃惊，从没有人和他说起这个，五四运动的闯将匡互生居然是廉桥人！看来邵阳人也是非常爱国的啊！

"俄国十月革命的胜利和我国五四运动的爆发，为中国人民打开了新的大门。特别是1921年7月中国共产党的成立，让灾难深重的中国人民看到了新的希望，有了新的依靠。此后，中国陷入了军阀混战，北伐战争为了中国的和平统一进行努力，但又被蒋介石窃取了胜利果实。汪精卫武汉国民政府公开宣布反共，使得国共两党关系彻底破裂，年轻的共产党面临生存危机。要说目前中国的状况，我觉得就是形势混乱，国民党想消灭年轻的共产党。如果放到整个世界的范围来看，中国的经济还显得十分落后，国家需要变得富强，人们生活需要安定幸福。总之，和其他国家的差距还是蛮大的，需要和平的国内环境和全民族的共同努力，需要尽快结束混战，需要废除与外国列强签订的不平等条约。要做的事非常多啊。"

叔叔皱着眉头，低头沉思了一会，然后似乎鼓起了勇气，问道："申叔叔，您能和我们说说中国共产党和工农红军吗？"

彭柏林和张曼娇连忙翻身坐好，一副认真聆听的乖乖学生模样，因为这些对作为少年的他们来说都太新鲜了，是他们从未接触过的东西。他们顿时有了一种热血沸腾的感觉，他们从内心深处感到一扇崭新的大门正在向他们打开，那里面充满了秘密……

第三章

翩翩美少年，拳拳爱国心

每个人心中都应该有一份正义和坚持，而这份正义和坚持是为着爱国、为人民服务的。只有这样，个人才有光环，国家才有希望。爱国是每一个中国人最基本的情操和坚持，不爱国，你就不配当一个中国人！

◎ 曾日章公园坐像

凹洞里一大三少挤在一起，微风吹拂，午后的阳光十分温暖，树林里不时有美丽的鸟儿穿梭鸣叫。

画面十分温馨唯美。

申子苍望着眼前的三个少年，打心眼里喜爱。这三个少年聪明好学，有勇有谋，敢做敢当，不怕艰难，绝对是革命的希望。"少年智则国智，少年富则国富，少年强则国强，少年独立则国独立，少年自由则国自由，少年进步则国进步，少年胜于欧洲，则国胜于欧洲，少年雄于地球，则国雄于地球。"如果能够把这样的美好少年带上革命道路，为中国的富强、人们的幸福奋斗，那无疑将是他这一辈子做的最令人自豪的事情。

"日章、柏林、曼娇，中国共产党成立于1921年7月，当时全国只有53名党员。到1927年5月，中共五大时，已经有了5万多名党员。这几年，党员人数正在快速增长。自从蒋介石四一二上海反革命政变和许克祥长沙马日事变以后，国内革命失败，国共合作破裂，革命进入低潮。我们共产党人也认清了形势，决定同国民党展开斗争。1927年8月1日，中国共产党发动了南昌起义，打响了武装反抗国民党反动派的第一枪，中国共产党领导的人民军队从此诞生。1927年8月7日，党中央在汉口召开紧急会议，批判、纠正了陈独秀右倾机会主义错误，选出了新的临时中央政治局，确定了土地革命和武装斗争总方针，决定发动秋收起义。毛泽东提出了'枪杆子里面出政权'的著名论断。1927年9月9日，毛泽东组织工农革命军，领导了湘赣边秋收起义，公开打出工农革命旗号。因为敌强我弱，被迫实行战略转移，以农村包围城市。秋收起义部队经过三湾改编，在毛泽东率领下进入井冈山开辟革命根据地。1931年，中华苏维埃第一次全国代表大会在江西瑞金召开，宣告中华苏维埃共和国临时中央政府成立。"申子苍越说越激动，"中国共产党和工农红军代表的是广大劳动人民的利益，是为了国家的独立富强，是为了人民的当家做主。去年的九一八，日本进入东北，开始侵华，可蒋介石国民党政府不做抵抗，反而把全部精力放在消灭共产党和工农红军上，这是真正的置民族大义于不顾，是卖国的表现！"

一番话让三个少年兴奋不已，叔叔强压住激动的心情，紧攥着拳头坚定地说："我要加入中国共产党！我要参加工农红军！"

彭柏林站起身来，举起右手："我要打倒蒋介石，消灭日本兵！"

张曼娇很兴奋地说："我要和你们一起，为我们国家的强大努力奋斗！"

申子苍十分高兴："很好，你们是国家和民族的希望所在，只要全中国的少年都努力爱国，我们的国家一定会强大。但是目前，日本正侵略中国，蒋介石正在内战，我们自身还需要成长。我们要做的就是坚定信心、努力学习、宣传抗日，力所能及地做一些对国家和人民有益的事情。我觉得，我们还可以找一些这种安全的地方，掩护同志，救助伤员。在平时，尽量团结更多的人，大家一起做有意义的事情。要把共产党的主张和进步思想扩散开，让人民大众自觉地不断进步。同时，我们要注意保护自己，现在反动派很疯狂，我们要讲究斗争策略和方法，不能一味蛮干。"

叔叔感到自己突然间思想有了升华，仿佛一下子抓住了努力的方向，他盯着申子苍，十分认真地说："我们已经长大，我们应该为国家做点什么了。作为一个中国人，爱国、爱家、爱人民是你的本分，是你的根本，是你的灵魂！你可以愤世嫉俗，但你不可以不爱国！你可以玩世不恭，但你不可以不爱国！爱国就是要从小事做起，就是要从身边做起，就是要从现在做起。我一定要做一个对国家、对人民、对社会有用之人！"

叔叔的豪迈之语不断地震荡在所有人心头，凹洞里一时间寂静无声，只听得到几人急促的心跳声……

接下来的几天，凹洞成了他们每天必去的地方，四个人在一起交谈，其乐融融。直到有一天——

"日章、柏林、曼娇，世上无不散的筵席，我在这里已经休息了好多天了，也该和你们告别了。这段时间麻烦你们照顾我，我在这里给你们鞠个躬表示感谢，希望我们将来有缘再见——"

叔叔知道申子苍去意已决，不能耽搁，只好依依不舍地说："叔叔，谢谢你教了我们很多，不知道你有什么打算？"

"我要先回老家福建崇安，看看父母妻儿，然后再去寻找队伍，希望能够去打日本侵略者。"

"好吧，真希望将来还能遇上你。叔叔，我们送你下山吧。"

"哦，对了。我要走了，没有什么可以送给你们的，只有一本笔记本。"申子苍不知道从哪里掏出一本破旧的本子，这本子看上去有些年份了，"这本笔记本有些年头了，我也是好不容易得到的，里面有些东西很有意思，可能对你们会有所启发。反正我已经看完，就送给你们留作纪念吧。"

"谢谢申叔叔！"叔叔接过笔记本……

当三人重新躺倒在干草上面时，心情都很郁闷。一段美好的日子就这样结束了，显得那么短暂，那么意犹未尽……

叔叔拿出那本破旧的笔记本。

"日章，快看看都写了些什么。"彭柏林叫道。

小心翼翼地翻开笔记本，只见上面稀稀拉拉地记着一些东西。三人认真地往下看去：

"1852年8月20日。蓑衣渡一战后，取道郴州，8月10日占郴州。继续北上，意在长沙。西王萧朝贵威武。惜我伤势较重，无法跟随，乃西行，欲归邵阳老家，待痊愈再杀清贼。"

笔记本很薄，很明显撕去了多页，开篇就写着日期。叔叔在脑海中对照，想起这是80年前的事情了，说的竟然是太平天国之事。当年洪秀全从广西金田起兵，进永安，攻全州，然后在蓑衣渡遭清军埋伏，损失惨重。后来转向郴州，1852年9月进攻长沙，再打岳州，最后沿着长江东下，夺取江宁定都，改名天京。轰轰烈烈的反清反帝，在中国造成了巨大冲击，对历史的走向产生了重大影响，至少造就了曾国藩的湘军崛起。此人不知姓名，想是西王萧朝贵手下，因伤回籍。

三人一时间神情惊异，想不到竟然发现了历史，心潮澎湃，赶紧接着往下看。

"1853年5月20日。我伤势大好,欣闻3月19日天王占领江宁并建都,十分高兴。吾辈终于成功,可喜可贺。"

"等会。"叔叔突然合上了笔记本。

"干吗呢?"彭柏林不干了。

"关于太平军,我突然想起来了。我们宝庆不是有一句俗语'纸糊的长沙,铁打的宝庆'吗?你们知道这句话的由来吗?"

"这个……"彭柏林和张曼娇摇了摇头,"这话知道,但怎么来的不清楚。"

"看到太平军我才想起这个。其实,铁打的宝庆得名由来,要感谢太平天国的石达开。1856年9月,太平天国翼王石达开在天京事变后从天京率部出走,谋划过境宝庆收彪悍壮丁,以扩充兵员和军粮,然后入鄂决战胡林翼,立足湖北后再置办水师,然后攻入四川,以四川为根据地,争霸天下。1859年5月,石达开率部从广西进入湖南,一路所向披靡,行至宝庆,石达开将宝庆城围得似铁桶一般。湘军当时只有新招募不久的新兵4万人,其中3万驻守在宝庆城内,赵焕联、周宽世、田兴恕等部湘军精锐七八千人驻扎城外。宝庆在清将左宗棠的指挥下,依仗着坚固的城墙,顽强抵抗。石达开久攻不下,仿效湘军围困九江战术,围而不打,欲令守城湘军自溃。战事旷日持久,湘军各路援军从四面八方赶到,内外夹击,尤其是湖北李续宜湘军数千人为作战精锐,连续向石达开部发动进攻,数十仗下来,太平军损失惨重。在粮草即将用尽时,石达开感叹了一句:'铁打的宝庆!'无奈的他只好向部属挥挥手,之后率领着大军往郴州、永安方向西去了。他这一去，就再也没有回来了，直至余部最后在金沙江大渡河被消灭。至此，'铁打的宝庆'名扬天下。所谓'铁打宝庆钢铸汉，邵阳男儿最能战'。"

三人接着翻看。

"1899年9月9日。某乃拳师，祖籍山东，因灭洋事被迫远走他乡。为激励后进，特留拳术一套，有缘者得之望勤加修炼，必有用处。"

以下的几页都是密密麻麻的人体草图，各种姿势，模糊不清，难以模仿。可见画图之人虽尽力而为，但因技法缺乏，终归无用。三人摇头叹息了一阵，再往下看。

"1911年12月18日。本人乃大中华云南军都督府蔡锷都督麾下，因重九起义负伤遣送回籍路过此地，发现已有前辈在此疗伤记事，故续记几笔。清朝已经腐败，即将灭亡。国将不国，人民痛苦，唯有努力奋进，救民于水火，方能兴我中华。吾辈爱国，必不遗余力，必从小事做起，必舍己为人，必精诚团结，方能有望。生为中华人，死为中华魂，必振我中华之气，必扬我中华之威！后辈切记爱国、爱国、爱国！"

这是蔡锷部下。蔡锷是湖南邵阳人，近代伟大的爱国者，著名政治家、军事家、民主革命家，中华民国初年的杰出军事领袖。蔡锷一生中，做了两件大事：一是辛亥革命时期在云南领导了推翻清朝统治的新军起义；一是四年后积极参加了反对袁世凯称帝、维护民主共和国政体的护国军起义。1911年10月30日，蔡锷为响应武昌起义，在云南昆明发动起义。因这一天正好是农历九月初九，所以又称重九起义。武昌起义以后，各地纷纷响应，清朝因此灭亡，中国进入新的民主革命阶段。中国国民党和中国共产党也因此诞生。中国共产党就是为了国家的富强和人民的幸福而奋斗的坚强组织。

笔记本已经翻完，三人陷入沉思。叔叔心中感慨万千。无数的先辈为了爱国，付出了生命的代价，他们的牺牲是值得的，是为了自己心中的正义和坚持。每个人心中都应该有一份正义和坚持，而这份正义和坚持是为着爱国、为人民服务的。只有这样，个人才有光环，国家才有希望。爱国是每一个中国人最基本的情操和坚持，不爱国，你就不配当一个中国人！

良久，三人才回过神来。叔叔呼出一口浊气，环望四周，心情大好地对彭柏林和张曼娇说道："笔记本中说到的'此地'究竟是哪里呢？会不会是一个世外桃源般的地方？"

"估计是的。"彭柏林说。

"应该是一处风景优美的天然溶洞吧……"张曼娇悠悠地说，语气中流露出深深的向往。

三人感慨一阵，看到时间不早了，赶紧飞奔回家。

"同学们，时光匆匆，岁月无情。一转眼大家都长大了，都要离开这里了。不知道大家都有些什么打算？""真善美"老师微笑地看着大家。

课堂一片沉默，大家都有些伤感，毕竟分别对每一个人来说都是痛苦的，大家都有了感情。师生情、同学情是最纯粹的感情，也是最令人怀念和难以忘怀的感情。

"我想继续读书，就在本地吧。有时间大家多多联系。"彭柏林打破沉默。

"我也是。"曾苍玉说道。

"我家里有事，可能要回去帮忙，暂时不读书了。"吴更生的声音里透出几分无奈。

"我想去南京三民中学读书。外面的世界很大，我想去看看。为了增长见识，也为了磨炼自己。"叔叔十分坚定地说。

"我……我也想去南京三民中学读书……"张曼娇吞吞吐吐地说，一边用眼睛看着叔叔。

"那敢情好，我们也算有个伴。"叔叔非常高兴。

…………

"好，好。同学们，你们都是好样的，老师很高兴能有你们这样的学生。但是，世事无常，你们正处在青春期，要注意的地方有很多。在这里，老师只说两点：第一，保护好自己。有生命才有未来，有健康的身体才有美好的生活。第二，坚持正义，坚持真理，坚持爱国。关于爱国，我要多说几句，因为日本人已经侵入我国东北，我们每一个中国人都应该奋起反击。这最后一堂课我就和大家说说爱国。"

"真善美"老师停顿了一下，深邃的眼光扫过课堂，声情并茂地说："什么是爱国？爱国就是促进本民族的物质和文化财富不断增长；爱国就是维护各民族在平等基础上的联合、团结和祖国的统一；爱国就是抵御外侮、捍卫祖国的主权和独立；爱国就是同一切阻碍社会进步的反动势力进行斗争，促进祖国的繁荣和富强。我们的古人在这方面做得很好，有很多例子，并且留下了很多传世名句。大家学了这么久，不知道能不能说出几句？"

"真善美"老师喝了几口茶，同学们则陷入了沉思。老师的话铿锵有力、振聋发聩，语音围绕在大家心间，久久不散。"真善美"老师真是一位了不起的老师，不仅人很正直、学富五车，而且坚守正义、真诚爱国，是矗立在学生心中的伟大标杆。能有这样的老师夫复何求？！

"临患不忘国，忠也。出自《左传·昭公元年》。"刘沂宜打破了令人窒息的气氛。

吴更生："以家为家，以乡为乡，以国为国，以天下为天下。出自《管子·牧民》。"

彭柏林："苟利国家，不求富贵。出自《礼记·儒行》。"

叔叔："忧国忘家，捐躯济难。出自《三国志》。捐躯赴国难，视死忽如归。出自曹植的《白马篇》。"

曾苍玉："精忠报国。出自《宋史·岳飞列传》。"

张曼娇："一身报国有万死，双鬓向人无再青。出自陆游《夜泊水村》。王师北定中原日，家祭无忘告乃翁。出自陆游《示儿》。"

吴更生："中夜四五叹，常为大国忧。出自李白《经乱离后天恩流夜郎忆旧游书怀赠江夏韦太守良宰》。"

叔叔："向北望星提剑立，一生长为国家忧。出自唐朝张为《渔阳将军》。"

张曼娇："人生自古谁无死，留取丹心照汗青。出自文天祥《过零丁洋》。"

彭柏林："先天下之忧而忧，后天下之乐而乐。出自范仲淹《岳阳楼记》。"

邓玉泉："一片丹心图报国，两行清泪为思亲。出自于谦《立春日感怀》。"

…………

"你们都很棒,我们的课就到这里了,谢谢大家!""真善美"老师十分真诚地对学生们鞠了一躬。

"哥,我回来了。'真善美'老师的课上完了,你看我该怎么办?是去南京读书好还是就在邵阳?"叔叔一回到家,就急忙找到我的父亲。

"幺弟,我觉得还是南京三民中学比较适合你。其实读书,我觉得不单单是为了获得知识,更主要的应该是开阔自己的眼界。要是知识和眼界都能够提升,那是再好不过了。古人说,读万卷书,行万里路。两者应该都非常重要,不能偏废。当你的眼界高了,想法自然也会更高更好。"我的父亲思索着回答道。

"是啊是啊,哥你说得真好,有时候眼界比知识更重要。"叔叔一副恍然大悟的样子。

"呵呵。人啊,一生说长不长,说短不短,很多事情一生下来就规定了的,因为规则啊、环境啊、条件啊是基本固定了的,要想改变自己,只有为数不多的机会看能不能抓住。而要抓住机会,就看你的能力和眼光了。能力是以知识为基础的,眼光是由眼界决定的。哥知道你的志向远大,你顺其自然,按照你内心的想法去做就是,哥是永远支持你的。"我的父亲十分真诚地说。

"好的。那我这几天去廉桥一趟,去南京之前需要准备准备,嘿嘿。"叔叔笑起来显得很憨厚,也很阳光。叔叔转过头来问道:"嫂子呢?"

父亲说:"带小孩出门玩去了。不用管她,你赶紧准备。"

廉桥是邵阳的东大门,宝庆大东路从这里经过,是湘中要道,位于邵阳市东北部,东与界岭接壤,通往双峰、湘乡等地;西与黑田铺毗连,可至新宁、武冈;南与流泽镇、黄陂桥交界,可达衡阳、零陵、柳州以及两广;北与圻曹杨家滩为邻,通往长沙、湘潭、株洲以及江西。

廉桥是邵阳县第一大镇,素有"南国药都"之美誉。廉桥镇中药历史悠久,百姓以种植和经营药材为业。据传,三国时,华佗为关羽治伤的药就采于廉桥,唐朝药王孙思邈曾在廉桥悬壶济世,明朝医学家李时珍搜集《本草纲目》药物标本时,也曾到这里住过半月之久。后人在孙思邈悬壶济世的地方建造药王殿隆重纪念,逐步发展并沉淀形成药王文化。同时,每年农历四月二十八日,廉桥都要举行盛大的"药王会"。

廉桥很久以前就商贾云集,清代称楮塘铺,为通往省垣必经之地。民国时以市民唐世茂为首捐款在当地修建了一座石拱桥,老百姓赞颂其奉公而有廉风,故将石拱桥取名廉桥。当地人因袭此名,故本地乃叫作廉桥。

叔叔来到廉桥,走过熙熙攘攘、人来人往的十字街口,来到相对安静的桥西胡同。胡同的街道全是石板铺就,光亮整齐,洁白如新。信步而行,心旷神怡。叔叔心情愉快,边走边看,突然看到墙上的一块楷书招牌写着"擎天书屋"四个大字,猛地一愣:"擎天?刘擎天吗?"叔叔脑海中浮现出自己在稽古书院读书时同班同学刘擎天的样子:圆圆的脸蛋,大大的眼睛,黝黑的头发扎着两根"朝天星"。总喜欢和他说话,喜欢微笑,喜欢蹦蹦跳跳，喜欢问他问题。精灵古怪，人见人爱。刘擎天家在廉桥，她外婆是亲义乡人，因为稽古书院教育质量很好，所以在那里上学。平时就住在外婆家，放假的时候才回廉桥。

"两年不见，你可安好？倒是有些想她了，呵呵。但是，不会这么巧吧，这家书店难道是她家开的？"叔叔自言自语，双颊泛红，径直走进书店。

书店约二三十平方米，墙面洁白，除门口外，四面都摆着书架。房屋正中四张八仙桌拼在一起，大小一致，平平整整，几个读者坐在长条凳上读书，人手一杯茗茶。左边墙上一扇玻璃窗，阳光透射进来令房间金光闪闪，读书人被温暖的阳光笼罩，犹如沐浴在知识的海洋之中。书架上整整齐齐地码放着各种图书，小说、古文、历史、科学、图画、词典一应俱全，甚至还有外文类。墙壁上还挂有几副名画和对联，孙中山先生的"革命尚未成功，同志仍需努力"赫然在目。整个书店给人以温暖、沉静、神秘、爽目之感。

叔叔踱进屋来，眼光四处搜寻，想要看看究竟是不是叔母家所开书店。房子的右前方有一道门，一眼望去，是一方长方形的天井，天井四周都是大大小小的房间。

没有得到心中想要的答案，叔叔有些失落。

"这位少爷，请问您需要些什么？"

一道问候声打断了叔叔的思索。叔叔回过头来，一位中年大叔正笑眯眯地望着他。

"嗯，大叔你好，我看这书店名为擎天，想起一位熟人，好久不见，想进来看看……"

"熟人？叫啥名？"

"这个，她叫刘擎天。"

大叔绕着叔叔上上下下打量了一圈，这才慢悠悠地开口说道："名字倒是对头，那么你是？"

叔叔被大叔瞧得心里发毛："我……我是她同学，我姓曾。"

"说全名。"大叔的语气不容置疑。

"曾日章。"

"曾日章？嗯……你等着。"

大叔说完又瞥了叔叔一眼，这才匆匆往天井走去。

叔叔如释重负，大叔的眼光太具侵略性，让叔叔有些受不住。叔叔缓缓地走向书架，想要找几本进步书籍看看。书架上启迪思想的图书不少，如诸子百家、朱熹、王阳明、王夫之等的论著，但像《共产党宣言》这样的进步书籍却一本都没有。

"兵荒马乱的年代，也许这正是高明的经营之道啊。"叔叔嘀咕着继续浏览，突然，他看到了一本全新的刊物——《小说月报》。四个黄色大字从右往左排列，封皮是令人舒适的淡蓝色——天空的颜色，让人充满想象。书是 16 开本，下部三分之一画的是一道拱门，拱门绿叶环绕，拱门最上面的正中央画着一枚太师椅一般的徽章，徽章正中有一个铃铛，铃铛上写有"联华"二字，上下排列，黑底白字，煞是好看。拱门内全部是金黄色，熠熠生辉，其中有两行显眼的黑体粗字居中排列：第六期、联华广告公司出版。

这书好大气，好书！叔叔心想。

"帅哥哥，漂亮吧？别光顾着看啊，你倒是买啊，这可是新到的货哦，咯咯咯……"

叔叔一愣，急忙回过头来。映入眼帘的是一张精致而漂亮的圆脸蛋。长长的睫毛，大大的眼睛，脸色绯红，满面笑容，身材高挑，凹凸有致。

叔叔脑海中突然冒出"关关雎鸠，在河之洲。窈窕淑女，君子好逑"的句子，女大十八变一点也没有说错，这才两年多不见，竟然这么标致动人了。

叔叔一边感叹着，一边忙不迭地惊呼："擎天妹妹，漂亮，真漂亮。两年不见，你现在可真成了迷人的妖精了。"

刘擎天满心欢喜："哥哥你这张嘴可真会哄人。我要是妖精就把你给吃了！"一边说两只手一边做出抓捕的姿势。

"哈哈哈，只是……"叔叔故意停顿。

一听到"只是"，刘擎天心里"咯噔"一下："只是什么？快说，否则我饶不了你！"

"只是……咳咳……只是'朝天星'变成了马尾辫了，哈哈！"

刘擎天顿时羞怒："我打，我打，我打死你！"粉拳往叔叔身上一顿招呼。

"咳咳，咳咳。"一旁的大叔尴尬地连声咳嗽。

"啊，叔叔，这是我原来在稽古书院的好同学曾日章才子。"刘擎天终于安静下来轻声地介绍。

"叔叔您好，我是曾日章，还请您多关照。"叔叔鞠了一躬，彬彬有礼。

"行啊，我还有事，你们聊。"大叔微笑着走开。

"章哥哥，跟我来。"刘擎天带着叔叔往天井那边走去。

来到一处房间，墙面粉白，一张床，一张梳妆台，一个小书柜，一张小桌，两把椅子。房子外边有一个小阳台，晒着一些衣服，其中还有内衣内裤，很显然是擎天姑娘的。刘擎天瞬间红了脸。

房间飘荡着茉莉花的香味，这让叔叔很是陶醉。叔叔想起了《茉莉花》这首早已流传全国的经典民歌。《茉莉花》是叔叔非常喜欢的歌曲，因为它旋律委婉、情感细腻，通过赞美茉莉花含蓄地表达了男女之间纯朴柔美的感情。叔叔明白这里是刘擎天的闺房，是她的私密空间。能把他带进来，很显然是非常喜欢他的。

刘擎天给叔叔泡了一杯茶，乖巧地坐在对面，定定地望着他。

"那个，擎天，两年不见，你……还好吧？"叔叔柔声问道。

"好呢。谢谢章哥哥。"

"嗯……这家书店是你家的？"

"是我叔叔开的。"

"那，为什么叫作擎天书店？"

"是我外公取的名。我外公喜欢我，不行吗？"刘擎天狡黠一笑，补充道，"外公说，图书可以擎天地、开眼界，读书可以自成一片心中的天地。"

见叔叔陷入思索之中，刘擎天接着问道："章哥哥，你是有意来寻我的吗？"说完，脸色又红了起来。

"这个，这个，我确实有些想念你这个机灵鬼了。今天来，主要是看看有没有我喜欢的书籍。"

刘擎天从自己的小书柜里拿出一本《共产党宣言》，递给叔叔："拿去吧，我知道你喜欢这个，外面的书有好的你尽管拿，我和叔叔说一声就成。还有那本《小说月报》你也拿走。《小说月报》1910年7月创刊于上海,商务印书馆主办,倡导'为人生'的现实主义,沈雁冰主编,小说很有时代感,你会喜欢的,以后来了我给你留一本。"

"嗯,谢谢你,擎天。"

"章哥哥,你……有什么打算?"

"我,我打算去南京三民中学读书。"叔叔似乎有点心虚,低头喝茶,不敢与刘擎天对视。

"去南京?为什么?"刘擎天一脸惊奇。

"我想去大城市开开眼界,呵呵。"

一阵沉默。

"章哥哥,非得去南京吗?不去不行吗?"

"也不是那样,只是觉得很迷茫。"

"章哥哥,我……我打算去邵阳一中读书,你……能和我一起去吗?"刘擎天眼巴巴地望着叔叔。

"可是……我能去吗?"

"一中的教导主任是我叔叔的同学,我们能去的。要不……你明年再去南京,可以吗?"刘擎天两眼蓄满泪水。好不容易两人聚在一起,刘擎天不想转瞬即成永恒。刘擎天喜欢叔叔,她心里明白,这是她最真实的感受。喜欢是淡淡的爱,爱是深深的喜欢。也许她情窦已开,自己的情感已经走到了这一步。她已经意识到,自己很珍惜和叔叔在一起的每一个瞬间,珍惜两个人相处的每一个细节。既然眼前有机会,她很想抓住。她满心希望叔叔能留在自己身边,她不想错过。

时间缓慢流过,似乎过去了很久,又似乎只是一瞬间。叔叔终于抬起头来,满脸笑容地对刘擎天说:"好吧,我听你的!"

似乎所有的煎熬都已过去,天开云散,阳光忽然灿烂,刘擎天"啊"的一声猛然站起,早已积满的泪水像珍珠般滚滚而下……

第四章 躁动的邵阳一中

叔叔和刘擎天在邵阳一中刻苦读书,毫不懈怠。公园里,栗山旁,凉亭中,沙滩上,校园到处留下了他们的身影。在知识的浇灌下,他们心中理想的种子不断长大。

◎ 塘田战时讲学院院徽

刘擎天奔向叔叔，一把抱住他的身体，呜呜地哭着、笑着，活脱脱一个顽皮傲娇的小女子形象。叔叔满头疑惑。在情感方面，女人永远比男人敏感和直观，因此在叔叔看来，刘擎天的种种举动，让他有些无所适从，而更多的是让他有些受宠若惊：怎么两年没见，刘擎天更加喜欢他、依赖他了呢？这种被喜欢、被依赖的感觉，原来竟是这样的令人愉悦、令人向往啊！

"也许这就是爱的味道吧。不过，我喜欢。"叔叔微笑着任由刘擎天紧紧拥抱，也伸开双手轻轻地抱着刘擎天。这一刻，他不想说话，也不能说话。无声胜有声，氛围才是最重要的媒介。

刘擎天忍不住亲了亲她的章哥哥，羞红着脸对叔叔说："章哥哥，就知道你对我最好。陪我一年，明年你就去南京三民中学，去追求你的理想。我会永远支持你，永远和你在一起的！好吗？"

"好。"叔叔轻轻地点头。

"章哥哥，时间不早了，你还要赶回家，要不你先回去吧，有时间就来这里看我，再过两个月我们就去邵阳一中。"刘擎天又抱了抱叔叔，然后放开了手，眼睛里满是期待。

叔叔情不自禁地低下头，亲了一下刘擎天，真诚地说："擎天，我没有珍珠宝玉，也不会甜言蜜语，但我会把你宠成我的小公主，让你快乐、幸福、无虑无忧。"

邵阳一中环境优美，绿树成荫，花团锦簇，道旁长椅，林中凉亭，错落有致。两栋西式教学楼掩映在茂密的樟树和女贞树林之中，显得优雅神秘。学校东边是邵阳有名的双清公园，前面是宽阔的马路，西面是栗山，后面则是湖南四大河流之一的资江。清澈的江水不知疲倦地流淌，冲刷着河道，也冲刷出一片干净亮丽的沙滩。

叔叔和刘擎天在邵阳一中刻苦读书，毫不懈怠。公园里，栗山旁，凉亭中，沙滩上，校园到处留下了他们的身影。在知识的浇灌下，他们心中理想的种子不断长大。同时，他们的爱情也愈发浓烈。他们既收获了知识，也收获了爱情。两个人都感到他们仿佛到达了人生的巅峰。

1933年，国共两党的冲突进入新的高潮。国民党加紧了对中共革命根据地的"围剿"，鄂豫皖、湘鄂西、赣粤闽、井冈山等革命根据地形势紧迫。国民党、蒋介石的第三次"围剿"被毛泽东等领导下的中国工农红军粉碎以后，蒋介石调集近30万兵力，准备对中央苏区发动第四次"围剿"。决定采取"分进合击"的方针，企图将红一方面军主力歼灭于黎川、建宁地区。蒋介石自任鄂豫皖三省"剿匪"总司令，在准备对中共鄂豫皖、湘鄂西根据地发动"围剿"的同时，又组成以何应钦为首的赣粤闽边区"剿匪"总司令部，指挥江西、广东、福建、湖南的国民党军队，牵制削弱中央苏区红军的力量，配合北线作战，为大举进攻中央苏区做准备。与此同时，各地国民党部疯狂抓捕、屠杀共产党人和进步人士，邵阳地区也莫能例外。邵阳一中因此陷入混乱之中，安静地读书似乎成了一种奢望。

叔叔和刘擎天对国民党、蒋介石深恶痛绝，他们的心中早已埋下打倒国民党、打倒蒋介石、建造新中国的种子。团山惨案、邬金农老师被害、曾夏梅老师的爱国启迪、申子苍的工农红军革命经历在叔叔眼前一一回放。这是叔叔永远无法忘记的深刻记忆，是他永远不能抛却的宝贵财富，是他投身革命的动力，是他进步的力量源泉。当前，日军正大举入侵华北，中华民族的危机日益严重，可国民党政府主席蒋介石却置民族危亡于不顾，仍然坚持推行"攘外必先安内"的反动方针，决心消灭共产党及其领导下的红军。这是多么令人痛恨啊！

这一天，叔叔和刘擎天来到邵阳有名的青龙书店。

青龙书店是两人最喜欢的书店。这里大量出售上海生活书店出版的图书，新鲜、时尚、进步、爱国。书店老板敖振民，一个戴着黑框眼镜的现代知识分子，热情周到、微笑服务。

见到叔叔和刘擎天，敖振民立马把他们请到里屋，泡上茶，开口问道："今天不是星期一吗？怎么没上课跑到我这里来了？"敖振民很喜欢这位与邬金农打过交道的年轻人。

叔叔长叹了一口气，郁郁寡欢地说："唉，国共冲突，世道混乱，人心惶惶，学校也不能例外啊。"

"攘外必先安内，置民族危亡于不顾，过分啊！"敖振民看了看两人。

"现今日本军队大举入侵华北，国共两党不是应该真诚合作、共御外敌吗？"刘擎天问道。

"蒋介石想要独裁。打个比方，邵阳赵恒惕的人会和共产党共同掌权吗？国民党和共产党代表着两个对立的阶级，不可能真正合作。"敖振民两手一摊，耸耸肩苦笑着说。

"在国民党看来，共产党是造反派，造的是他们国民党的反。"叔叔说。

"哟，认识不错啊，曾国策。"

"老板，宋老师来了。"一个店员赶紧跑到敖振民跟前解释。

"好的，你请他进来。"敖振民挥挥手。

曾国策这个名字是邬金农老师给叔叔取的。邬金农老师认为叔叔年纪不大却明白很多革命道理，是一个进步青年，就取了此名，并解释说："我们的国策就是打倒帝国主义、打倒军阀、打倒贪官污吏，实现耕者有其田。"

叔叔一见宋作民，十分惊奇："宋老师您好，好久不见，您还好吧？"

"好着呢。哟，还有刘擎天同学。你们……你们这是成双成对呀，哈哈哈，我明白的。你们两个男才女貌，都成了知识分子了啊。"宋作民看起来也十分兴奋。

"你们认识？"敖振民有些意外。

"我原来在亲义乡稽古书院教书，和邬金农老师、曾日章同学很熟，曾国策这名还是邬金农老师给曾日章同学取的，希望曾日章同学努力学习，将来为国家多作贡献呢。"宋作民解释道。

敖振民微微点头。

宋作民呼出一口浊气，十分认真地说："振民，还有国策和擎天两位同学,我是来告别的。现在形势严峻,我的共产党员身份已经暴露,不能继续待在邵阳地区了。我打算到江西瑞金苏区去,去参加红军或者去当老师,'革命尚未成功,同志仍需努力'啊。国策、擎天,敖老师也是共产党员,没必要瞒你们了,你们可以和敖老师多多联系、多多交流,有困难找他,他路子多,有办法的。"

"嗯,我们会的。宋老师,看到您真好。我……我想抱抱您。"叔叔眼角湿润,心中有着不舍,这一别不知何时才能相逢啊!

"您……您要多保重,注意安全啊。"动乱年代,这是最好的语言。

"保重,宋老师!"

"保重,擎天同学。大家一起努力,加油!"

"作民,珍重!"

"明白的,振民。再见了!"

人这一生总是聚少离多,特别是在战争年代,有着太多的无奈,聚也匆匆,别也匆匆,短暂的相聚说不定转瞬即成永别。

夜幕降临,叔叔和刘擎天沉默地走在回校的路上,心乱如麻。

1933年的邵阳,白色恐怖益发严重。随着国民党军队对井冈山革命根据地的"围剿",邵阳的共产党员和进步青年不断地被追捕和清洗。邵阳城一片风声鹤唳,共产党人的活动全面转入地下,革命活动十分艰难。叔叔对共产党人的处境忧心忡忡,恨不能立即加入中国共产党,为革命、为人民奉献自己的力量和智慧。

特别是宋作民老师,在叔叔心中有着十分特殊的地位。邬金农老师被害以后,宋作民便是叔叔最敬佩的老师之一,现在得知宋作民作为共产党员，在邵阳已经待不下去，被迫去寻找新的革命道路，心中很是悲苦，同时也十分敬佩。共产党人决不会轻言放弃，这里的条件已不允许继续革命下去，那就换一个能够革命的地方继续奋斗。想到这里，叔叔也乐观起来，心中希望宋作民老师能够实现自己的理想。

两人经过校内凉亭，剧烈的争吵声传入耳内。

"蒋介石就是丧心病狂。"

"共产党就是'匪徒'。"

凉亭内两伙人针锋相对，尽管是学校，可还是受到了时局的冲击。民族矛盾、阶级矛盾交织在一起，关系到国家的未来、人民的希望、百姓的生活，谁也不可能置身事外、漠不关心。这样一个特殊的时期，正是拷问人的思想和灵魂的关键时刻，黑与白、忠与奸、善与恶终须外泄、终须见分晓。

叔叔内心积蓄的情绪再也无法控制，他冲进凉亭，跳上石桌，吼叫道：

"打倒日本帝国主义！"

"打倒蒋介石！"

"反对内战，一致对外！"

震耳欲聋的声音惊飞了附近树上的鸟群，争吵声戛然而止，四周的同学全都目瞪口呆地望着脸色涨红的叔叔。

叔叔高舞的手臂放了下来，脸色慢慢退潮。他望了望四周，猛然跳下石桌："我们走。"拉着刘擎天就跑。

两人身后人群的声音轰然炸响：

"这谁呀？这么激进。"

"真的猛,有点意思。"

"就该如此,旗帜鲜明。"

两人一阵奔跑,来到资江边停下脚步,坐到沙滩上。

"章哥哥,你刚才好霸气啊!"刘擎天两眼星星闪烁。

"还好吧。"叔叔组织了一下语言,"看来一中是没法读书了,我还是想到南京三民中学去……擎天,你看……"

"章哥哥,你……你去南京也好。我呢,就继续留在这里。另外,办好擎天书店,宣传抗日,宣传共产主义。章哥哥,我……我等你。"刘擎天期期艾艾地说。

一中还是这个一中,可形势已非、人心已改。自从大革命失败、白色恐怖席卷全国以后,邵阳一中的共产党员和进步教师均遭到清洗,潜心教学的老师也遭到学校和部分学生的打压,上课、学习已经成为次要的东西,"清党"、迫害成为日常。大量不务正业、不学无术的教师和学生进入一中,充斥校园,整天讨论的不是学问,而是政治和政党。要想在一中立足,唯有紧跟所谓的"清党"步伐。告密、打压、迫害甚至偷蒙拐骗事件在学校已经屡见不鲜,整个一中已失去了教学的环境和条件。邵阳一中已经陷入躁动之中……

眼前是静静流淌的资江,并不很宽,但显得十分优雅、静谧、深邃。洁净的江水从不停歇,纷繁复杂的世事也不能阻挡它坚定向前的脚步,它的目标就是前方那遥远的大海。它要投入那波澜壮阔的大海,为那伟大的海洋奉献自己的一切。

这一刻,叔叔心有所悟,他明白,他要跟随宋作民老师的脚步,为国家、为人民、为伟大的事业奉献自己的一切。

叔叔笑了，他偏过头来，凝视着刘擎天。他捧着刘擎天那美丽而圆润的脸，毫不犹豫地吻了下去，一边吻一边说："擎天，谢谢你，谢谢你。"

刘擎天倒向叔叔，双手紧紧地抱住他，心情激动，热烈地回应他的吻。两人的身影被淡淡的月光照映在沙滩上，那么的唯美，那么的温馨。月光是温柔的红娘，它把两人的定情之吻定格在这开阔无垠的沙滩上，而流动的河水则是他们独一无二的见证人，它们会把两人的爱情带到四面八方，带到辽阔壮美的太平洋。

"父亲，哥，我回来了。这是……我的……同学，同学。"回到家，介绍刘擎天时叔叔还是有些难为情。

爷爷望着刘擎天满心欢喜，因为我的父亲已经结婚，现在就差叔叔这个小儿子了。爷爷没想到自己的小儿子给了自己一个大大的惊喜。

我的妈妈赶紧向屋里喊："妈，您快来看看是谁来了？"

奶奶闻声，几步走了出来，看到日章身边站着一个身材窈窕的姑娘，面目清秀，双眼晶晶，气质绝佳，心想日章从未带过姑娘回家，这一定是他自己中意的心上人了，不禁心花怒放、喜笑颜开："多俊美的一个姑娘啊，快快坐下，喝茶。等会就有饭吃了哈。"

"好的，谢谢！曾……妈妈。我叫刘擎天，您叫我擎天就好。"刘擎天羞涩地坐下，本想直接叫妈妈的，因为那样更讨人喜爱，但终究有些害羞。

"唉，好，好，擎天姑娘！"奶奶十分高兴，这姑娘真叫人喜欢。

不一会儿，饭菜就上了桌。

"父亲，母亲，邵阳一中已经乱了，我在那里根本没有办法学习了，我想……去南京三民中学读书。"叔叔说道。

"南京？南京是大城市，现在还比较乱。你哥和我说过你可能会去南京三民中学……你……想去就去吧。你已经长大了，自己出去见识一下也是好的，但是一定要注意身体和安全，不要叫我们为你担心。"爷爷微笑地看着自己的小儿子。

"儿啊，你是和擎天姑娘一起去吗？"奶奶关切地问。

"妈妈，我……我在这边还有很多事情要做，没有办法和日章一起去南京……"叔母小声地说。

"没有关系的，那个……堂兄曾泳沂去年就去了三民中学，他来信要我也去三民中学，另外还有在曾夏梅老师那里一起学古文的假小子张曼娇也去南京。等会我和擎天一起和她碰面。"叔叔说，"这边就请家里照顾一下擎天。等过两年，我们就……就结婚。"

说完，叔叔温柔地看向叔母。叔母满脸绯红，一家人张大了嘴……

叔叔和叔母走出家门，飞快地往阳和岭山走去。

"这边，这边，曾日章。"张曼娇遥遥地挥手，她早已经等在凹洞那儿了。

"曾日章，这位是……嫂子？"

"这个……是的。她叫刘擎天。"叔叔呵呵一笑，转向张曼娇，"擎天，这就是我和你说起的张曼娇同学，和我一起去南京三民中学读书。"

"你好!"

"你好,嫂子。"

对于叔叔他们三个人经常来到阳和岭山会面,叔母感到十分奇怪:"你们怎么喜欢来这里会面?"

叔叔把救治申子苍的事情说了一遍,并拿出那本破旧的本子,翻开新的一页,在上面郑重地写上:"1933年8月18日,曾日章、刘擎天、张曼娇来此。现今日本军侵华,中华民族陷入抗日战争之中,国民党叫嚷着'攘外必先安内'不思抗日,反而发动对共产党的'围剿',实属倒行逆施。我等将赴南京,寻求救国救民之路。"

叔叔放下笔,对叔母说:"擎天,这个地方很安全,你如果有什么事情可以到这里来做,哪怕是在这儿散散心也很舒服的。"

叔母点了点头:"好的,我明白的。你去南京一定要注意自己的安全,你们两个要互相照顾、互相帮助。张曼娇,拜托你了。"

"应该的,相互帮助。"张曼娇微笑地说。

第五章 三民中学的高材生

从走进三民中学的大门开始,叔叔就感受到了这里不一样的气氛。这里比邵阳一中宽阔大气,更重要的是一切都显得整齐有序,教学楼、图书馆、体育馆、操场、学生宿舍都有自己的特色,也没有邵阳一中那种狂躁。

◎ 曾经的三民中学礼堂

南京。

南京在中国历史上有着特殊的地位和价值，早在100多万年以前就有古人类活动，50多万年以前已有南京猿人在汤山生活。南京有7000多年文明史，有2600年建城历史和300多年建都历史，有"六朝古都""十朝都会"之称。南京自古以来就是一座崇文重教的城市，有"天下文枢""东南第一学"之美誉，明清时期中国一半以上的状元都出自南京江南贡院。1927年3月24日，国民革命军北伐攻克南京，4月18日成立南京国民政府，同年置南京特别市，1930年改为直辖市。1927年至1937年期间，南京进行大规模的建设，奠定了南京现代城市发展的良好基础。到1937年，南京城市人口增加到100万以上，为中国六大城市之一。

来到南京，叔叔心潮澎湃。他感到自己的眼界得到了极大的开阔，自己的心境得到了极大的提升，自己的思想得到了极大的升华。呼吸着南京的空气，叔叔能分辨出里面既含有新潮活泼的元素，也藏着躁动肃杀的因子。这是一个不安稳的城市，这是一个有积淀的城市，也是一个考验人的思想和智慧的城市。是的，也许，这个城市在不久的将来，会迎来一场"大考"。

三民中学，南京市龙蟠里曾国藩祠宇，1929年创办，首任校长熊昆山。其办学宗旨，顾名思义，即忠于孙中山先生的三民主义。熊先生希望通过办学来实行三民主义，走教育救国之路，他非常重视政治思想教育。

看到三民中学高大庄严的校门，叔叔十分兴奋：也许，这就是我新生活的起点！叔叔对张曼娇挤脸一笑："张曼娇，怎么样，漂亮吗？大气吗？有感觉吗？"

张曼娇点头道："嗯，和我想象的差不多，我会喜欢这所学校的。"

"你们俩在这里干吗？"正当两人心情愉悦的时候，一道威严的声音传来，是门口的守卫。

"这个……我们来这里上学的。"张曼娇说道。

"有介绍信吗？"

"有。"张曼娇翻出介绍信，递给守卫。

"邵阳？湖南？曾夏梅？……跟我来吧。"

从走进三民中学的大门开始，叔叔就感受到了这里不一样的气氛。这里比邵阳一中宽阔大气，更重要的是一切都显得整齐有序，教学楼、图书馆、体育馆、操场、学生宿舍都有自己的特色，也没有邵阳一中那种狂躁。很显然，在三民中学，各方势力暂时处于一种微妙的平衡之中，或者说高层让三民中学的各方势力暂时处于和平共处之中。

"咚咚咚。"

"谁呀？"

教师办公室大门打开，一位戴着金丝眼镜的中年男人出现在三人面前。叔叔从这位老师身上感受到了儒雅、温暖和亲切。

"曾老师，这是湖南邵阳来的两位学生，介绍信上写的您的名字。"

"好的，谢谢你！"

"你们俩进来吧。"

"嗯，曾日章，张曼娇，你们好，我听过你们的名字，欢迎来到三民中学。我叫曾秋葵，是你们的班主任。我和曾夏梅老师是师兄弟，呵呵。你们既要努力学习，也要积极参加各种活动锻炼自己，成为全能之才。"曾秋葵老师笑容满面。

正在这时，一个年轻小伙气喘吁吁地跑来："曾老师，您好！"

曾秋葵疑惑地问："曾泳沂同学，你有事吗？"

叔叔突然说道："曾泳沂？见到你真是太好了，我正想着等会就去找你呢！"

曾泳沂连声说："日章，曼娇，你们好！曾老师，日章是我堂弟呢！"

曾秋葵老师笑着说："好啊，以后你们三个就在一个班了。"

寒暄一阵，叔叔小心翼翼地问道："曾老师，您能给我们讲讲三民中学吗？"

"三民中学是一所完全中学，各个年级都有，在校学生大约1000人。思想活跃，团结爱国，有各种社团活动……"

"曾老师，曾老师，您快去操场，薛颂岳和申学明打起来了。"一个满头大汗的男生匆匆忙忙地跑进来对曾秋葵老师说道。

"什么？走，看看去。"

曾秋葵老师赶紧往外跑，叔叔他们连忙跟上。

操场上，篮球场，已经围了一堆人。几人挤进去一看，薛颂岳和申学明正在推推搡搡。两人满头大汗，不停地争吵着。申学明手上、脸上有几道血印，屁股上的衣服脏得十分明显，应该是摔得不轻。旁边地上有个篮球，证明是被薛颂岳带球撞的。

叔叔走上前去，抄起篮球，"砰""砰"地运着冲向薛颂岳和申学明。叔叔完美地撞开两人，并把薛颂岳撞翻倒地，一路潇洒地将篮球投进了对面的篮筐。叔叔抱着篮球，回到两人身边，对薛颂岳说："被人撞的滋味如何？篮球是用来运动、用来强身健体的，不是用来炫耀、用来撞人的。我们都是同学，有什么矛盾应该正大光明地解决，不要搞阴的，没意思。"

"这位同学好样的，同学之间的恩怨应该正面解决，来阴的算什么？"

"是啊，男子汉大丈夫，不要因为小问题闹成大矛盾，因小失大。"

"不就是演讲被压了一头吗？至于这样子吗？"

"你不懂。薛颂岳是南京有钱人的儿子，申学明是外地人，强龙不压地头蛇。申学明触了薛颂岳的逆鳞，虽然是同班同学，也是要报仇的。呵呵。"

"新来的，你好棒！姿势帅哦，哈哈哈。"

曾秋葵老师狠狠地瞪了薛颂岳一眼："你的心眼就这么小吗？瞧瞧曾日章，新来的，你们的同班同学。"顿了顿，曾老师叹了一口气说："行了，都解决了。所有的事情都要靠真本事，懂吗？散了。申学明，你带他们两个办好入学手续。"

薛颂岳脸色阴沉地离开。

申学明拍了拍叔叔的肩膀："兄弟，谢谢你。跟我来吧。"

"曾日章，曾泳沂，还有这位小姐姐，你们是邵阳来的？我听我堂哥说过，他两年前受伤在邵阳待过一阵，所以我觉得你们邵阳人肯定不错。"

这惊喜来得太快，叔叔和张曼娇异口同声地说："你堂哥是申子苍？"

申学明突然停住脚步："该不会就是你们两个照顾我堂哥的吧？"

张曼娇兴奋地点头。

申学明一拍额头："好巧啊。我的天啊。兄弟，什么也别说了，今晚我请客。"

叔叔狡黠一笑："必须的。"

傍晚，南京醉烟楼。

"兄弟，本人条件有限，就三个菜，简单了点，勿怪勿怪。"申学明不好意思地搓搓手。

"节约是很好的美德，客气了。"叔叔边吃边问，"苍哥现在怎么样了？"

申学明四周望了望，压低声音说："我哥现在在江西……是中国工农红军的连长了。"申学明满脸的自豪。

叔叔伸出大拇指。

张曼娇抬起头来，满嘴是油："申哥，你和那薛颂岳是怎么回事？他为什么那样子啊？"

"这个呀。薛颂岳是本地一个资本家的宝贝儿子，薛颂岳的堂叔叫薛颂棠，就在我们学校教书。薛颂棠好色，老是欺负女学生。张曼娇，你这么漂亮，可要当心点哦。至于这个薛颂岳，和他叔叔一样，坏得很。前不久学校搞了个'三民主义救中国'的演讲比赛，没想到我一不小心就得了个第一名，薛颂岳不服气，就想着报复我，就这样啰。"申学明顿了顿，看起来有些犹豫，但最终还是低声地说，"我们学校其实就是一个小小的社会，复杂着呢。学生分成很多派系，既有三民主义的忠实信徒，也有马克思主义的坚定拥护者，还有封建顽固派。各有各的团体和头头。"

张曼娇歪了歪脑袋："申哥，那你是哪一派？"

申学明："我呀，你们猜。"

张曼娇想了想："切，和苍哥一样呗？"

申学明哈哈一笑："聪明！那，你们三个怎么选择？"

叔叔对申学明翻了翻白眼，申学明笑得更欢了。

"哟嗬，这不是申学明吗？什么事这么好笑啊？说出来让哥哥我也乐呵乐呵？"

一道刺耳的讥笑声传来，四人回头一看，只见薛颂岳双手抄胸、右脚乱点，咧着嘴望着他们。薛颂岳身边跟着三个人，身材高大，应该是经常搞运动的。

曾泳沂大喝道："薛颂岳，别人怕你，我可不怕，你想搞事吗？"

"搞事？哼哼，那就搞！朱八，上，教训教训他们！"

"好嘞。"朱八指关节捏得啪啪响，摇头晃脑地走向叔叔四人。

朱八的凶相吓坏了食客，"跑啊！"不知道谁惊呼了一声，所有的食客一哄而散。

看到朱八的模样，申学明脸色变白，汗珠往下滴落："你别过来，不要被人当枪使了！"

朱八嘿嘿冷笑，一步一步逼近。

叔叔伸了一个懒腰，站起身来平淡地说道："吃饱了，味道不错。我这人看不惯倚强凌弱，既然下午的劝解某人没有觉悟，那就只有用拳头说话了。"说完，眼神凌厉地望向薛颂岳。

薛颂岳冷酷一笑："呵呵，我同意你的说法，我们就四个人，你们如果能够全部放倒，这事就算过去了，反之没完。动手！"薛颂岳咬牙切齿。

朱八右手握拳猛然前冲，张曼娇和申学明看到朱八凶狠的样子，心里十分为叔叔担忧，对方还有三人没有上场，而自己这边只有叔叔一人，他们三个根本就是文弱书生，哪里见过这种场合。特别是申学明，内心不断自责，这本来不关叔叔的事，都是自己惹的祸，却要叔叔来承担。如果叔叔受伤，自己该如何自处？

正在焦虑间，只见叔叔身体一侧，一记勾拳挥出，"咔"的一声，牙齿和着鲜血飞出，朱八身体后仰，"咚"地摔落地上，昏迷过去。

一时间，整个餐厅寂静无比、落针可闻，所有人目瞪口呆地望向朱八，失去了思维。

"练……练家子，好……好得很。我们三个一起上！"薛颂岳虽然头皮发麻，可箭在弦上不得不发。

三人包抄，叔叔高高跃起，右腿逆时针一扫，"啪啪啪"，薛颂岳三人如遭重击，四散飞出。

薛颂岳撑地爬起，左脸高肿，双眼圆瞪："你们赢了，我们后会有期。"

叔叔喊道："慢着！"

薛颂岳身体一抖："怎么？有何指教？"

叔叔冰冷地说："赔钱，没看到打碎了东西吗？"

蹲在角落的店小二连忙跑上前来："谢谢，谢谢这位同……哦不，少爷。"

"不用，走吧。"张曼娇和申学明亦步亦趋地跟着叔叔走出醉烟楼。

路上，张曼娇和申学明一脸崇拜地望着叔叔。

张曼娇忍不住问道："章……章哥，你好厉害哦，你的功夫哪里学的？"

叔叔微笑答道："那个本子上的啊。"

"啊，那不是看不清了吗？"

"看得清的几招我就用上了。"

张曼娇疑惑地说："这样也行啊？"

申学明挤过来说："日章，谢谢你了！什么书？可以给我看看吗？"

叔叔说："可以啊，回去就给你看看。"

申学明欣喜地笑道："那真是太好了。对了，日章，我们学校有个进步团体，叫作爱国会，学生自发组织的，会长是熊爱国学长，有人说他是共产党，呵呵。曾泳沂就是会员。当然还有一个三民会，有钱的学生多些……"

"等等,熊爱国？熊也爱国？哈哈,笑死我了。"张曼娇叫道。

"呵呵,我倒是没有想到这一层。爱国会经常举行演讲活动,要不你们准备准备,说不定一鸣惊人呢!"

叔叔咧嘴一笑:"有意思,那就明天看看去,正好星期天。"

申学明和张曼娇离去,曾泳沂对叔叔说:"日章,我们在校园里走走吧,想和你说说话。"

"好的,堂兄。"

"日章,南京是个大都市,三民中学的师资力量和教学条件也是相当突出的,在这里不但能学到知识,也能开阔视野、提升格局。做大事者必须有大格局和大毅力。而且,南京是全国形势变化的风向标。一有风吹草动,南京必定会有体现。南京的思想斗争异常激烈,党派纷争层出不穷。你来到南京,一定要有思想准备。我呢,在学校里加入了爱国会,也在积极向中共组织靠拢,争取能够加入中国共产党。但是,中国革命是残酷的,不单要同帝国主义者战斗,还要同国民党斗争。复杂的斗争决定了我们不但要付出更多,而且要随机应变。你如果有问题和困难,可以随时来找我。"曾泳沂停下脚步,盯着叔叔真诚地说,"我们不但是兄弟,还是同行者。"

"谢谢你,堂兄。"叔叔神情严峻地说,"目前正是形势最复杂的时候,正如你所说,我们不但要付出更多,而且要坚定信念、不怕艰苦。宝剑锋从磨砺出,梅花香自苦寒来。经过苦寒和磨砺,就一定能够守得云散见日出。我不怕辛苦,也愿意历练,因为我一直坚信中国共产党才能救中国。"

曾泳沂和叔叔的手紧紧地握在一起:"让我们共同努力!"

爱国会。

一间约40平方米的房间。

叔叔四人走进去一看,房间里已经有了七八个人。

申学明走到一个虎背熊腰的魁梧学生面前,指着叔叔和张曼娇,恭敬地说道:"学长,这两位来自湖南邵阳,想参加我们爱国会。他是曾日章,她是张曼娇。"

几个人很快围过来,熊爱国望着叔叔:"哦,你就是曾日章?个子不是很高,可球倒是打得可以,而且很有正义感,很好。就是不知道你的成绩和口才怎么样,能不能配得上你的球技。两个星期以后学校有场演讲比赛,每个年级有两个名额,每个社团也有两个名额,一共差不多30人,有没有兴趣?"

"行,我试试,谢谢会长。"叔叔没有犹豫,点头答应。

"好。这几天写写,我们爱国会还有施飞莺同学参加。申学明就不参加了。施同学上个学期得了个第三名,是我们社团最好的成绩。曾同学你演讲稿写完我们社团先听听,可以吗?"

"没问题。"

熊爱国转向张曼娇,问道:"张同学会些什么?"

张曼娇想了想,说:"我会的很多啊,比如写字,比如跑腿,比如组织啦啦队,比如乐器……"

熊爱国像发现新大陆一样,大笑道:"好啊,好极了。以后这些事就交给你了。演讲比赛的时候多找些人加油,搞点花样。"

"好嘞。"张曼娇满口答应。

熊爱国笑得像个孩子,他对房间里的所有人说:"以后张曼娇就是我们爱国会的组织干事了。申学明是宣传干事,你们俩互相配合。演讲比赛的时候，我们都去给施飞莺和曾日章两位同学加油。"

"好的，会长。"

"没问题，会长。"

三民中学大礼堂爆满，高中部、初中部所有师生加上全体校领导一共1000多人悉数到场，因为每个学期的演讲比赛都令人热血沸腾。这次演讲比赛更是在大礼堂正中留出了一块几十平方米的空地，演讲台底下就是空旷的木板地，供各年级啦啦队表演、加油。

校领导讲话完了之后，各位评判就位，选手依次登台，啦啦队热情献舞。

施飞莺上场。

"……在一些人眼里，国家利益和国家安危毫不重要。但是在另一些人的眼里，国家利益和国家安危有千斤重，甚至高于自己的生命。

"我们的先辈用热血灌溉了我们至高无上的祖国，用他们的血肉铸造了中华民族的传统。

"一个人只要他有一颗爱国之心，就什么问题都能解决，什么苦楚、什么冤屈都能受得了。

"每一个人都一样，无论跑到天涯海角，始终脱离不了祖国，祖国永远在你身边陪伴。每一个人，甚至每一种动物，都有一颗爱国之心。只是这颗爱国之心只有真正醒悟、真正理解人生意义的人才能完全发挥出来。但是，这颗爱国之心很脆弱，稍有不慎就会被玷污。其实，只要心中充满爱国之情，就算有比天坠下来还大的难关也会被攻下的。

"我相信,如果有一天祖国真的遭受前所未有的灾难,大多数人都会捐躯赴国难,视死如归的。只要牢牢坚守祖国的信念,就等于拥有了无穷的力量,所向披靡。

"祖国像一位伟大而又温柔的母亲,养育了我们。如今,我们长大成人,要用伟大的成就来回报祖国。我们的祖国其实有一颗雄狮的心,但这颗雄狮的心要用我们的行动来唤醒。

"在日本军队侵入我们祖国的今天,我们必须做些什么了!"

"好,好啊!"

大礼堂掌声响起,张曼娇带领啦啦队起舞更是点燃了所有人的激情。

高中部三民会胡思正演讲。

"我的祖国是个拥有五千年历史的文明古国,作为中国人我为此感到自豪。我爱我的祖国,它有着自己的光彩,有着和外国不同的精神,这里的一切都是那么的美好,我要是画家,我一定会用五颜六色的画笔,描绘出我们伟大的祖国,但是我什么都不是,我只是一个学生,所以我只能用简单的语言来描写祖国。

"祖国是哺育我们的母亲,是生命的摇篮,在历史长河中涌现出了大批的英雄豪杰,他们为了祖国的每一寸土地而和敌人做殊死的斗争,因为他们的付出和牺牲,我们的祖国才得以富强,因此,我们要时常对自己说:'我是中国人,我为此而感到骄傲!'

"人类的精神世界好比一座高不可攀的高山,我们每个人的责任就是做一个攀登者去攀登这座高山,因为山的顶峰有着伟大的中华民族精神,那是在长期的奋斗中形成的中华民族的思想精髓:团结一致,爱好和平,勤劳勇敢,自强不息。我们要时刻牢记,我们要从小树立起爱国精神,学习要有崇高的理想和远大的目标。有的人学习看起来是努力的,但是目的却是为了自己个人的利益,为了谋取个人的功名利禄,这是很没有出息的人。我们应该时刻要寻求救国救民的真理,我们要把孙中山先生的三民主义发扬光大……"

"胡思正,好帅。"一道尖锐的女声划破礼堂上空。

"花痴吧,你。"话音落下,满堂哈哈大笑。

叔叔登台演讲。

他深深地鞠了一躬,声音洪亮而坚定。

"爱国是什么?爱国就是热爱祖国的山河,爱国就是维护祖国的尊严,爱国就是关心祖国的安危……

"爱国情感如荷花一般纯洁,如梅花一般坚韧。爱国是顾炎武所说的天下兴亡,匹夫有责;爱国是范仲淹所说的先天下之忧而忧,后天下之乐而乐。祖国历尽沧桑巨变,远眺那雄伟的万里长城,心中不禁涌起一股敬意,爱国之情油然而生。

"爱国可以轰轰烈烈、感人肺腑;爱国也可以点点滴滴、平凡至真。为国捐躯是爱国,自强自立是爱国,勤俭节约是爱国,勤奋学习也是爱国。将军爱国,金戈铁马;文人爱国,诗词歌咏;壮士爱国,赤胆忠心;杀手爱国,血溅五步;学生爱国,慷慨激昂;匹夫爱国,横眉冷对。

…………

"祖国啊,万载逝去,你美丽的容颜依旧,你耀眼的光芒不灭!

如今，日本军队踏入东三省，所有的中国人都应该团结起来，一致对外。民族矛盾就是最大的矛盾，民族危机才是最大的危机！

"你可以花天酒地，但你不可以不爱国；你可以胡言乱语，但你不可以不爱国；你可以碌碌无为，但你不可以不爱国！

"让我们团结一心，把日本人赶出东三省！"

一道闪电划过众人脑海，一时间寂静如雪。

"曾日章，好样的！"熊爱国大吼一声。

"曾日章，好样的！"

"曾日章，好样的！"

呼声如雷。

张曼娇冲向礼堂中心，高举鲜花，尽情起舞。

…………

校领导的声音响起："经七位评判裁定，我宣布，本次三民中学演讲比赛，第三名胡思正，第二名施飞莺，第一名曾日章。"

如潮的掌声和欢呼声震耳欲聋："曾日章，好样的！"

叔叔在三民中学努力学习，锻炼身体，积极参加社团活动，得到了曾秋葵老师和同学们的喜爱。叔叔涉猎广泛，关心时局，读了很多进步书刊，对各种理论了然于胸。

1934年，中国共产党中央苏区红军第五次反"围剿"失败，被迫进行战略转移。中央红军从瑞金出发，艰难跋涉。由于"左"倾冒险主义错误思想的影响，湘江战役后，中央红军由八万多人锐减至三万多人。后在湖南通道召开会议，经过毛泽东的努力，红军改道向敌人兵力薄弱的贵州进军，跳出了国民党军队的包围圈。通道转兵挽救了革命，挽救了中国工农红军，并为遵义会议的召开奠定了基础。正是遵义会议，正式确立了毛泽东的领导地位，从此让中国革命和工农红军从胜利走向胜利。叔叔得知这些消息，为中国革命的艰难扼腕叹息，为毛泽东的正确领导拍手称好，并对中国革命充满了必胜信心。

日月如梭，转眼到了1935年底。

三民中学大操场。

叔叔和张曼娇在跑步。叔叔步履轻松，张曼娇气喘吁吁。

"章哥，你再慢点，我有点累了。"

叔叔放慢脚步，张曼娇赶上来说："章哥，你太厉害了。你都快成为神人了，知道吗？体育成绩很好，文化课成绩名列前茅，口才突出，还会功夫。好厉害啊，你是全才耶。"

叔叔很疑惑地对张曼娇说："这么多次演讲比赛，薛颂岳为什么没有参加呢？"

张曼娇说："也许是看申学明没有参加吧，也可能是因为觉得没有机会拿名次出风头吧。还不知道那次他的演讲稿是谁写的呢！"

叔叔摇摇头说："张曼娇，我们三民中学看起来风平浪静，其实就是一个复杂的小社会啊。"

"嗨，日章，我们两跑两圈试试？"申学明一身运动打扮跑过来说。

"好，我们就比试一下800米好了。"叔叔十分轻松地说。

"我给你们做裁判。"张曼娇满脸激动。

"各就位，预备，跑！"

两人如离弦之箭一样往前冲,叔叔的个子明显比申学明高些,没有多久,叔叔就跑在了申学明前面。800米是跑道两圈,当叔叔跑到终点时,申学明还有半圈没有跑完。

　　"申学明,加油!""申学明,加油!"叔叔和张曼娇大喊加油。

　　申学明跑过终点,气喘吁吁地对叔叔说:"你这个变态。"

　　正在这时,施飞莺跑了过来:"曾日章,张曼娇,申学明,会长说有重要的事情,让我们爱国社的成员都去集合。"

　　张曼娇嘀咕:"什么事啊?有那么重要吗?"

　　施飞莺四周望了望,低声说道:"华北出事了。"

　　叔叔抄起外衣:"快走。"

第六章

爱国青年，民族先锋

所谓成家立业，成家在前，成家以后就有了动力、担当和干劲，立业也就不远了，叔叔就是这样想的。叔叔更希望能够和叔母在一起，一起为生活和家庭努力，一起为国家和民族的振兴奋斗。

◎ 塘田战时讲学院院歌

爱国社。

一百多人把房间挤得满满的。熊爱国横眉怒目，气氛有些沉闷。

"同学们，三天前的12月9日，北平的大中学生数千人，举行了抗日救国示威游行，反对华北自治，打倒日本帝国主义。日本军队已经迈进了华北，偌大的华北已经放不下一张平静的书桌了！这次爱国游行是在中国共产党领导下的一次大规模的学生爱国运动，必将掀起全国抗日救国的新高潮。我们爱国社，一定要声援和支持这次运动，唤醒全国人民抗日救国的觉悟和热情。"熊爱国停顿了一下，眼光锐利地扫了一圈，接着说道，"爱国社的宗旨就是抗日救国，是接受中国共产党的领导的先进组织，我们大家都是爱国进步的青年。我希望大家提出想法，以实际行动响应北平的这次爱国运动。"

申学明接着说道："抗日爱国，匹夫有责。作为爱国社的宣传干事，我认为我们应该坚决支持北平学生的爱国运动，我们应该在南京这个国民党政府的中心彻底唤醒民众的爱国激情。"

叔叔站起身来："同学们，华北告急，全中国告急！我们应该把北平这次学生爱国运动变成抗战动员的运动，变成动员全民族抗日救国的运动。只有这样，才能让这次运动取得最大的效果。不单是南京，我相信全国各大城市都会举行声援活动。我们爱国社应该联络南京的其他大中学校，共同组织起来，进行游行活动。"叔叔想了想，接着说道："我们应该还记得1932年的一·二八事变，1932年1月28日夜，日本海军陆战队对上海当地中国驻军第十九路军发起攻击，十九路军随即应战。它是日本为配合其对中国东北的侵略而自导自演的冲突，时间长达一个多月。当时蒋介石制定的对日应对原则是一面预备交涉，一面积极抵抗。国民政府认为，中国军阀割据、内乱不已，军令政令不统一，财政极端困难，无力与日本全面开战，希望在不丧失国权的情况下，以最小的代价达成停战。于是，1932年5月5日，南京政府代表郭泰祺和日本特命全权公使重光葵分别代表中日双方签订了《淞沪停战协定》。一·二八事变以后，蒋介石、汪精卫等人以事变期间中国工农红军发动赣州战役为借口，正式确定了'攘外必先安内'的政策，对江西红军和共产党发动了多次'围剿'。从1933年9月到1934年9月，红军经过一年苦战也未能打破'围剿'，被迫从1934年10月开始离开江西根据地进行战略转移。国民政府对内'围剿'共产党、对外屈膝日本人的做法实在令人痛恨，因此，这次北平学生的爱国运动是彻底唤醒民众的机会，我们应该在南京进行响应。"

"说得好！"

"将军爱国，金戈铁马；文人爱国，诗词歌咏；壮士爱国，赤胆忠心；杀手爱国，血溅五步；学生爱国，慷慨激昂；匹夫爱国，横眉冷对。曾日章，好样的！"

想了想，叔叔接着说道："既然我们都是爱国热血青年，我们就应该团结起来，我们应该加入抗日民族先锋队，一致对外，把日寇赶出中国！"

张曼娇立即响应："社长，各位同学，我愿意和申学明一起组织并联络南京其他大中学校的学生团体，我们一起举行游行示威活动，走上街头，宣传抗日，激励民众。"

曾泳沂也站出来说道："这是一个唤醒民众的好机会，我们要让老百姓看到我们学生的力量！"

熊爱国热血澎湃："好，那就这样。申学明、张曼娇和曾泳沂负责与其他大中学校联络，商定时间、路线，并组织和保护好学生，也欢迎广大市民参与。曾日章负责制作标语横幅，并准备一些喇叭旗帜之类。我们都穿上校服，统一服装，整齐有序、声势浩大地进行游行，我们要让国民政府看到我们抗日对外的决心，要让民众体会到我们强烈的爱国热情。会后我们全体申请加入抗日民族先锋队，我们要充分体现我们学生的强大力量！"

12月16日，南京各大主要干道人声鼎沸、彩旗招展。南京各大中学校师生以及广大民众纷纷走上街头，声援北平学生。高举的横幅上面写着"停止内战，一致对外""打倒日本帝国主义""武装保卫华北""反对华北自治""打倒卖国贼""中华民族万岁""收复东北失地""人民，武装你们自己"等口号，声势浩大，规模壮观。

在南京国民政府门前的广场上，搭建了一座高台，几个学生干部拿着大喇叭站在台上分别进行慷慨激昂的演讲："华北已经到了生死存亡的时刻,华北危机,中国危机。我们必须行动起来,打倒卖国贼,把日本人赶出中国……"

台下围坐着许许多多的学生和民众,整个国民政府广场人山人海,欢呼声、吼叫声连绵不绝,所有人的兴奋指数都飙升到了极点。

叔叔、张曼娇、申学明三人随着游行队伍四处奔走了几个小时以后,来到了国民政府广场。他们的眼光望向国民政府门口,那里有国民政府的工作人员正在与学生代表激烈地争吵着、辩论着,双方都情绪激动、面红耳赤、手臂挥舞,似乎马上就要互掐起来。在一番静静的眼神交锋以后,国民政府的工作人员甩手转身,走进了大门。

"不好,要出事。"叔叔突然有了一种不祥的感觉,他赶紧对张曼娇、曾泳沂和申学明大叫着说,"我们分头行动,赶紧组织大家撤退。国民政府要对我们采取措施了,快去高台那里,要大家离开这里!"张曼娇跑向高台,申学明往广场边大榕树下的临时指挥点冲去……

"喔喔喔……"

突然,广场东西两侧传来脚步声,转眼间,大批警察出现在叔叔的视线里。他们手持步枪、大刀、木棍、皮鞭等,蜂拥而来。学生们顿时惊慌失措。步枪、大刀、木棍、皮鞭等不断地招呼在学生身上,不少学生夺路狂奔。高台和广场旁边的学生干部迅速聚集到学生前面,保护学生,与警察对抗。叔叔夺过一根木棍,冲到学生前面,毫不畏惧地与警察搏斗。凶狠的警察打开了广场四周的水龙头,冰冷的水柱喷射在学生们的身上,数十名学生受伤，学生队伍被打散。

半个小时过去，广场一片狼藉。受伤倒地的学生和市民、散乱的旗帜和标语、污水和鲜血，随处可见。叔叔和一批学生干部被警察带走，学生们的示威游行到此结束。

国民政府审讯室。两个身穿制服的警察坐在审讯桌前，一个负责记录，一个负责询问。

"姓名？"

"曾国策。"

"籍贯？"

"湖南。"

"湖南哪里？"

"邵阳。"

"曾日章，又名曾国策，湖南邵阳人，南京三民中学学生，爱国社成员，抗日民族先锋队队员……"

"……"

"学生应该专心学习，不问政治。你要好好反省。等你们学校领导来了就可以走了。记住，好好学习，不问政治！"

三民中学被警察带走的学生干部只有叔叔和申学明两个人，熊爱国、张曼娇、曾泳沂等人趁乱回到了学校。

不一会儿，叔叔和申学明就被放出了警察局，站在警察局门口的不是校领导，而是他们的班主任曾秋葵。

看到叔叔和申学明，曾秋葵老师摇了摇头，又点了点头，心情复杂却面带微笑地说："出来了就好，回学校再说。"

叔叔和申学明同样心情复杂地跟在曾秋葵老师身后慢慢前

行……

教师办公室。曾秋葵老师银发飘飘，一脸严肃。

"学校就你们俩被抓，学校因此被国民政府警告，你们俩也在国民政府挂了号，成了危险分子。关于这次示威游行，你们没有什么要对我说的吗？"

叔叔抬起头来，不屈的眼神望着曾秋葵老师："老师，您也知道，华北危机，北平学生爱国游行。我们在声援北平，反对内战一致对外。我们虽然是学生，但我们也要为爱国出一份力，这是作为华夏儿女应该做的……"

"啧啧啧，好一个'为爱国出一份力'。曾日章，你多大了？不到20吧？学了多少本事？你能够做什么？也就只能喊喊口号而已吧？你喊口号不打紧，倒是把我们三民中学给害了！你这种人在我看来就是只害虫！"

一位秃头溜圆的中年教师走进办公室，对着叔叔劈头盖脑就是一顿训斥。

"这位老师，我们学生学习知识是为了服务国家的，现在国家有难，我们学生应该有自己的态度和立场，我们不能当亡国奴！"叔叔无所畏惧地说。

"你，你，你们学生应该注重学习，不要过问政治。那样无论对自己还是对学校都是有害无益的！"秃头教师恼羞成怒。

"学习应该有方向，有追求，有自己坚定的爱国立场，读死书不如不读书。"

"你，你……"

"薛老师，薛老师，冷静，冷静，不要和学生一般见识。您先等一会,我和他们说说,说完了您再来,好吗?"曾秋葵笑眯眯的,秃头老师斜了叔叔一眼,匆匆离开。

"薛颂棠老师也是为你们好,为学校好,希望你们能够理解。我们三民中学,奉行孙中山先生的三民主义精神,民族、民权、民生。其中民族主义就是反对清朝统治和列强侵略,打倒与帝国主义相勾结的军阀,求得国内各民族之平等。所以大家的抗日热情可以理解,但是我们还是要征得学校同意,在有组织领导的情况下举行游行,而不是冲动行事。"

"老师,我们是声援北平学生,华北危急啊!我们的游行,学校或者国民政府是不会同意的。"叔叔诚恳地望着曾秋葵老师。

"嗯嗯,老师,我们学生其实很单纯,但却是爱国的坚定分子!"申学明连忙补充道。

"唉,行了。这样吧,曾日章。学校副校长和我说了,鉴于你们俩这次被抓影响太大,学校决定让你们先休学一个学期,让你们好好想想,反思一下。等影响过去了,你们俩再回到学校继续读书。你们意下如何?"

叔叔和申学明一时间目瞪口呆、茫然无措。稍后,叔叔和申学明交换了一个眼神,苦笑地对曾秋葵老师说:"老师,我们知道了,既然如此,我们尊重学校的决定,我们先回去休息一个学期吧。"

"嗯,你们商量一下,这几天就离开学校吧。等影响过去,我会派人去找你们的。"

说完,曾秋葵老师转身走出了教师办公室。

第二天,叔叔和张曼娇、曾泳沂说了一声,申学明则要求和叔叔一起去邵阳看看。于是,叔叔带着申学明一起回到了邵阳老家。

阳和岭山,叔叔和叔母依偎在一起,诉说着久别重逢的相思。

良久,叔叔鼓起勇气说道:"擎天,学校要求我休学半年,我们……我们就把婚事办了吧?"

这是叔叔去南京读书前的承诺,现在终于可以兑现了,叔叔十分高兴。所谓成家立业,成家在前,成家以后就有了动力、担当和干劲,立业也就不远了,叔叔就是这样想的。叔叔更希望能够和叔母在一起,一起为生活和家庭努力,一起为国家和民族的振兴奋斗。

"嗯,依你。"叔母满怀激动地低头说道。

"我觉得五一很好,就五一吧。"

"好。"

叔母干脆的回答让叔叔十分兴奋。叔叔十分珍惜和叔母在一起的每一个瞬间,十分珍惜两人相处的每一个细节。喜欢是淡淡的爱,爱是深深的喜欢。叔叔知道,自己对叔母的感情已经水到渠成,两人应该走进婚姻的殿堂了。

在这个空旷的空间里,两个人是如此的放松,如此的温暖,如此的心心相印。这样一个安静的午后,这样一个空间,这一对相知相爱的人,已经成为永恒的风景和持久的回忆,两个人似乎融入了天地。

"日章,你这次回来有什么打算?"彭柏林和叔叔坐在土丘上，微风吹拂，满眼春光。

叔叔随手捡起一块小石子，奋力扔进了前方的小溪："三民中学让我和申学明休学一个学期，曾秋葵老师再想办法让我们回去。我只能在这边等等看了。当然也可以做点什么。"

"嗯。日章，我们既是同学又是老乡，彼此知根知底。我知道你思想进步，志向高远。要不我们一起努力，争取尽快加入中国共产党！"

"柏林，我始终相信中国共产党，北平一二·九运动就是共产党组织和领导的爱国运动。希望我可以早日加入党组织。申学明现在在邵阳县委，他是共产党员，应该能够为组织做点工作的。"叔叔停顿了一下，接着高兴地说，"柏林，我和擎天五一结婚，你可一定要来哦！"

"一定！恭喜你了，日章。有了擎天弟妹，我们的活动可以更顺畅、更方便。我会定期来凹洞的，你们有什么情况可以随时在凹洞留言。"彭柏林站起来，紧紧握着叔叔的双手，黝黑和疲惫的脸上满是真诚。

天气晴朗，万里无云，碧蓝的天空令人心醉，属于叔叔和叔母的1936年五一如约而至。

曾家装饰一新，青砖碧瓦，屋檐高翘，雪白墙壁亮如新，大红灯笼高高挂。

宽阔的新房里，墙色温馨令人心醉，彩色气球摇曳生姿，崭新被褥娇媚红艳，红枣、花生、桂圆、莲子占据满床。

房前屋后，热闹非凡。整个曾家，喜气洋洋。

爷爷满面含笑，奶奶笑个不停。小儿子结婚了却了他们的最大心愿，从此两个儿子建立了家庭，彻底地稳定下来，也必定能够为曾家开枝散叶、添丁加口。我的父亲和我的妈妈脚不沾地，欢快地忙碌着，不时发出发自内心的大笑，惹得宾客们欢歌笑语不断，把气氛营造到了顶点。

"新娘子好美，新娘子好美！"小孩子对美有着天然的亲近感，总能最快发现美、欣赏美，几个小孩欢呼雀跃地大喊着，其中包括我1945年逝去的两个哥哥。

叔叔和叔母满身红装，在午后的阳光照耀下鲜艳夺目。两人在欢天喜地、震耳欲聋的气氛中，一拜天地，二拜高堂，夫妻对拜……

天和风雨顺，地和五谷丰，人和百业旺，家和万事兴。

结婚仪式烦琐，在敬完彭柏林、张曼娇等人的酒后，叔叔和叔母终于送走了诸多宾客，夜晚也降临了，两人回到了新房。

"擎天，谢谢你！"叔叔牵着叔母的双手，真诚地说，"你知道我的志向、我的追求，现在的形势很不利，但我坚信共产党，我已经向党组织递交了入党申请书，再多的艰难困苦我也不怕，就是有可能连累你，我会内疚。"

"章哥哥，我明白的，人应该有所追求。我不怕，我也可以帮助你的，让我们一起努力好了。"叔母坚定地说道，内心满是温柔。

大红的灯笼，摇曳的烛光，鲜艳的新房，美好的夜晚，一切都预示着叔叔、叔母夫妻俩崭新生活的开始。

中共邵阳县委，蒋砚田主持会议。

"同志们，当前的形势非常严峻，日本军队已经踏入华北，国民党在全国实行白色恐怖，工农红军正在战略转移。在战略转移途中，我党召开了遵义会议。遵义会议结束了王明'左'倾教条主义错误在党中央的统治，确立了以毛泽东为代表的新的中央的正确领导，把党的路线转到了马克思列宁主义的轨道上来。遵义会议在中国革命的危急关头，挽救了党，挽救了红军，挽救了中国革命，是我党历史上一个生死攸关的转折点，它是中国共产党从幼年的党走入成熟的党的标志。因此，我们应该坚定信心，把地方工作做好，为团结抗日、冲破白色恐怖努力奋斗。

"目前，我们要做的事情很多，但主要任务有两点：一是统一思想认识。我们还有一部分同志盲目乐观，对国民党抱有幻想，这是很危险的。我们趁今天这个机会，来谈谈中国的前途和命运问题。二是要不断壮大党组织，积极开展革命工作。我们要时刻注意形势发展动向，与上级党组织保持联系，指导辖区内的党组织针对性地开展工作，同时还要保证安全。那么，首先讨论中国的前途和命运问题。今天我邀请了我原来的同学、南京三民中学的高材生、进步青年曾日章同志参加会议。曾日章同志已经向党组织递交了入党申请书，我们要对他进行考察，而参加会议是现阶段进行考察的有效方式之一，希望曾日章同志踊跃发言。"蒋砚田的头脑非常清晰，具有较好的组织和领导才能，大家对他的讲话纷纷点头赞同。

一个教师模样的中年汉子首先发言："我觉得，目前中国的前途和命运到了危险的地步，日本侵华，国民党对我党进行'清剿'，汪精卫卖国求荣。我们不仅要抗击日寇，还要打倒国民党，只有这样,中国才有希望。"

话音刚落,一个商人打扮的青年接着说道:"中国的前途和希望在我党手上,我始终坚信,只有共产党才能救中国。"

一位农民模样的老者说道:"两千多年的封建主义对农民阶级的压迫和对中国的发展消极影响甚重,封建主义与农民大众有着天然的阶级矛盾,而资产阶级又因为近代中国半殖民地半封建社会性质导致自身发展不足,他们具有极大的妥协性,于是缺乏彻底的革命信心和决心,不能领导中国走向民主、独立和富强。所以,中国前途和命运的决定权,中国民主、独立和富强的希望在无产阶级政党——共产党的身上。只有广大的无产阶级彻底获得平等和自由,中国才能屹立于东方。"

叔叔站起身来:"各位前辈,大家好。我叫曾日章,我是来学习和提高的,争取能够早日加入党组织。我也谈谈我的认识和看法,不当的地方请各位前辈多多指教。我认为,只有社会主义才能救中国!"

"唰",大家的视线一下子全部集中到了叔叔身上。这是一种全新的思想,对在座的所有人来说是一种震撼。俄国十月革命建立了无产阶级政权,成立了社会主义国家,给人类社会带来了一股清风,是马克思主义理论的实践验证,具有强大的生命力。在座的都想听听社会主义和共产主义方面的理论,因此都期待叔叔能够启发他们的思想,开阔他们的眼界,进而坚定他们的信心。

叔叔略微停顿了一会,看到大家的眼神,迅速组织好了自己的语言:"我是从三个方面来看的。第一,从近代历史的演变来看。1840年鸦片战争以后,中国逐步沦为半殖民地半封建社会,这种社会性质，决定了中国必须进行反帝反封建的民主主义革命才能获得民族独立和人民解放。在中国，哪种政治势力能够领导人民赢得民主主义革命的胜利，它就有引导中国走何种道路的主导权。1898年康有为、梁启超等人发动的戊戌变法极有可能引导中国走向资本主义社会，但是戊戌变法未能成功。孙中山领导的中国同盟会以及由同盟会改组而来的国民党，是中国的资产阶级革命政党，它有可能通过推翻清政府把中国引导到资本主义社会，但是因为中国资产阶级及其政党的软弱，辛亥革命以来的革命成果被袁世凯窃夺了。于是造成了民国以来的军阀混战、国家分裂、人民涂炭。五四运动以后，中国的无产阶级政党——中国共产党成立，并逐步主导了中国革命的方向。中国共产党领导的革命一定是把中国引导到社会主义，因为我党领导的革命斗争，一向是以社会主义、共产主义相号召鼓舞着广大人民。中国共产党将真正成为推动中国社会前进的主导力量，中国也必定走向社会主义。"

叔叔侃侃而谈，视线所到都是"唰唰"的笔记声，所有人都听得十分认真。叔叔喝了一口水，看到大家期待的眼神，继续说道："第二，从近代中国政治思想史的发展过程来看。我们知道，中国传统儒家思想中就有大同思想，所谓'大道之行，天下为公'。而这种大同思想，不仅仅是儒家的追求，也是普通老百姓的追求，因此大同思想很容易和社会主义思想相结合。在这个方面，孙中山先生的思想就是一个典型。孙先生强调三民主义，而在三民主义中，孙先生最看重的是民生主义。所谓民生主义，孙先生用的英文是socialism。而这个英文通常被翻译为社会主义，但孙先生却认为翻译为民生主义更好，但孙先生有时候却直接用社会主义来说明他的民生主义主张。1912年，孙先生曾经提出，要把中国建设成为理想的社会主义国家，希望能够做到'实行社会主义这日，我民幼有所教，老有所养，分业操作，各得其所。我中华民国之国家，一变而为社会主义之国家矣'。但实际上，孙先生所要建立的不是没有资本家的社会，而是不要大资本家的资本主义社会。此外，孙先生又强调，他的民生主义与社会主义、共产主义是好朋友。1924年，孙先生在广州演讲时强调：'共产主义是民生的理想，民生主义是共产的实行；所以两种主义没有什么分别，要分别的还是在方法。''三民主义之中的民生主义，大目的就是要众人能够共产。不过，我们所主张的共产，是共将来，不是共现在。'孙中山先生的民生主义和社会主义思想，在中国人民心中是有影响的，这也在一定程度和意义上形成了历史必将选择社会主义的思想基础。"

看到大家都在埋头做笔记，叔叔放慢了语速："第三，从当前国际环境和民族危机的影响来看。就在前几年，1929—1933年，美国爆发了严重的经济危机，接着所有的资本主义国家都爆发了经济危机，使得资本主义世界陷入经济、政治和信仰危机的恐慌之中，资本主义的吸引力必将随着这次危机不断下降。反过来我们看看苏联这一社会主义国家，第一个五年计划取得辉煌成就，这必将使社会主义的影响力迅速彰显。而在经济危机的打击下，资本主义国家加强了对其他国家包括我国的掠夺。日本就因此悍然发动了侵华战争。中华民族陷入危机之中。民族危机必定使我们寻找新的出路。我们应该清醒地看到，苏联的成功就是社会主义和马克思主义的成功,社会主义必定是我们最好追求,社会主义思想必将响彻整个中国!我说完了,请各位前辈指正,谢谢!"

房间一时间寂静如雪。

好一会,众人爆发出雷鸣般的掌声。

精彩,震撼,不可思议,叔叔的思维竟然如此严密、超前,只有心中装有天下的人才会有这般令人钦佩无比的言论!

蒋砚田总结道:"同志们,大家的发言都很好,尤其是曾日章同志的理论令人震惊,这充分说明曾日章同志胸怀天下、志向远大、忧国忧民,我们为我党有这样的进步青年感到自豪。我会把曾日章同志的发言报告给上级党组织,我相信一定会得到党组织的表扬并为组织提供理论上的参考。另外,我也希望曾日章同志有时间的话多给我们的进步青年甚至党员同志上上理论课,开阔大家的视野,用先进的理论武装我们党。邵阳县委要多和曾日章同志联系,同时对曾日章同志进行考察,争取让曾日章同志早日加入党组织。另外,邵阳县委应积极发展党员,壮大党员队伍,努力开展工作,当前主要任务是抗日救国、反对内战。同时要注意在白色恐怖中学会生存、随机应变。"

叔叔和申学明来到阳和岭山。

"哈哈,这里的风光还不错,视野好开阔。"申学明兴奋异常,哇哇大叫。

看到申学明如此高兴,叔叔微笑不已:"学明,来这边,坐一下。"

申学明坐在干草堆上,叔叔又拿出那个破旧的笔记本。每次翻开这个笔记本,叔叔都心潮难平。

申学明心有所感，拿过笔记本，拿笔续道："1936年8月18日，三民中学申学明来到曾日章老家仁让堂后面的阳和岭山。此地风景优美、微风吹拂，奈何正值乱世，人如飘萍，日本军队侵华，国民党蒋介石打压共产党和进步青年。热血青年当努力抗争、团结抗日，为国家和民族贡献自己的青春和力量。福建崇安申学明记。"

写完，申学明长出了一口气。回过头再翻到前面几页模糊的人体草图，仔细看了看，摇摇头说："日章，这草图怎么这么难以看清呀？"

"是有些看不清，但你不要光顾着看图，要试着揣摩一下人体的运动轨迹和它的精气神。"

"哦，是吗？"

申学明脑海中记住了人体草图，闭目凝神，突然猛地向前挥出一拳，申学明感到自己拳头周围的空气出现了波纹样的强烈震荡。

"哈哈，成了！这第一式就练成了？"

"是的，成了，你是练武天才！"叔叔为申学明感到十分高兴。

"那个日章，你练成了几式？"申学明好奇地问。

"呵呵，总共九式，我差不多练成了六式吧。"

"妖怪，但我会赶上你的！"申学明狠狠地说。

"学明，你在县委还好吧？"

"很好啊，我们是在为人民服务，虽然条件不好，处境也很危险，但为了国家和人民，哪怕牺牲自己的生命也是值得的，因为这才是共产党人的本色和追求嘛。我已经把一切都交给了党，听党指挥。你也在为党工作,我们一起努力。我们永远是朋友!"

"谢谢你,学明,你和子苍兄也永远是我的好朋友。你到了邵阳,可我没有很多的时间陪你,先说声对不起了,你要是有危险,就到这里来好了,这里比较安全。"

"哈哈哈,矫情。"

两双手坚定有力地握在一起。

炎炎夏日,叔叔、叔母夫妻俩又一次来到了离邵阳一中不远的青龙书店。这里是中共地下党的接头点之一。

"敖叔。"

"敖叔。"

叔叔、叔母一进门就看到老板敖振民在忙着摆书上架。

敖振民连忙回头:"啊,曾日章、刘擎天同学,你们来了,快请进。哦,对了,我给你们准备了几本新书,看你们喜不喜欢,在我的卧房里,来吧。"

一进卧房,敖振民赶紧拿出几本上海生活书店新出版的图书来,并压低声音说:"县委已经通知我了,现在形势严峻,国民党到处抓人,很多接头点遭到破坏,以后你们俩直接和我联系。如果我牺牲了,就到对面巷子里面那家李氏面馆找李老板,接头暗号是:'老板,今天不吃面吃粉,肉丝的。二两不够三两刚刚好,顺便加个鸡蛋。'记住,不能说错一个字。另外,等会有个地下党员思想教育,县委安排的,我马上安排店里的伙计小张带你去,小张也是我们的同志,你们在这里等一下,我就不陪你们了。"

敖振民说完,急匆匆往前边走了。不久,一个梳着大分头、穿短袖开衫的年轻小伙微笑着走进卧室,接过图书,笑嘻嘻地说:"两位同学,敖老板让我送送你们。"

这是一片比较安静的区域,一条还算宽阔的马路,紧挨着马路的是一排三层楼的办公楼,但没有几家开门。中间两排都是四层楼的独栋别墅区,芳草萋萋,绿树成荫,造型别致,环境舒适。最后一排隔得稍远,是几栋高层居民区。

叔叔、叔母跟着伙计小张来到第二排第二栋别墅的二楼大厅。

大厅前面放着两张书桌,后面坐着几十号人,空气浑浊,所有人都在低声地说个不停。一个儒雅装扮的中年汉子看到叔叔三人到来,马上放下茶杯,微笑着走过来,握着叔叔的手说道:"你们好,我是联络员刘兴民。您是曾同志吧,人都到齐了,就等您给我们上课了,辛苦您了。"

叔叔一边让伙计小张回书店,一边让叔母招呼人开点窗户,然后走到书桌前。

大厅安静下来。

"同志们,大家下午好!我叫曾日章,年纪可能比大家要小,也算是晚辈。今天县委安排我来给大家讲讲当前的形势和我们党员应该具备的思想,我感到十分荣幸。当前的形势十分严峻,第一,日本军队已经踏破华北,中华民族到了生死存亡的危机时刻,而日本正在计划更大的侵华计划……第二,国民党反动派正在疯狂反共,肆意屠杀进步民众,大力'围剿'工农红军……我们共产党人应该积极行动起来,采取果断的措施进行坚决的斗争。我们的做法是:第一,坚定革命信仰……第二,加强内部团结……第三,讲究斗争策略……第四,大力唤醒民众……第五,不断提高思想水平……同志们，我们的党是无产阶级的政党，代表着广大人民群众的利益，有着辉煌灿烂的前途。只要我们团结一心，众志成城，革命的最后胜利一定是属于我们的！今天就讲到这里，不足之处请各位前辈多多指教。谢谢大家！"

"啪啪啪……"热烈的鼓掌声响起。

叔叔的讲课具有一种魔力，理论具有高度，语言生动活泼，逻辑紧凑严密，情感始终高涨，众人听得如痴如醉。叔叔似乎是一个天生的演说家和鼓动者，带有一种说不清道不明的光环，这应该就是所谓的个人魅力吧。叔母更是带着痴迷的眼光含情脉脉地盯着叔叔，视线一刻也没有离开过叔叔。

"快走，快走，'青天白日'的探子来了！"

刘兴民回头低呼，众人急忙从别墅后门离开。叔叔一把拉着叔母，随着众人从后门匆匆离去。

转眼又到了开学季，这一天张曼娇来到我们家。

"章哥，我明天回学校。曾秋葵老师让我转告你，要你在家待着别急，现在局势混乱，暂时还是不要去南京的好。我想，曾老师会想办法的，我也会在南京给你盯着，一有消息就马上通知你。"

看得出张曼娇心情不是很好，她最好的同学曾日章只能待在家里，她必须一个人返回学校，这让她很不开心。但现实就是这般让人无奈。

"章哥，我也递交了入党申请书哦。"张曼娇临走之前悄悄地在叔叔耳旁说了一句。

"嗯嗯，我看好你，你要加油，更要注意安全，我在家没事的。"张曼娇能有这么高的觉悟让叔叔满脸高兴。

结婚以后的半年是叔叔、叔母最快乐、最幸福的时光。叔叔每天过得十分充实，除了经常去邵阳各地给党员同志和进步青年讲课外，也能不时待在家中陪伴叔母、爷爷奶奶、我的父母和已经六岁的大哥及不到一岁的二哥。两个侄儿让叔叔心情大好，大家庭的温暖让叔叔充满干劲。叔母大多数时间安安静静地待在家中，帮爷爷奶奶、爸爸妈妈做点家事。有时间还经常去附近走家串户，同乡亲们聊家常、讲劳苦大众受苦受难的原因，讲推翻封建主义、推翻国民党统治的必要性和必然性，让乡亲们认识到只有中国共产党才能代表广大人民的根本利益，才能让中国走向独立、自由、民主和富强，老百姓才能过上好日子。

乡下妇女一般不会打扮，穿着随便，说话也不讲究方式方法，叔母总是耐心地告诉她们，农村妇女也要有自己的梦想和追求，也要出门去看世界，也要多多跟人交往，适度地打扮自己十分必要，打扮要注重色调、尺寸、身材和个性。叔母特别提醒大家要注重个人卫生，勤洗手洗脸换衣服；讲话要根据对象、时间、地点、场合组织好语言，与人交往要保持不卑不亢的态度，最关键的是要有自信心，妇女能顶半边天，要活出自己的精彩。

叔母的人气很高，大家都喜欢找她聊天。这天，三婶和罗姨来找叔母。她们每人拿了一件衣服。原来是她们丈夫的衣服破了几个洞，想缝补一下，来问问叔母怎么补更好看一点。叔母一看，一件胸口破了个大洞，一件袖子被挂烂了。叔母说："要想补得好看，不但布料颜色要接近，还要有好看的图案。好看的图案可以让旧衣服比新衣服还好看。三婶，胸口破了可以补一块圆形的布料，布料上面可以绣一间房子、一片枫叶或者一个汉字，这样就很好看了。罗姨，袖子上面可以绣个小星星、小树、小旗帜，也好看。"

"对啊，谢谢擎天妹子。"三婶、罗姨异口同声。罗姨又问："擎天妹子，你说……妇女要怎样才能顶起半边天啊？"

"多识字，识字明理，增加自信；多交往，适应社会，适应环境。做到这两点，就会有方法、有力量，就能帮到自己，也能为社会和国家贡献自己的力量和智慧。人人如此，妇女地位就会不断提高。要不哪天我们找个好老师来，把妇女同胞和乡亲们喊来，让有学问的老师跟我们讲讲？"

"好啊，好啊，擎天妹子真好，那就辛苦你了。老师来了就通知我们，我们都来。"三婶和罗姨满脸兴奋。

时光匆匆，明天就是1937年的元旦，就是新的一年了，邵阳罕见地下了一场大雪。自从有记忆以来，叔叔就没有见过邵阳下大雪。一片白色，一片晶莹，一片美好，一片宁静。但叔叔知道，这宁静的背后必定是暗流涌动、惊涛翻滚。在家的这将近一年时光，叔叔读了不少书，思想系统化，人也越发成熟。在和县委不断的接触中，叔叔的革命信心更加坚定。他的每一次讲课也总是能够给党员同志以新思路、新思想，更主要的是，让大家的觉悟和信心得到了空前提高。县委和广大党员送给叔叔一个崭新的称号——曾博士。

雪是纯洁的象征，它净化一切黑暗。叔叔走在厚厚的积雪上，心中思绪万千。从县委得知,这年10月,进行战略转移的红军二、四方面军和红一方面军在甘肃会宁地区会师,红军二万五千里长征胜利结束。这是一个令人振奋的好消息,因为长征的胜利具有伟大的意义。第一,长征的胜利粉碎了国民党反动派"围剿"红军、扼杀中国革命的企图,使中国革命转危为安;第二,红军冲破了国民党反动派的围追堵截,克服了雪山草地的自然险阻,战胜了党内分裂的危机;第三,中国共产党在长征途中,广泛地撒下了革命的火种,宣传了自己的政治主张,得到了广大人民群众的支持,建立起了群众基础;红军长征更是铸就了伟大的长征精神。毛泽东说:"长征是历史记录上的第一次,长征是宣言书,长征是宣传队,长征是播种机……长征是以我们的胜利、敌人失败的结果而告结束。"红军的长征,是一部伟大的革命英雄史诗,它向全中国乃至全世界宣告,中国共产党及其领导的人民军队,是一支不可战胜的力量。红军长征,铸就了伟大的长征精神。那就是为了救国救民,不怕任何艰难险阻,不惜付出一切牺牲,实事求是,一切从实际出发,顾全大局、严守纪律、紧密团结,并把全国人民和中华民族的根本利益看得高于一切,坚定革命的理想和信念,坚信正义事业必然胜利的精神。长征精神是紧紧依靠人民群众,同人民群众生死相依、患难与共、艰苦奋斗的精神。叔叔坚信,中国革命只有在中国共产党的领导下,才能取得最后的胜利,因为中国共产党才是中国真正的民族先锋!红军长征的线路——在叔叔脑海中回放:瑞金出发——挺进湘西——冲破四道封锁线——改向贵州——渡过乌江——夺取遵义——四渡赤水——巧渡金沙江——飞夺泸定桥——强渡大渡河——翻雪山过草地——到达陕北吴起镇——甘肃会宁会师。这是人类历史上的伟大创举，想想就令人热血沸腾。叔叔心中充满了自豪，他期望自己能够早日加入这么伟大的党，为中国革命贡献自己的力量。

  雪是崭新的开始，它预示美好前景。1936年12月12日，张学良、杨虎城为了劝谏蒋介石改变"攘外必先安内"的既定国策，停止内战一致抗日，在西安华清池发动了"兵谏"。25日，在中共中央和周恩来的主导下，以蒋介石接受"停止内战，联共抗日"的提议和平解决。消息迅速传遍全国各地，叔叔也于昨天晚上接到了消息。想到联络员刘兴民兴高采烈的神情，叔叔不禁嘴角上扬。是的，这的确又是一个好消息。去年的12月，叔叔在南京为爱国而游行，忧心忡忡。今年的12月却完全相反，红军长征胜利和西安事变让叔叔精神百倍。西安事变的和平解决，为抗日民族统一战线的建立准备了必要的前提，它成为国内战争走向抗日民族战争的转折点。为什么这么说，叔叔总结了几点，第一，它是中国社会矛盾变化的转折点，从此中日民族矛盾成为中国社会主要矛盾；第二，它是中国由内战走向抗战的转折点；第三，它是中国由分裂走向统一的转折点；第四，它是中国社会政治由专制逐步走向民主的转折点。同时，中国共产党获得了合法的生存地位与休整壮大的机会，为中国共产党领导的中国人民的革命力量开辟了发展壮大的前景，并确立了中国共产党在中国社会发展中的领导地位和核心地位。叔叔想，应该把这两大事件的意义好好地给党员同志们讲讲，以此鼓舞斗志、坚定信念。中国共产党必将不断地走向胜利！

  "明天是元旦，2月11日就是春节了，今年应该可以过一个快乐的春节了吧。希望下一年的 12 月还能听到好消息。"叔叔这样想着,回头望去,走过的脚印正被如絮的大雪掩盖。

　　"回家吧,只有家才是最温暖的地方。"叔叔昂起头,飞快地跑向前方。

第七章

入党的革命誓言

叔叔心情激动,终于成为中国共产党的一分子,终于可以聆听党的教育,接受党的指导,全心全意为党工作,为国家、为人民奉献自己的力量了。

◎ 2021 年 9 月 12 日，作者曾佑桥在塘田战时讲学院旧址考察

1937年春节刚过，邵阳地区特别是邵阳城出现了新的变化，最明显的是街道比平时热闹了许多，出现了很多新面孔。这些外地人更多的是来自北方，因为他们比南方人高大，语言也表明了他们的地域。华北的危局让江南各地显出了更大的包容性。

一位身材高大、满脸胡须的北方汉子走进了廉桥的擎天书屋。

"您好，请问您需要些什么？"叔叔这些天每天都在擎天书屋帮忙，顺便浏览自己喜欢的书籍，见到有客人进来，马上放下书，满面笑容地走过去招呼。

汉子目不转睛地望着叔叔，令叔叔有些疑惑和尴尬。

"你……你是……曾日章吧？"

"啊？"叔叔呆了呆，"您认识我？"

汉子眯眯笑着："嗯，我认识你啊。但是你认识我吗？"

叔叔摇摇头："不认识。请问您是……"

汉子哈哈一笑："哈哈，我听青龙书店的敖振民老板说起过你，我正好要在廉桥做点事……嗯，就是想弄个读书会，所以就先到你这书屋来看看，看能不能遇到你。我都来了好几次了哦，今天终于遇到真人了。那个……我要的书比较多，也比较杂，你看……我们能不能仔细谈谈？"

说完，汉子对叔叔眨了眨眼。

叔叔心领神会，马上说道："这样啊，明白了，您跟我来吧。"

叔叔带着汉子来到后屋，叔母正在屋里喝茶看书。

"这位应该就是弟妹吧？"汉子呵呵笑着。

"您好！"叔母微笑地说。

三人坐下，汉子开口说道："两位好。我先介绍一下自己。我叫李化之，西安事变以后被释放的，打算在湖南做点有益的事情，希望得到你们夫妻俩的帮助，呵呵。"

"您好！早就听说您要来，我们正盼望着呢。您是革命前辈，以后要多多指导我们啊！"

"哈哈，我该叫你日章还是国策呢？"

"随您便呀。我的入党申请书上的署名是曾国策。"

"那好，我就叫你曾国策。国策，你的理论觉悟比较高，讲课讲得好。"

"啊？那太好了，谢谢您！除了您以外，我还想请敖振民做我的入党介绍人，你看可以吗？"

"可以的。国策，选择入党介绍人是你的自由。"李化之停顿了一下，看向叔母，"擎天弟妹有没有入党的想法？"

叔母有些害羞地说："我还没有达到党组织的要求，正在努力争取进步呢。"

"好，年轻人就要争取进步。"李化之哈哈一笑，接着说道："西安事变以来，国共两党联合抗日，我们要抓住这一有利时机，为抗日和民族独立做点事情。上级党组织派我到廉桥来，就是要向社会各阶层宣传中国共产党的抗日主张，团结一切可以团结的力量进行抗日斗争。同时，我们也要对国民党有清醒的认识，要保持我们的独立性，不能被国民党同化。我们要分化国民党，让国民党内部的进步分子和爱国分子积极支持和配合我们开展工作，而且我们要对自己的身份和党的机密保密，注意自身安全和党的安全。我今天到这里来，是想从书屋挑选一些图书。我已经在主街盘下一个门面，打算成立一个读书会，以便于开展工作。你们夫妻俩一定要常来哦。"

"好的，一定会的。"

在邵阳市国民党党部，由共产党领导的农民自卫军与国民党保安团正在进行"友好"协商，叔叔作为农民自卫军的协调委员，正与国民党保安团的代表进行谈判。

"现今国共两党合作，共同抗日，那么，必须要统一指挥，对不对？从今天开始，农民自卫军必须听从保安团的调遣，共同维护好辖区的治安和纪律。"保安团代表侃侃而谈，眉飞色舞。

叔叔呵呵一笑，十分冷静地说："保安保安，究竟是保谁的安？自卫自卫，为什么要自卫？我们要保的，不是欺诈老百姓的土豪地主的安，而是全境百姓的安。我们要保卫的，也是全境人民的身家性命。如果自卫军被保安团调遣，百姓的身家性命谁来保障？现在是国共联合时期，我们应该相对独立，和平共处，爱护百姓，保障安宁，不是吗？"

"那怎么处理领导权的问题？怎么保证联合行动？"

"保安团和自卫军仍然各自统属，保安团保证不欺压百姓，保安团和自卫军和平相处，遇到重大事件充分协商后采取行动。

另外，保安团每年应给自卫军一定数量的装备，作为交换，保安团可以派人参加自卫军组织的文化学习。"

"呵呵，曾日章是吧？又名曾国策。父亲曾祥生，哥哥曾敬章。去年因为参加南京示威游行被三民中学休学。那么，你是共党吗？我说的对不对，曾大少爷？"保安团代表猛然站起，紧盯着叔叔的双眼，气势汹汹地问道。

"哈哈哈，我就是我，一个纯粹的爱国学生而已，遇有不平就爱管闲事，因为读了点书，现在被自卫军聘为文化教习。三民中学只是让我暂时休学，我还是要继续学业的。我有一条底线，大多数人的利益才是真正的利益，爱国才是一个中国人最基本的良知。不知道我说的对不对？"叔叔毫不畏惧地瞪着对方。

"好好好，爱国，说得好！年轻人，可不要被共产党蛊惑啊。"对方转了转眼睛，"国共合作，这是上面定下的调子。你是一个文化人，我相信你的话，就按你说的办好了。当然，如果你愿意加入我们的队伍，我是十分欢迎的，因为我们也需要你这种热血青年。哈哈哈。"

"呵呵，既然这样，我们马上起草一个协议，双方共同遵守。"
以共产党员李化之为首成立的廉桥新潮读书会，成为中共地下联络机构。

二十几人拥坐在一起，显得满满当当的。保安团来了六人，其他的是农民自卫军里面的年青人。

叔叔手里拿着几份报纸，正在给他们上时事课。

"作为现代人，我们必须关心国事。我手里有几份报纸，现在给大家念念，让大家了解一下日本人的疯狂和我们国家现在的危机。

"7月7日下午,日本华北驻屯军第一联队第三大队第八中队由大队长清水节郎率领,荷枪实弹开往紧靠卢沟桥中国守军驻地的回龙庙到大瓦窑之间的地区。晚7时30分,日军开始演习。22时40分,日军声称演习地带传来枪声,并有一士兵(志村菊次郎)'失踪',立即强行要求进入中国守军驻地宛平城搜查,中国第二十九军第三十七师第一一〇旅第二一九团严词拒绝。日军一面部署战斗,一面借口'枪声'和士兵'失踪',假意与中国方面交涉。

"24时左右,冀察当局接到日本驻北平特务机关长松井太久郎的电话。松井称:日军昨在卢沟桥郊外演习,突闻枪声,当即收队点名,发现缺少一兵,疑放枪者系中国驻卢沟桥的军队,并认为该放枪之兵已经入城,要求立即入城搜查。中方以时值深夜日兵入城恐引起地方不安,且中方官兵正在熟睡,枪声非中方所发为由,予以拒绝。不久,松井又打电话给冀察当局称,若中方不允许,日军将以武力强行进城搜查。同时,冀察当局接到卢沟桥中国守军的报告,说日军已对宛平城形成了包围进攻态势。冀察当局为了防止事态扩大,经与日方商议,双方同意协同派员前往卢沟桥调查。此时,日方声称的'失踪'士兵已归队,但隐而不报。

"7月8日晨5时左右,日军突然发动炮击,中国第二十九军司令部立即命令前线官兵:'确保卢沟桥和宛平城','卢沟桥即尔等之坟墓,应与桥共存亡,不得后退。'守卫卢沟桥和宛平城的第二一九团第三营在团长吉星文和营长金振中的指挥下奋起抗战。

"同日,中国共产党中央委员会就通电全国,呼吁:'全中国的同胞们,平津危急!华北危急!中华民族危急!只有全民族实行抗战,才是我们的出路!'并且提出了'不让日本帝国主义占领中国寸土!''为保卫国土流最后一滴血!'的响亮口号。蒋介石提出了'不屈服,不扩大'和'不求战,必抗战'的方针。蒋介石曾致电宋哲元、秦德纯(第二十九军副军长兼北平市市长)等人'宛平城应固守勿退''卢沟桥、长辛店万不可失守'。

"7月17日,蒋介石在庐山发表谈话,指出'卢沟桥事变已到了退让的最后关头','再没有妥协的机会,如果放弃尺寸土地与主权,便是中华民族的千古罪人。'对于在卢沟桥战斗中英勇抗敌的二十九军,全国各界报以热烈的声援。各地民众纷纷组织团体,送来慰问信、慰劳品;平津学生组织战地服务团,到前线救护伤员、运送弹药;卢沟桥地区的居民为部队送水、送饭,搬运军用物资;长辛店铁路工人迅速在城墙上做好防空洞、挖好枪眼,以协助军队固守宛平城;华侨联合会也致电鼓励第二十九军再接再厉。七七事变爆发后,日军的进攻遭到了中国军队的顽强抵抗。日军见占领卢沟桥的企图实现不了,便玩弄起'就地谈判'的阴谋,一方面想借谈判压中国方面就范,另一方面则借谈判之名,争取调兵遣将的时间。

"到7月25日,陆续集结平津的日军已达6万人以上。日本华北驻屯军的作战部署基本完成之后,为进一步发动侵华战争寻找新的借口,又在7月25日、26日蓄意制造了廊坊事件和广安门事件。

"26日下午，华北驻屯军向第二十九军发出最后通牒，要求中国守军于28日前全部撤出平津地区，否则将采取行动。宋哲元严词拒绝，并于27日向全国发表自卫守土通电，坚决守土抗战。同日，日军参谋部经天皇批准，命令日本华北驻屯军向第二十九军发动攻击，增调国内5个师约20万人到中国，并向华北驻屯军司令官香月清司下达正式作战任务：'负责讨伐平津地区的中国军队。'血战平津已在所难免。中国军队随之奋起抵抗，血染平津路，壮士报国恨。

"28日上午，日军按预定计划向北平发动总攻。当时香月清司指挥已云集到北平周围的朝鲜军第二十师团，关东军独立混成第一、第十一旅团，中国驻屯军步兵旅团约1万人，在100余门大炮和装甲车配合、数十架飞机掩护下，向驻守在北平四郊的南苑、北苑、西苑的中国第二十九军第一三二、三十七、三十八师发起全面攻击。第二十九军将士在各自驻地奋起抵抗。南苑是日军攻击的重点。第二十九军驻南苑部队约8000余人（其中包括在南苑受训的军事训练团学生1500余人）浴血抵抗，第二十九军副军长佟麟阁、第一三二师师长赵登禹壮烈殉国，不少军训团的学生也在战斗中献出了年轻的生命。

"28日夜，宋哲元撤离北平，29日，北平沦陷。30日，天津失守。

"据悉，1936年，日本华北驻屯军就以卑鄙的手段占领丰台，将下一个目标定在了卢沟桥。七七事变爆发前夕，北平的北、东、南三面已经被日军控制。这样，卢沟桥就成为北平对外的唯一通道，其战略地位更加重要。为了占领这一战略要地，截断北平与南方各地的来往,进而控制冀察当局,日军不断在卢沟桥附近进行挑衅性军事演习。"

叔叔停下来,心情十分沉重地对大家说:"这就是七七事变的完整消息。日本人如此丧心病狂,我们如果不坚决抵抗、一致抗日,请问我们还有什么希望?可以说,七七事变是日本帝国主义全面侵华战争的开始,也是中华民族进行全面抗战的起点!"

"打倒日本帝国主义!"李化之举起拳头怒吼。

"打倒日本帝国主义!"所有人激情涌动,奋起怒吼。

叔叔喝了几口水,拿出另一张报纸:"这里还有一份报纸,是关于上海八一三事变的完整报道,我也念一下。

"8月9日,日本海军中尉大山勇夫和一等兵斋藤与藏驾车直冲军用的中国上海虹桥机场,被中国保安士兵击毙,这一事件被称为虹桥机场事件。以此为借口,8月11日,日本驻上海总领事向上海市长提出如下要求——中国方面的事件责任者谢罪,并处刑;限制停战协定(地区)内保安队员人数、装备、驻军地点;撤除该地区内所有防御工事;设立监视督促实行的兵团委员会,取缔排日抗日。如此苛刻要求国民政府方面不予接受,军事委员会委员长蒋介石决定:不可能接受如此条件,准备战斗。

"8月11日日本由第三舰队司令官长谷川清率领的除第一航空队外的其他第三舰队所属部队到达上海。

"8月12日上述两部队开赴上海东南四礁山,并再次制定增兵方案,决定派遣第十一师团,第三师团组成一个军增援上海。同时中国方面,军事委员会决定"围攻上海",并做出了相应的兵力调整。

"8月13日傍晚5时，日本海军上海特别陆战队司令官下令全军进入战斗状态，严密警戒。8月13日夜，日本内阁会议决定派兵，不和南京政府谈和平，要严厉惩罚南京政府，当晚海军第三舰队司令长谷川清下令：第二空袭部队对南京、广德；第三空袭部队对南昌；第十战队及第一水雷战队飞行机对虹桥机场予以突袭。当夜，日本近卫内阁召开临时会议，决定陆军派兵上海。由于东海台风，日本海军对于中国各地的空袭延迟至8月14日开始，首先袭击了杭州、广德。8月14日，中国空军对上海日本海军第三舰队旗舰'出云号'实行了轰炸。

"近卫内阁的《帝国政府声明》选择于1937年8月15日凌晨1时30分发布，两小时前即8月14日11时30分，台北和长崎的日本海军基地已经接到命令：'明晨出发，空袭南昌、南京。'随后，日军派遣军舰16艘，陆战队在淞沪登陆。

"国民党政府第二天发表了《自卫抗战声明书》，宣告：'中国决不放弃领土之任何部分，遇有侵略，惟有实行天赋之自卫权以应之。'军事委员会以京沪警备部队改编为第九集团军，张治中任总司令，辖3个师1个旅及上海警察总队、江苏保安团等部，担负反击虹口及杨树浦之敌任务；苏浙边区部队改编为第八集团军，张发奎任总司令，守备杭州湾北岸，并扫荡浦东之敌。

"8月14日，日守军开始总攻，空军也到上海协同作战，15日，日本正式组织上海派遣军，以松井石根大将为司令官，率领两个师团的兵力开往上海，进一步扩大对中国的侵略战争。张治中决心扩大战果，对日本侵略军发起全线进攻，出动空军轰炸虹口日军司令部，双方展开激烈战斗。

"同胞们,日本军队已经露出了他们的獠牙,华北即将沦陷,上海即将沦陷,南京也即将沦陷!这绝不是危言耸听,这是我们都看得到的。我们唯一需要做的,就是坚持抗战,直到把侵略者赶出中国,直到全国人民过上美好幸福的生活。有句话说得好:要想使其灭亡,必先令其疯狂。日本人已经丧心病狂,所以我们应该坚定地相信,离他们灭亡的日子已经不远了!"

"说得好!曾国策说得太好了!"李化之再次高呼,"团结起来,一致抗日!"

"团结起来,一致抗日!"

"打倒日本帝国主义!"

"打倒日本帝国主义!"

1937年8月8日,邵阳县委。

叔叔等人的入党宣誓仪式在这里举行,墙上挂着鲜艳的党旗,叔叔等举着右手,握着拳头,面对党旗庄严宣誓:"我志愿加入中国共产党,坚决执行党的决议,遵守党的纪律,不怕困难,不怕牺牲,为共产主义事业奋斗到底。"

叔叔心情激动,终于成为中国共产党的一分子,终于可以聆听党的教育,接受党的指导,全心全意为党工作,为国家、为人民奉献自己的力量了。叔叔感到自己的人生得到了升华,自己的灵魂得到了洗涤,整个心胸豁然开阔起来。这是一种美好的享受,必将对自己的一生产生巨大的影响。

宣誓仪式由蒋砚田主持,彭柏林参加,还有李化之、敖振民等人。蒋砚田说道:"首先恭喜你们成为中国共产党党员,实现了你们多年的愿望，使自己有了更加明确的努力方向，有了组织的指导和领导。其次，希望你们严守秘密，服从纪律，牺牲个人，努力革命，永不叛党。最后，希望你们加强学习，努力提高思想理论水平和实际工作能力，为党、为人民做更多的事情。"

彭柏林、李化之、敖振民向叔叔等人表示了祝贺。

叔叔代表新党员发言："今天，我的心情十分激动，我想大家的心情也非常激动，我们终于加入了组织，终于实现了自己的愿望，终于成为光荣的中国共产党党员。我们的人生有了新的目标和追求，我们的思想和灵魂有了依靠和升华的场所。作为一名中国共产党党员，我们应该做到：第一，加强学习，特别是理论知识的学习，用先进的、革命的思想武装我们的头脑，坚定我们的信念，树立正确的世界观、人生观和价值观；第二，要有全心全意为人民服务的宗旨，国家利益和人民利益高于一切；第三，要在革命工作和个人生活中起到共产党人的模范带头作用；第四，要不断加强自身的道德修养，不断提高个人素质，胸怀梦想，学会思考和斗争策略，以达到革命的最终胜利。

"为此，我个人决心如下：一、勤奋工作，鞠躬尽瘁，满怀敬业精神。勤奋是每个人应该具备的基本素养，不勤奋将一事无成，一生之计在于勤，勤能补拙。我将时刻要求自己，把勤奋作为自己的最低要求。二、做事严谨，讲究策略，体现专业素质。所谓严谨，就是我们做过的事、说过的话，甚至写过的文字，都应该经得起时间、实践和历史的检验，没有弄虚作假，没有言行不一，没有夸夸其谈，没有夜郎自大。所谓策略，是指在目前的现实环境和条件下，我们要有清醒的头脑，同国民党既联合又斗争,注意保护自己、保护党。三、热爱事业,满怀敬畏,敢于担当责任。我们的事业是伟大的事业,我们是为了国家的独立富强和人民的幸福,我们的责任重于泰山,不能有一丝一毫的马虎大意。我们必须有一种如临深渊、如履薄冰的敬畏感。只有这样,我们才能把伟大的事业做好。四、认真学习,不断思考,努力提升境界。学而不思则罔,思而不学则殆,我们应该二者兼顾,不断补充新知识,不断提高思想理论水平,不断提升自己的境界。只有这样,才能适应时代的要求,才能不落后于时代。

"我曾日章谨此立誓:赶走日本侵略者,打倒国民党反动派,为建立一个民主、自由、平等、富强的新中国奋斗终身!"

房间顿时响起经久不息的掌声。

同年11月,李化之介绍曾泳沂加入中国共产党。

这一天,叔叔正在家里读书,张曼娇满头大汗地跑了进来。

"日章哥,日章哥,呼,呼,热死我了。"张曼娇拿起桌上的杯子猛喝了几口水,"日章哥,告诉你一个好消息。猜猜看,是什么?"

叔叔白了她一眼:"能有什么好消息,不用猜就知道。"

"啊?"

"肯定是三民中学的事,曾秋葵老师对你说了什么吧?是可以让我继续去南京上学了吧?"叔叔双手抱胸,胸有成竹的样子。

"哈哈,日章哥厉害。但是,有件事你肯定猜不到,也是关于三民中学的。"张曼娇甩了甩手一脸得意洋洋的神色。

"哦?那是什么?我想想……"叔叔站起身来,在房间踱步沉思。一会儿,叔叔停止思考,直接说道:"算了,曼娇你直接说吧。"

"哼哼,那我就说了,说出来准吓你一跳。三民中学已经决定迁到邵阳,具体地点就是我们亲义乡的曾氏宗祠,也就是在你们洞凹的前面。呵呵,这下可就好玩了。"

听完张曼娇的话,叔叔瞠目结舌:"真的?可是宗祠房子比较小啊,不是太合适吧?"

"合适不合适不是我们说了算,学校觉得安全就合适,实在不行,还可以再搬不是?"

"那倒也是。也许是日本人轰炸了南京,所以学校为了保证师生安全,只能内迁。那么,就看淞沪会战的结果了,如果中国军队抵挡不住日本人的进攻,不但上海会沦陷,南京也迟早会陷落啊。国民党军队内战积极,外战胆怯,只怕会有大问题。现在是学校内迁,接下来就是工厂、商店,说不定政府机关也要往内地转移。"叔叔想到了一种令人震惊的可能:国民党南京政府迁都。他不敢继续往下想了,他呆住了。

"日章哥,日章哥,你怎么了?"张曼娇看着一动不动的叔叔,满脸担忧地问道。

叔叔回过神来:"哦,没什么。学校有说什么时候开始搬吗?"

"应该年底以前吧,现在老师和学生都没有心思上课了,大家都在担心和关注淞沪会战的结果。我也回来了,特意来告诉你一声,我走了。"说完,张曼娇把杯子里的水喝干,转头消失在叔叔的视线之中。

叔叔思考了一会,也赶紧出门去找李化之,他想要李化之召集党员和进步青年,把自己对时局的一些看法和判断告诉他们,让大家能够有所准备。

经过李化之、敖振民等人的努力,读书会已经初具规模。书架林立,阅览室也已经开辟,还有专门的房间讨论和演讲。进步书刊也买了不少,如《共产主义ABC》《共产党宣言》《唯物史观》《新青年》《社会主义史》《国际劳动运动史》《新俄国之研究》《先驱》《时事新报》等,旨在宣讲进步思想,促进青年进步,开拓视野,启迪思想,为发展新党员打下基础。

在专门的讨论房间,十几个人正围坐在一起,叔叔正在给大家讲当前的形势和对将来的一些判断。

"七七事变是全面抗战的开始,八一三事变以来的淞沪会战已经进行了两个多月,预计到了最后的时刻。从日本开始不断轰炸上海周边和国民党南京政府来看,中国军队已经很难抵挡得住日本人的进攻。前几天,我的南京三民中学的同学告诉我,南京三民中学已经决定迁到邵阳亲义乡曾氏宗祠。因此,我的判断是,上海危险,可能即将沦陷;南京危机,已经成为日本人的首要目标。现在是学校开始搬离,不久也许商店、工厂也会内迁。"叔叔没敢说出南京政府说不定也会内迁的预言,那会吓着所有人,

"同志们,民族危急,国家危亡,全面抗战必不可免。什么是全面抗战?全面抗战就是集中全国的人力、物力、财力而进行的抗战,全面抗战就是地无分南北、人无分老幼的全国抗战,全面抗战就是决心牺牲、抗争到底的抗战,全面抗战就是持久的、有充分思想准备的抗战。我们不但要有很高的思想觉悟和思想准备,要尽可能地发动鼓舞更多的人参加抗战,而且有做好随时冲上战

场英勇杀敌的准备。特别是我们共产党人，不但要坚决抗战，而且要防止国民党反动派的白色恐怖，因此我们需要有坚强的体魄、崇高的理想、统一的指挥和高超的智慧。"

李化之接着说道："不愧是我们的曾博士，国策同志的眼光很是独到和深远。我们一定要认清形势，有危机意识，积极行动起来，发动民众，发展党员，宣传抗日，不把日本侵略者赶出中国誓不罢休！我们已经成立党支部，国策同志是宣传委员。我们要请国策同志多给我们讲课，分析形势，明确目标，确定计划，这样我们就能不断壮大，不断走向胜利。今天就到这里吧。"

淞沪会战终以国民党军队的失败告终，上海陷落。接着，国民党军队在南京保卫战中也告失败。1937年12月13日，南京沦陷。南京国民政府搬迁到重庆。

沦陷后，南京迎来了黑暗血腥的日子。在华中派遣军司令松井石根和第六师团长谷寿夫指挥下，侵华日军于南京及附近地区进行长达6周的有组织、有计划、有预谋的大屠杀和奸淫、放火、抢劫等血腥暴行。在南京大屠杀中，大量平民及战俘被日军杀害，无数家庭支离破碎，南京大屠杀的遇难人数超过30万。

日本军国主义在南京制造了惨绝人寰的特大案件。叔叔在家中听到了南京大屠杀的消息以后，心情十分沉重。他断断续续地和叔母诉说着，边说边流泪。男人有泪不轻弹，只是未到伤心处。南京大屠杀，那是多少国人的生命啊，那是多少同胞的鲜血啊，那又是多么令人悲痛绝望的日子啊！叔叔和他心爱的妻子抱在一起，眼泪止不住地哗哗往下流。仿佛只有不断地流泪，才能一点一点地清洗那悲伤的痛……

两人相对无言，唯有流泪。时间在两人的泪水中悄悄流逝……

叔叔终于站起身来，抹干眼泪，一字一顿地对妻子说："擎天，中华民族已经到了生死存亡的时刻，每个人都被迫发出最后的吼声。我们共产党人自当不怕牺牲，誓死抗日。恨不能将入侵日军千刀万剐，只有这样，才是对南京惨死的同胞们最好的祭奠。"

"日章，我知道你很悲痛，我也和你一样。那毕竟是活生生的人啊！是战争让他们遭受了苦难和牺牲。战争让生灵涂炭，战争让国人血流成河。我们要做的就是把侵略者赶出国门，还大家一个朗朗乾坤。"叔母满眼含泪地说道。

"去年12月是红军长征胜利结束和国共联合抗日的好消息，想不到今年等到的却是南京大屠杀这么悲痛的消息，生逢乱世，世事难测啊！"

叔叔始终心绪难平，也不愿意再多谈南京的事情，那将成为他永远的痛，也将成为他坚决抗日的不竭动力。他深情地对叔母说："擎天，我们生长在这动荡的年代，为党的事业而奔走，牺牲了很多个人的利益和时间。如果我没有照顾好你，请你原谅。现今局势复杂，邵阳地区中共党组织还处于地下状态，我们随时会有料想不到的危险，也希望你多注意安全，多保重。我希望你能够安全幸福地生活下去。"

1938年2月，南京三民中学终于迁到了亲义乡曾氏宗祠，叔叔和申学明也得以继续他们的学业。

叔叔和申学明兴冲冲地跑到曾秋葵老师办公室报到："老师，

我们回来了，谢谢您！"

"回来就好，多读书才能明理。你们去高中部，记住，要努力学习。"曾秋葵老师欣慰地说。

"哇，欢迎游子回家。"一进教室，施飞莺就高兴地嚷嚷起来。曾泳沂也过来轻轻地锤了叔叔一下："日章，欢迎回来！"

"堂兄好，飞莺好，同学们好！"叔叔微笑地打着招呼。

"哟，这不是被开除了的曾同学吗？这是打道回府二进宫了？"薛颂岳的声音在不远处响起。

"呵呵，颂岳同学，真是有缘啊，你是还没有伤到筋骨吧，皮又痒痒了？"叔叔斜瞄着薛颂岳，不咸不淡地说道。

"算你狠，等着瞧。"薛颂岳心有余悸，不敢太过放肆。

"来，日章同学，学明同学，正好给你们俩留了两张书桌，你们就坐一起了。"曾泳沂赶紧招呼两人坐下。

上课铃响。

走进来一位中年男人，贼眉鼠眼，瘦瘦精精，却戴着一副圆框眼镜。

"同学们，我是你们的英语老师薛颂棠。"薛老师笑眯眯的，骨溜溜的眼睛四处扫射，轻佻的眼光在漂亮的女同学身上久久停留，"英语是一门十分重要的语言，希望大家能够学好，特别是女同学，你们相对于男同学来说，有着天然的语言优势。你们要利用好你们的优势，包括声音和身体的优势，把英语学好。如果你们有任何疑问，可以随时来找我解答，呵呵。"

薛颂棠的声音尖细，特别是笑起来让人觉得有些怪异，给人以巫师的感觉。反正叔叔的心里是这样觉得的。

一节课就在叔叔的胡思乱想中结束了。

一天，敖振民来到了叔叔家中。

"日章老弟，擎天弟妹，我来是想请你们帮助的。在这国难当头之时，我们具有爱国热情的青年学生，应该为抗日救国奔走呼吁，所以，我和唐旭之、李化之等人商量好了，打算创办一份报纸，叫《真报》，以宣传抗日救国，唤醒群众的民族意识。经友人介绍，我找到湖南省文化界抗敌后援会，请求派人协助办报，得到了省文抗会和八路军驻湘通讯处的大力支持。八路军驻湘代表徐特立欣然为《真报》题写了报名，并派地下党员杨卓然到邵阳帮助办报，同时以办报为掩护，秘密开展建立党组织的工作。你们夫妻俩能不能一起进来帮我？"

"好啊，我们正想着做点什么来唤醒民众呢！"

1938年4月21日，《真报》正式出版发行，社长兼总编辑为敖振民，杨卓然担任主笔。5月，杨卓然先后在《真报》报社内发展唐旭之、李琦、唐瑾微等人入党。7月，经中共湖南省委批准，在报社内建立了党支部，杨卓然任支部书记，直属省委领导。8月，杨卓然离开邵阳去塘田战时讲学院，支部书记由唐旭之继任。《真报》支部是抗日战争时期邵阳建立的第一个党组织，也是抗战时期邵阳第一个省直属党支部。《真报》在党支部的领导下，及时报道战争消息，积极宣传中国共产党的方针政策，激发广大爱国群众的抗日热情。同时，《真报》还创办了副刊《大家看》，主要刊登一些通俗易懂而又短小精悍的小品文章、诗歌、杂文，很适合一般文化水平的读者阅读。于是，在《真报》周围，团结了不少进步青年和积极抗日的负伤战士。他们积极参加以《真报》为中心领导的各种抗日救亡活动。《真报》积极谨慎地发展党员，介绍了许多青年学生和国民党下级军官到延安抗大、陕北公学学习。1938年8月，经省委批准，以《真报》支部为基础，正式成立中共邵阳县委，唐旭之任书记兼宣传部长，邵另人任组织部长。中共邵阳县委成立初期，直属中共湖南省委领导。

叔叔和申学明这几个月简直忙晕了，《真报》现在有很多事情需要他们去做，同时学习上曾秋葵老师始终盯着他们，尤其是叔叔，简直成了曾秋葵老师的重点关注对象，这让叔叔十分高兴又倍感辛苦。

这节课正好是曾秋葵老师的国语课，叔叔和其他同学一样，都在十分认真地听讲。忽然，不远的教师办公室传来高亢的叫声："薛颂棠，你这个混蛋，背着老娘偷人，老娘跟你没完。"随后是一阵响动声。

课没法上了，大家涌向教师办公室。薛颂棠衣衫凌乱，一个上了年纪的女人神色匆匆光着脚跑出教师办公室，手上提着一双粉红色高跟鞋。另一个女人正指着薛颂棠劈头盖脑地痛骂，边骂边哭，眼泪打湿了脸上的粉层，露出五彩的沟壑。

"哇，终于露馅了，有好戏看了。"

"薛老师好色，学校好多女老师和女学生都被他调戏过呢。"

"不像话，真的不像话，这还是学校吗？师德败坏啊。"

"嘘，别那么大声啊，姓薛的后台硬，千万别招惹他。好多学生都是哑巴吃黄连呢。"

"哼，我就不信没有人治得了他！"

听着嘈杂的议论，想到薛颂棠的模样，再看看薛颂棠的嘴脸，叔叔十分愤怒。这样的人怎么能够留在学校呢？绝对是一颗毒瘤啊，一定要想办法把薛颂棠赶出学校！

叔叔悄悄地找到申学明、张曼娇，因为下节课自习，三人先后离开学校，来到阳和岭山的凹洞。

"薛颂棠真不是个东西，他还调戏过施飞莺！"张曼娇怒气冲冲。

"他后台硬，他叔叔是南京国民政府财经部的一个局长，权力很大。"申学明耸了耸肩膀，嘟着嘴说道。

"我们无论如何都要把这个害人精赶出学校。"叔叔停顿了一下，望着张曼娇，"曼娇，那个，这个姓薛的不是对你有想法吗？我们……将计就计怎么样？你愿意吗？"

"只要能够把他赶出学校，我做什么都愿意。日章哥，你说我们该怎么做？"张曼娇余怒未消。

"我们这样……这样……"

"好，就这么办！"申学明双拳紧握。

几天过去。今天下午最后一节课是薛颂棠的英语课。

张曼娇打扮得非常清纯，薛颂棠在讲台上唾沫横飞地讲着，镜片后面的眼光不时地瞄向张曼娇。

"同学们，这节课差不多讲完了，有什么不明白的地方可以单独找我。"薛颂棠盯着张曼娇，意有所指地说。

张曼娇霍然站立："薛老师，我……我有几个不明白的地方，可以向您请教吗？"

"啊，可以的，可以。你……来我办公室吧？"薛颂棠不确定地问。

"好……好吧。"张曼娇扭扭捏捏地答道。说完，跟着薛颂棠走出教室，并回头看了一眼叔叔。叔叔对她轻轻地点了一下头。

半晌，不远处的教师办公室突然传来高亢尖细的叫声："救命啊，救命啊！"早就准备好了的叔叔和申学明带着一帮学生，拼命地冲向教师办公室。叔叔不由分说，猛地踹开教师办公室的大门："曼娇，你怎么了？你没事吧？"叔叔十分着急，毕竟这是他设的局，如果张曼娇真的遭到了侵犯，那自己就罪过大了！

教师办公室里面有些阴暗，也许是窗帘遮蔽了阳光的缘故。叔叔踹开大门的同时，申学明赶紧将窗帘拉开。下午的阳光照射进来，整个房间显得金黄而浑浊，就像这没落而浑浊的时局。

办公室里，一片狼藉。办公桌上的书籍、文具全部散落在地上，特别醒目。薛颂棠双眼通红，脸有些扭曲，衣服崩掉了两粒扣子，歪歪斜斜地穿在身上；下身穿着一条红色内裤，长裤已经掉落在地，双手正努力试着提起长裤。张曼娇满脸苍白，挂满泪水，显得十分委屈。看到张曼娇伤心欲绝的模样，叔叔深深自责，悔不该如此牺牲张曼娇。心中不禁痛苦不堪，于是大声地对薛颂棠吼道："你这个败类，混蛋，人渣！"手握成拳，猛地对准薛颂棠的鼻梁愤恨一击。"砰"的一声，薛颂棠仰面而倒，重重地砸在地上。

"打得好！打死这个败类！"申学明紧跟着愤怒出声，对准薛颂棠的下身踹了几脚。

"打，打他！"一大帮学生涌进办公室，不由分说地对准薛颂棠又打又踢。特别是女同学，心里早已对薛颂棠痛恨已极，更是边打边骂："叫你欺负我们，叫你好色，打你，打死你！"

薛颂棠双手抱着头,弓着身体躺在地上,极力承受着暴风骤雨般的打击,心中凄苦难言。啥都没有捞到,却被打得半死,这就是调戏女学生的代价。

"住手!"

一声大吼在办公室门口炸响,同学们转头望去,校长和曾秋葵老师来了。

校长走进办公室,扫视一圈,威严地问道:"这是怎么回事?"

同学们都把眼光集中到了安慰张曼娇的叔叔身上。

叔叔叹了一口气,缓缓地走到校长面前:"校长好!薛老师师德败坏、作风恶劣,竟然公开调戏、猥亵女同学。大家都很愤怒,所以……就这样了。"

"胡闹!学生打老师,像什么话!尊师重教都不要了?曾日章,又是你!上次游行就是你,这次打老师又是你,你啊你……"校长用手指点了点叔叔,摇头叹息。紧接着,校长走向躺倒在地的薛颂棠,"薛老师,你没事吧?等会送你去医务室。薛老师,你啊,上次你夫人在学校大闹了一场,这次又是本性不改。你觉得自己还像个老师吗?兔子不吃窝边草,你怎么能够干出猥亵女学生的事情呢?太不像话了啊!"

校长直起身来,望了望四周,摆摆手说道:"都散了吧,把薛老师送到医务室。这件事回头会有个处理结果的。"说完,便离开了。

曾秋葵一把拉住叔叔:"你这小子又做蠢事,这回看你怎么收场!"叔叔撇了撇嘴,无奈地摊开双手。

几天后,学校公布了处理意见:薛颂棠离开学校,叔叔开除学籍。

　　这一决定迅速激起了学生们的怒火，大家纷纷到学校领导那里辩论抗争。申学明和张曼娇更是鼓动学生罢课示威，强烈要求保留叔叔的学籍。曾秋葵则干脆跑到校长办公室据理力争，请求校长不要开除叔叔。

　　学校骚乱了好几天。

　　最后，叔叔劝住了申学明和张曼娇，到曾秋葵老师那里告知一下，道了个别，便毅然离开学校。

　　叔叔心里是畅快的，他终于可以好好陪伴家人，专心地从事党的事业了。也许这是更好的选择，叔叔如此想着。

第八章

波涛汹涌的塘田讲学院

叔叔所在的研究班各色人等都有,但无外乎两种势力:一种是中国共产党领导下的进步势力,坚决贯彻党在抗战时期的总方针,宣传抗战,积极救亡;一种是由国民党操纵、控制的反革命势力,从各个方面对讲学院进行破坏。

◎ 红色宣传标语

塘田战时讲学院是时代的产物。

抗日战争爆发后,由于国民党政府执行单纯依靠政府和军队的片面抗战路线,导致正面战场节节败退。1938年5月,国民党放弃徐州、开封、安庆,不战而退,日寇围攻武汉,袭击南昌,湖南形势日趋严重。在这危机时刻,毛泽东发表《抗日游击战争的战略问题》《论持久战》等著作,批判了国民党的"亡国论"和片面抗战路线,以及其战略战术方面的消极防御、阵地战、消耗战;批判了王明的"速胜论"和轻视抗日游击战争的错误观点;阐明了持久战的总方针和抗日游击战争的伟大战略意义。8月13日,中共湖南省委根据党的抗战到底的总方针,发表《保卫湖南宣言》,号召全省人民动员和组织起来,"有钱出钱,有力出力",保卫乡土。吕振羽、翦伯赞以名流学者名义致书国民党湖南省主席张治中,提出"保卫大湖南"的要求和主张;八路军驻湘代表徐特立主张在日寇攻入湖南时,共产党独立领导开展游击战争,在湖南创立抗日民主根据地。而要实现这些目标和任务,关键在大力培训干部,组织一支强大的干部队伍。塘田战时讲学院就是为完成这一历史使命应运而生的。

最先提出建立塘田战时讲学院的是邵阳人吕振羽。1938年6月,湖南省文化界抗敌后援会研究部主任吕振羽,向中共湖南省工委提出在武冈县塘田寺创办讲学院,以培养地方乡级工作干部和连排级游击战争军事干部,为开展游击战争做准备,得到中共湖南省工委和中共驻湘代表徐特立的同意与支持。不久徐特立写信报告毛泽东和洛甫等领导,"要求派几个下级干部去当学生,将陕公和抗大的学风带去,以便在湖南进行抗战教育"。随后,中共湖南省工委派吕振羽为副院长兼党代表,负实际责任,筹办塘田战时讲学院。

为了团结各方面的人士共同抗日,减少办学阻力,争取讲学院的合法存在和顺利发展,中共湖南省工委决定按照党的统一战线政策,利用湖南国民党内CC派、复兴派、何键派之间的矛盾,邀集一些国民党进步人士担任学院的院长、董事长和董事。经过一段时间卓有成效的工作,国民党中央政府司法院副院长覃振(覃理鸣)、湖南省参议会议长赵恒惕分别同意担任该院院长、董事会董事长;国民党湖南省党部执委刘子奇(刘岳厚)、湖南省第六区(邵阳)专员公署专员李琼、保安司令岳森同意任董事。塘田当地绅士、武冈县第九区区立小学校长吕遇文(吕振山)负责学院一些事务性筹备工作。武冈县长林拔萃及吕惠阶、李心徐、李梯云等地方绅士均同意任讲学院董事。吕振羽担任副院长,中共党员、著名历史学家翦伯赞也出任董事一职。讲学院董事会共有30余人,包括了湖南各方面的人物。

在董事会成员的支持和帮助下,吕振羽等人在塘田寺对河、芙夷河畔借得清末中宪大夫、太子少保席宝田的塘田别墅作为校舍，并解决了办学中的一些具体问题。塘田别墅占地面积9600多平方米，有大小房间128间。8月初，吕振羽回长沙向省委和徐特立汇报筹备情况。根据省委意见，吕振羽又通过覃振、赵恒惕致函湖南省政府主席张治中，告知其筹办讲学院的情况，请其担任名誉董事，对学院多加保护。张治中回信表示谅解和同意。8月底，整个筹备工作基本就绪，并印制了招生广告，请各县教育局、师范、中学保送青年学生入学，并由省委通知各地党组织选派青年前去学习。塘田战时讲学院组建工作基本完成。

1938年9月15日，塘田战时讲学院第一期正式开学，设有研究班两个，补习班一个，随后招收的第二期有研究班和补习班各一个。每班新生50名左右，另外招收插班生25人。讲学院两期共计250余名学员中，就政治面貌来说，有共产党员、民先队员，也有混进来的反革命分子；从生源看，有印刷工人、小学教师、失业军人、尼姑等，以青年学员居多；从地区来说，有来自江西、福建、湖北、东北的，而以本省学员居多；有由赵恒惕及其他方面介绍来的，也有慕讲学院和教师之名，致力于抗战而来的，以党内动员与介绍来的居多。时任中共湖南省委书记高文华特地送女儿高萍到塘田战时讲学院学习。学生学习期限为一年，费用自行负担。

讲学院的教育是以阶级教育为中心的抗战教育，即寓阶级教育于抗战教育之中，寓马克思列宁主义于爱国主义教育之中。其教育方针是"坚持持久战，实施战时教育，培养抗战干部"，并以"精诚团结、英勇活泼、紧张严肃"十二字作为培养院风的准则，要求学生把抗日救国作为自己的神圣职责，发奋学习，努力工作，积极参加民族解放的伟大斗争。教学方法上，采用课堂教学与课外活动、生活实践、工作实践相结合，个人阅读与集体讨论相结合。课程设置上，根据学员文化程度不同而分设的研究班、补习班，所开课程有所区别。中国民族解放运动史、抗日民族战争讲座、战时防护常识和体操为两班共修课。研究班招收高中以上文化程度的学员，开设历史、文学、哲学、政治经济学、文艺创作等专修课；补习班招收初中以上文化程度的学员，开设国文、数学、自然、音乐等专修课。教材大部分由教师自己编写，用活字木版印刷或油印，内容多适合于战时需要，巧妙地宣传马克思主义，宣传党的抗战路线、方针和政策。其中曹伯韩的《社会科学十讲》、吕振羽的《中国革命运动史》等为主要教材。担任教学任务的教师有张天翼、杨卓然、王西彦、李仲融、曹伯韩、王时真（江明，吕振羽夫人）、陈啸天、徐昭、陈润泉、吕振羽、李华白、王煜、林居先、周白等。大多数教师是中共湖南省委从湖南文化界抗战后援会等抗日团体和外来干部中选派而来的，多数为共产党员和进步人士。张天翼、王西彦讲授文艺理论与创作，曹伯韩讲授政治经济学，雷一宇（1939年被国民党杀害）教授外语，游宇开设游击战争讲座，李仲融讲授哲学，陈啸天教授国文，吴剑丰讲授孙子兵法，陈润泉教授自然科学，杨卓然、王煜讲授游击战术，林居先、周白教授音乐，徐昭教授数学等。讲学院的干部、教师都不发工资，只供给食宿，与学员同吃同住同活动。

塘田战时讲学院设有以下部门：教务部，负责人张天翼（中共党员，后由曹伯韩接任）；学生生活指导部，负责人雷一宇（中共党员，后由游宇接任）；研究部，负责人李仲融（中共党员）；补习部，负责人雷一宇（后由陈啸天接任）；事务部，负责人吕遇文（开明绅士）；院子办公室，负责人王时真（中共党员）。在中国共产党的领导下，学生中建立了学生自治会，可派代表参加院务会，参与教学研究、伙食管理，进行评学，反映学生的意见和要求。自治会还经常组织学生召开生活讨论会，开展批评与自我批评，进行自我教育。全体学员按照"精诚团结、英勇活泼、紧张严肃"的院训要求，贯彻"树文化据点于农村""树救亡工作据点于农村"的办学宗旨，开展多种宣传抗战文化的活动，积极培养抗战人才。学院还组织学生到附近村庄去访问、宣传和教唱歌曲；在学校内办儿童识字班、成年识字班和妇女识字班，吸收附近的农民及其子弟参加。识字班设国文、算术、唱歌三门课程，其教材大多数由讲学院学生在曹伯韩老师指导下自己编写。内容由简到繁、由浅入深、由字词到造句、叙事，由群众日常生活到社会生活和抗战问题。如其中有一篇课文的内容是"塘田塘田，美丽家园，盛产稻谷，又产甘蔗，我爱塘田，我爱家园，决不允许，鬼子侵占"。课文通俗易懂，易于接受，对启发群众的觉悟、鼓舞群众的抗日激情取得了很好的效果。派宣传队、歌咏队、戏剧组到各地宣传演出；建立救亡室、读书会、青年抗战服务团；积极动员进步学员参加中华民族解放先锋队。在塘田战时讲学院学习过的青年，由于受到党领导下的抗战形势教育，经过进步思想的熏陶，先后有王时真、郑奎田、姜景、邓晏如、李志国、李前菌等40余人加入了中国共产党，有的为抗日战争和解放战争作出了重大贡献，有的成为党的中层领导干部。由于塘田战时讲学院的特殊影响和作用，人们称之为"南方的抗大"。

塘田战时讲学院直属中共湖南省委领导，具体领导塘田战时讲学院工作的是省委宣传部部长蔡书彬。塘田战时讲学院的党组织有两个层次，一是三人小组委员会，一是党支部。三人小组的成员先是吕振羽、张天翼、杨卓然，吕振羽任组长，后来张天翼调《观察日报》工作，杨卓然离院。支部成员开始是杨卓然、雷一宇、林居先，杨卓然任支书；后来是游宇、阎丁南、李仲融。吕振羽和张天翼是以著名学者的身份进行活动的，不参加支委会，在一般党员中也未公开自己的政治面貌。讲学院的一切重大问题，经请示省委，由三人小组讨论后，交支部书记带到支委会进行具体研究，贯彻执行。塘田战时讲学院秘密发展了一批党员和中华民族解放先锋队队员。

塘田战时讲学院开办以后，邵阳县委把叔叔派去学习。叔叔在讲学院过得十分充实，知识面得到了极大的拓展，思想觉悟和理论水平直线提高，这让他欣喜若狂，这是在三民中学没法得到的。讲学院实际上是中国共产党领导下的革命理论学院。

叔叔尤其喜欢唱由学院曹伯韩作词、张天翼作曲的气势磅礴的院歌："我们迎着大时代的巨浪，勇敢热情的青年聚集一堂，加紧学习，奋勇救亡，在这里锻炼得意志成钢，把思想武装，实行抗战救国的主张，争取中华民族的解放。同学们，起来！走向光明的路上，走向光明的路上！我们是创造新中国的健将，我们是创造新中国的健将。"

政治经济学是叔叔喜欢的课程。这门课程需要良好的记忆力和理解能力。叔叔每天拿着教材不停地念、不停地背，乐在其中：

"政治经济学的研究对象是生产关系。生产关系是指人们在物质资料和精神文明产品的生产和创造过程中形成的社会关系，是生产方式的社会形式，包括生产资料所有制的形式、人们在生产中的地位和相互关系、产品分配的形式等。其中，生产资料所有制的形式是最基本的，起决定作用的。在人类历史发展的不同时期，生产资料总是归一定的阶级、集团或个人所有、占有、支配的。人们在生产中所使用的生产资料，可能是属于自己所有，也可能是属于别人所有；生产资料的主人可以自己支配、使用属他所有的生产资料，也可以在取得一定利益的条件下，让生产者占有、支配或使用它们。这样，在生产过程中，人们便在生产资料的所有、占有、支配、使用上，彼此发生一定的关系。生产资料所有制是生产关系的基础，不同的生产资料所有制形式决定人们在生产中的地位及其相互关系；生产资料所有制形式和人们在生产中的地位及其相互关系，又决定劳动产品的分配形式。"

叔叔在"生产资料所有制的形式是最基本的，起决定作用的"这句话下面画了横线。为什么人们贫困？根本原因就是因为缺乏生产资料，而土地在农村就是最根本的生产资料，没有土地就什么也没有。农民运动就是要"分田"，让耕者有其田。因此，农村中的土地改革是核心的东西。

"人类历史上相继出现过四种基本的生产资料所有制，即原始公社的、奴隶主的、封建的、资本主义的生产资料所有制。在几个社会里，还伴存着不占统治地位的生产资料个体所有制。生产资料所有制的更替是由生产力的性质和发展要求决定的。生产资料的发展和社会化程度的提高，要求建立与它相适应的生产资料所有制，使能够促进生产力发展的新的生产资料所有制代替阻碍生产力发展的过时的生产资料所有制。这是不以人们的意志为转移的历史发展的必然过程。每一种基本的生产资料所有制，从它产生直到被发展程度更高的所有制代替为止，也都存在不断发展的过程。它会随着生产力的发展，在保持所有制根本性质的限度内，在不同阶段里采取不同的具体形式。例如，生产资料资本主义私有制就采取过个人资本、股份资本、国家资本、跨国资本等具体形式。"

这段话让叔叔思绪万千。到目前为止，生产资料所有制似乎都是私有性质的，当然原始社会另当别论，那是人类的初始阶段。那么，农民运动、土地改革该怎么改？应该建立一种怎样的土地制度才能更好地改善农民生活，更有利于社会的进步和发展？叔叔也想不明白："也许，土地制度应该随着社会的发展、社会生产力的发展不断调整吧。"

哲学也是叔叔喜欢的课程，这是一门费脑筋的学问。

"哲学是关于世界观与方法论的理论体系的学科。世界观是关于世界的本质、发展的根本规律、人的思维与存在的根本关系等基本问题的总体认识，方法论是人类根据世界观形成的认识世界的方法。马克思主义哲学从实践出发解决哲学基本问题，即思维和存在的关系问题，是对人与世界的关系的最高抽象。马克思主义哲学深刻地指出人与世界的关系实质上是以实践为中介的人对世界的认识和改造关系。马克思主义强调用辩证法的观点研究世界的本质，这是马克思主义哲学体系的理论基础和逻辑起点。它以物质和意识或思维和存在的关系为主线，系统论述辩证唯物主义的物质观、实践观和意识观。它有四大原理：一是物质存在形式原理（运动是物质的存在方式，时空是运动着的物质的存在方式）；二是实践本质原理（实践具有直接现实性、主体能动性等特点）；三是意识的本质和能动性原理；四是世界的物质统一性原理，这是马克思主义哲学中关于世界本质的原理，是唯物论。"

叔叔的理解是：哲学讲的就是怎样认识世界和改造世界。世界上的万事万物都是客观存在的，不管你承不承认、看没看见，它就在那里。我们需要做的，就是尽可能多地认识事物，改造并利用事物为现实服务。而人的思想或者说意识是活跃而不守成规的，可以设想并创造出崭新的物质或思想为人类服务。在新的物质或者思想没有得到实践的检验之前，都是虚幻的、不能被承认的东西。比如，这个世界到底有没有灵魂，这个问题困扰了人类几千年，可一直不能被证明、被创造。所以，有理由相信，灵魂一事就是子虚乌有的东西，是麻醉和愚弄人类的东西。

哲学和政治经济学的学习，让叔叔受益匪浅，思维的严密性得到了空前提高，找到了很多社会现象的答案。

一天下午，叔叔正在讲学院旁边的芙夷河畔看书，刘松拿着一张报纸匆匆而来："国策兄，来看看这篇文章。"

"怎么了？"

"对我们讲学院大肆攻击，对吕振羽教授进行人身攻击，简直不要脸到极点了。"刘松十分愤慨。

"哦？给我看看。"叔叔接过报纸。报纸用一个大版发表了一篇佚名文章——"教授吕某纠集同类开办非法学院"。文章写道："教授吕某于北平危机时刻，贪生怕死，逃回湖南，纠集同类，以所谓'文化抗敌'为由，进行阴谋活动。武汉危机，战火即将烧及湖南时，又去武冈，假党国元老之名，开办塘田学院，愚弄青年，蛊惑民众，肆行敲诈剥削。昔日之穷教授，今则麦克麦克矣……塘田战时讲学院无疑是共产党办的南方抗大，吕教授无疑是共产党员，青年们不要上他的当……塘田学院并未经省教育厅立案，在手续尚未完备之时便匆匆开办，正应了一句老话：'名不正则言不顺。'如此学院焉能培养出党国人才？由此看来，塘田学院理应推倒重来……"

"学院开办之初，省教育厅厅长朱经农拒绝担任董事，并以筹备工作必须有'合法手续'为借口，不给学院立案。我觉得……这文章是不是朱经农授意的？"刘松愤怒地说道。

"我觉得应该是比朱经农更高层次的人搞的鬼。树欲静而风不止，看来哪里都有斗争啊，学校也莫能例外。"叔叔感慨道，"我们决不能松懈，唯有毫不畏惧、毫不妥协地斗争下去。"

叔叔所在的研究班各色人等都有，但无外乎两种势力：一种是中国共产党领导下的进步势力，坚决贯彻党在抗战时期的总方针，宣传抗战，积极救亡；一种是由国民党操纵、控制的反革命势力，从各个方面对讲学院进行破坏。全班50人，有十多个人不思进取、惹是生非，肖萍、方品二人是他们的头儿。

"曾日章同学，在看书呢，这么努力是想当优秀学员吗？"肖萍扭腰坐在叔叔课桌上，浓烈的香水味笼罩着叔叔。"要不要晚上我请你吃个饭、喝喝酒，然后弄点娱乐活动？"肖萍凑近叔叔的耳朵，用十分温柔的语气说道。

叔叔抬起头饶有兴趣地看着她。

"人生苦短，何不及时行乐？你说是吗？"

"你是中国人吗？"

"……"肖萍一脸迷惑。

"上海沦陷，南京沦陷，国民政府内迁，国家危亡，民族危急，你还这样无动于衷，还这样醉生梦死，所以我才问你是不是中国人。"

"切，日本人蓄谋已久、来势汹汹，我们的军队奋力抵抗都无济于事，国民政府被迫迁往重庆。请问，我们作为手无缚鸡之力的学生，有什么用呢？古人说得好：百无一用是书生。"

"呵呵，书生有书生的办法。我们可以为抗战宣传，可以鼓动全国民众团结起来一致抗日，造成全民抗战的良好形势，而不是每天得过且过。肖萍同学，你说是吗？"

"哟，还全民抗战？民众有用吗？军队都没用还民众？我们现在唯一要做的，就是听从蒋委员长的统一部署，不做无谓的抵抗，不做无谓的牺牲。要不这样，学校成立了三青团，团长可是我们的蒋委员长哦，你有兴趣加入没？我们就是为了抗战而成立的呢。"

"是啊，是啊，只有紧密团结在蒋委员长周围，听从蒋委员长的安排，抗战才有胜利的希望。"周围肖萍的拥护者大声说道。

"滚！"叔叔愤怒地吼道。

"真是个无趣的家伙。"肖萍气冲冲地离开。

被肖萍一打扰，叔叔也无法静下心来读书了，他走出教室，打算去芙夷河边走走。

来到学校大门口，这里有着一堆人正在吵吵闹闹。方品一伙叼着烟，刘松一帮人似乎在和方品据理力争。叔叔走上前去。

"吕教授就是贪生怕死，看到北平待不下去了，来到湖南，武汉也岌岌可危了，就来到武冈，名为开办讲学院，实际上就是愚弄大众，为钱而来。"方品大放厥词。

"你胡说八道！吕教授这是为抗战培养人才，鼓励全民抗战，你不要诬陷吕教授！"刘松气愤填膺。

"幼稚吧你。讲学院连备案手续都没有的，是非法组建的，我们大家都被骗了。"方品吐出一口烟雾，煞有介事地说道。

"既然如此，那你们还那么积极地跑来上学，你们不是傻子吗？"刘松反唇相讥。

"是啊，是啊，一群傻蛋，不学赶紧卷铺盖滚蛋啊，哈哈哈。"一帮人仰头大笑。

"混蛋，说谁傻蛋呢？"方品一伙恼羞成怒。

"谁傻谁明白。不读书净捣蛋不是傻子吗？"

方品气极反笑："好，好，看来你们是不见棺材不落泪了，可怨不得别人了。"说完，方品猛地从贴胸口袋里掏出了一把精致小巧的手枪。

看到手枪，人群一阵骚动。学生怎么可能有手枪？这个方品来头只怕没那么简单！

方品把手枪对准刘松："怕吗？啊？来啊，到底谁傻蛋？老子最讨厌别人说本人傻蛋。不怕告诉你们，上一个说老子傻蛋的人已经从这个世界上消失了，你们是不是要试试吃枪子的味道，啊？聋了？哑了？我去你的。"说着，方品抡起手枪朝刘松脑袋上砸去，眼见着刘松头上鲜血就冒了出来。

"杀人了，杀人了！"人群中有人大喊，学生纷纷四散奔逃。

刘松捂住脑袋，满眼痛恨地望着方品。

叔叔几大步拦在刘松前面，挥手夺下方品的手枪："方品，作为学生，你竟然持枪打伤同学。我会把枪交给学校，看你怎么向校方解释这件事！"

叔叔让人把刘松送往医院，自己匆忙去向吕振羽等人汇报。在去往校办公室的途中，叔叔偷偷地把手枪藏在自己身上。不管怎么样，枪可是好东西啊，革命是少不了武器的。

讲学院领导特别是吕振羽和杨卓然了解这件事以后十分重视，其实不光是这一件事，讲学院开办以来，受国民党指使的肖萍、方品等人，在塘田战时讲学院内部散步流言蜚语，鼓动学员恋爱、酗酒、斗殴、打牌、赌博，破坏正常的教学秩序；在讲学院外面偷窃周围群众的蔬菜水果、甘蔗花生等东西，并损坏群众的生产工具和船只，以破坏讲学院的声誉，激起群众对讲学院的不满。吕振羽鼓励叔叔等进步青年，要敢于并善于同破坏分子、同三青团展开斗争，要在讲学院广大学生和校外群众中揭发和批判他们的破坏行为。

通过叔叔、刘松等人的努力，在讲学院广大师生和校外群众的愤怒声讨中，肖萍、方品等人悄悄地离开了塘田战时讲学院，同反动分子的斗争暂时告一段落，学生终于可以安静地读书了。

平静的生活总是十分短暂的，特别是在20世纪30年代那波涛汹涌、暗流翻滚的年代，所有人都在混乱的现实中起伏、挣扎，无法宁静……

这一天，叔叔正在阅读政治经济学课本，刘松神色匆匆地跑过来说:"日章,方品他又回来了!"

"啊?真的吗?"

两人走出教室,远远地看见方品拖着一个大行李箱走进校门,满脸微笑,对所有路过的老师和学生低头哈腰,一副谦谦君子模样。

"哟,性子改了?难得啊。"刘松吃惊地说。

"江山易改,本性难移。估计这是他狡猾的一面,硬的不行来软的?"叔叔自言自语地说。

没过几天,叔叔就听说方品积极要求进步,并向中国共产党党组织递交了入党申请书,信誓旦旦地说一定痛改前非、重新做人。

叔叔觉得蹊跷,赶紧找到杨卓然,想陈述自己的看法。可没等叔叔开口,杨卓然就说:"国策同学,你是为方品而来吧?放心,他的言行我们一直有人在密切关注。他一直是三青团的重要成员,我们共产党是不会欢迎三青团成员的。现在局势复杂,防人之心不可无,同时也要保护好自己。个人有个人的难处,学校也有学校的难处啊。"说完,杨卓然长长地叹了一口气。

从杨卓然的说话中,叔叔感到了一种危机。讲学院一直以来都是艰难运转,和国民党反动派展开斗争。随着形势的变化,讲学院也许真的到了危机时刻。

1938年11月13日凌晨,国民党当局焚烧长沙城,想以焦土政策延缓日军的进攻步伐,这就是中国抗战史上与花园口决堤、重庆防空洞惨案并称的三大惨案之一——长沙文夕大火。大火烧了五天五夜才自行熄灭,它毁灭了长沙城自春秋战国以来的楚国历史文物积累，地面文物毁灭到几近于零。长沙作为中国为数不多的2000多年城址不变的古城，文化传承由此中断，在历史研究上造成无可估量的损失。长沙大火中，全城90%以上的房屋被烧毁，共计5.6万余栋；直接死于火灾的达3万余人。据国民党湖南省政府统计室编印的《湖南省抗战损失统计》估计，大火造成的经济损失约10亿多元，相当于抗战胜利后的1.7万亿元，约占长沙经济总值的43%。

长沙大火后，张治中被免职，薛岳上台接任湖南省政府主席。于是，时任国民党中央教育部长、CC头目的陈立夫急不可耐，立即电令薛岳强行解散塘田战时讲学院。其电文大意如下：

据报，湖南塘田战时讲学院，实即奸党之西南抗大，宣传错综复杂的思想，愚弄青年，欺骗群众，希图捣乱社会秩序，危害三民主义，应严加查办，制乱于未萌……

薛岳接到电报后，即以湖南省政府主席兼保安司令的名义，令第六区专员李琼、保安司令岳森"派要员查明具复"。

1939年初，李琼、岳森转令武冈县县长林拔萃把有关情况及时通报给塘田战时讲学院副院长吕振羽，商讨对策，并尽可能地拖延复文时间。于是一直到4月，塘田战时讲学院所在地的复文才到达薛岳那里。

薛岳接到复文后，一面复令申斥六区专员、司令、县长、乡长"无视政令""虚词搪塞"，一面严令六区派专员前往塘田寺，勒令解散塘田战时讲学院，并不断以电话督催六区。

六区接到薛岳的命令后，转令武冈县选派干员率兵前往塘田战时讲学院"勒令解散"。林拔萃得令后，约吕振羽去武冈面谈。

但由于县党部书记长易瑞芝和教育局长杨韶华搞鬼，在吕振羽偕王时真到达武冈时，第六区保安司令部与武冈县保安团已派出三个连分三路赶赴塘田寺。

4月21日，国民党三路兵马采取分进合围的方式先后到达塘田寺，并立即封锁塘田战时讲学院大门，贴出布告：

查有吕振羽者，假借覃院长、赵参议长名义，擅自开办塘田战时讲学院，宣传错误思想，愚弄青年，蛊惑民众，图谋扰乱社会秩序。兹派员率兵前往，勒令解散，丝毫不得姑徇。该院员生人等如有抗拒情事，准予格杀勿论。

4月22日，吕振羽回到塘田寺。在此之前，全校师生员工在党组织领导下，团结一致，加强警戒，维持秩序，保护院产和人身安全。22日晚上，学院党组织开会，研究情况，决定了反包围与有计划撤退的步骤：1.成立塘田战时讲学院结束委员会，以吕振羽为主任，陈润泉、游宇、阎丁南、李仲融、吕遇文为副主任，部分师生代表为委员。学员的撤退工作由阎丁南、李仲融负责；教师的疏散工作由游宇、曹伯韩负责；院产和财务的处理工作由吕遇文负责；2.利用六区保安团某连与武冈县保安团某连的矛盾，抓紧做前者的工作，因为前者已经表示，"只要院里办文件，即可撤退"，故争取让该连先行撤走，以影响后者；3.党员干部和学员，一部分撤至桂林，一部分回家或介绍工作。副院长和部分老师、学员留下来办理结束工作和等待中共湖南省委的指示；4.加强全院团结，保持稳定情绪，维持正常秩序，防止坏人造谣、破坏和动摇人心；5.深入做群众工作，尽量拿事实在院外群众中进行宣传教育，揭露国民党的阴谋，争取群众的同情；

6.遇事要与群众商量，尽量依靠附近村庄群众的帮助，随时掌握驻扎在附近村庄的国民党军队的动态。

由于有了切实可行的撤退计划，在全院师生员工的共同努力和附近群众的积极帮助下，结束工作得以顺利进行。不到一个星期，人员的撤退疏散计划基本完成，全部院产和公私账目均已清算。在同学们的要求下，学院决定把剩余的伙食费和处理院产的余款数千元拿出来作为基金，在桂林成立石火出版社，其意是石在火不灭，以示对塘田战时讲学院的纪念。大家公推吕振羽为石火出版社的董事长，具体工作由曹伯韩、李仲融负责，曹伯韩任经理，撤至桂林的学员中部分党员如邓晏如、王琦莉、吕健云等参加工作。

在结束工作基本完成的时候，学院组织召开了话别会。全院师生员工、附近各村部分群众参加了话别会，奉命前来解散塘田战时讲学院的武冈县教育科长秦某、科员周石安及两个保安连的连长也应邀参加。大会一开始，群众情绪就极为激动。当吕振羽一上台，才说出"同志们"三个字就哽不成声时，全院人员与参会的院外群众都不禁失声痛哭。吕振羽讲完话后，学员、老师、工友都纷纷上台发言，控诉国民党当局封闭讲学院的罪行。话别会开到深夜，才在激昂的院歌声中结束。话别会后的二三日内，师生们陆续向目的地疏散。他们有的参加了八路军、新四军，走向了抗日的最前线，有的留下来从事地下工作，有的回家乡发动和组织群众开展抗日救亡活动，有的撤到桂林创办石火出版社，继续开展抗日救亡宣传。

塘田战时讲学院存在的时间虽然不长，只有七个多月，但硕果累累、影响深远。第一，先后在塘田战时讲学院学习的青年大约250余人，都不同程度地受到抗战形势的教育。经过进步思想的熏陶，很多人后来在不同的岗位上发挥了进步作用。第二，学员中有40余人加入中国共产党，他们在抗战时期和解放战争中作出了重要贡献。中华人民共和国成立以后，有些人成为党的中层领导干部。第三，对周围几十里的群众进行了阶级教育和爱国主义教育，为解放前夕中国共产党在四望山、河伯岭、四明山一带领导武装斗争打下了较好的群众基础。

塘田战时讲学院关闭以后，叔叔回到老家，并不断活跃于邵阳、廉桥等地参加党的活动，进行抗争宣传。

在办理塘田战时讲学院结束工作时，中共湖南省委派李锐到此传达了省委指示，同意讲学院组织的撤退计划和措施，并布置讲学院党组织在讲学院解散后，安排一部分学员去尚未建立党组织的武冈、新宁、城步、绥宁等县建立党组织。

1939年11月30日，中共湖南省委统战部部长郭光洲给中共南方局的报告中写道：为了开办塘田战时讲学院，吕振羽等人对省、区、县、乡都做好了统一战线工作，尤其在地方绅士中的统战工作做得好。

第九章 红色廉桥区委

1938年11月,隶属中共邵阳县委的中共廉桥区委员会正式成立,赵勤(赵竞之)任书记,彭柏林任组织委员,曾国策任宣传委员。廉桥区委领导廉桥附近的党支部,即廉桥党支部、流泽所党支部、三斯堂党支部。

◎ 红色纪念碑

1938年8月，廉桥街道。

"站住，站住！再跑我就开枪了！"

"砰，砰。"

几声枪响，嘈杂的奔跑声从不远处传来，街上顿时鸡飞狗跳，众人四处奔逃。

叔叔正走到街道拐角处，听到枪声，心里一惊，探头往枪响的方向望去，只见一个短褂打扮的汉子咬紧嘴巴、发足狂奔而来，汉子后面不远处，七八个国民党特务持枪追赶，边追边喊"站住"。

叔叔在拐角处静静等待，他明白这人一定是共产党员，必须救下。幸亏擎天书屋离这里不过十几米，几个呼吸之间就能跑到。

汉子刚刚拐弯，叔叔猛地抓住他的手臂："快，跟我来。"几个箭步便冲进了擎天书屋，再一拐就来到了后院。叔叔赶紧嘱咐叔母："擎天，快，走后门，把他送到阳和岭山。"

说完，叔叔来到前面的书屋，叔母带着汉子直奔阳和岭山。

叔叔刚到书屋，几个特务就冲到了屋里。几个看书的人看这架势，赶紧放下书离开。

"你是老板？"一个特务头目问叔叔。

"是的。老总,您有什么事吗?"叔叔满脸堆笑地问。

"刚才有个汉子你看到了吗?"

"汉子?哦,穿短裤那个?看见了,看见了。他跑过去了,嘿嘿。"

"看到他跑到哪里去了吗?"

"没有,我只看到他急匆匆往前面跑了。"叔叔一脸严肃。

"行了。我们走。"

特务头目带着人继续往前追去。

叔叔来到阳和岭山。

汉子站起身来:"谢谢你,曾国策同志,我叫谢竹峰。感谢你和你的妻子救了我的命,哈哈。"

"啊,谢书记,久仰久仰,今天总算见到真人了!"叔叔十分高兴。

"你知道我?哈哈,曾博士。"谢竹峰很风趣。

"您的大名如雷贯耳,您现在是湘南特委委员、耒安中心县委书记,可以说是我们的直接领导。您在耒阳县城主持游击队与国民党当局的谈判,将您领导的湘南赤色游击队第三大队整训编为新四军暂编第二大队并开赴抗战前线,正式成为新四军军部特务营。这些事迹在湘南广泛流传呢。"叔叔真诚地说。

"国策同志不愧是曾博士啊,哈哈。你现在在塘田战时讲学院研究班学习吧?"

"是的,现在正放假呢。可是……讲学院的存在国民党反动派有意见啊,目前也出现了危机。"叔叔忧心忡忡地说。

"抗战进入了相持阶段,国民党反动派又蠢蠢欲动了啊。国策同志，要有信心，吕教授他们会有对策的，关键是保护好我们的同志。"谢竹峰若有所思地说。

"明白了。谢书记，您来到廉桥是有什么指示吗？"

"没有没有，我只是经过这里。这个，组织上安排我去延安中共中央党校学习，没想到被特务跟踪了，看来要麻烦你们了。"

"不麻烦，不麻烦。延安是革命的圣地，您去延安学习真是太好了。您在这里待几天，这里绝对安全，只有几个人知道。等过几天风声没那么紧了，我再送您离开。"

谢竹峰的到来让叔叔很是兴奋，他让叔母送饭，自己则和谢竹峰就国共合作、抗战形势、斗争策略等进行畅谈。谢竹峰站的角度较高，接收的信息很多，许多话对叔叔很有启发。叔叔从事具体工作特别是讲课，理论修养和形势判断很在行。两人通过畅谈，都很有收获，大有相见恨晚之感。

"谢书记,您跟我讲讲新四军的事情吧。"叔叔心情急迫地说。

"好的。新四军全称是国民革命军陆军新编第四军，隶属于国民党军队战斗序列，是由南方各省红军游击队组成的，主要在大江南北和闽浙两省开展抗日游击战争。叶挺为军长，项英为副军长，张云逸为参谋长，袁国平为政治部主任，邓子恢为政治部副主任。为加强对新四军的领导，中共中央成立了中央军委新四军分会，项英为书记，陈毅为副书记。去年，嗯，1937年12月25日，新四军军部在汉口成立，今年1月6日移至江西南昌，2月上旬江南各游击队奉命到皖南集结整编。全军辖4个支队和军部特务营，共约11000人。"谢竹峰对新四军的情况非常了解，毕竟他领导的湘南赤色游击队第三大队整训成了新四军军部特务营,"对了,袁国平主任原名袁裕,是宝庆东路范家山镇人,1906年生。袁主任1925年10月投笔从戎,考入黄埔军校四期,同年底加入中国共产党,先后参加了北伐战争、南昌起义、广州起义、五次反'围剿'作战和红军长征,是邵阳人的骄傲哦。"

顿了顿,谢竹峰接着语气有些沉重地说道:"国策,武汉会战已经开始,国民党军队恐怕守不住武汉。那么,长沙也变得危险起来。长沙很多机构、学校、工厂、商店,甚至包括中共湖南省委都可能要迁到邵阳地区来,邵阳有可能成为新的抗战中心。你要做好准备啊,因为局势越来越乱,国民党又抓紧反共。如果觉得事不可为,可考虑转入地下或者离开邵阳,去延安或者新四军。"

"好的,我会注意的,谢谢谢书记!"叔叔郑重地说,"另外,我有个请求,想请您到我家去做客,去讲讲革命道理,讲讲抗日救国,回头要我妻子擎天组织一下,乡亲们都盼望着呢!"

"好的,明天晚上吧。"谢竹峰愉快地答应下来。

第二天晚上,仁让堂周围的父老乡亲在叔母的组织之下,都来到了我家前坪。为安全起见,叔叔派人四处守望,免遭特务破坏。谢竹峰站在一张小桌旁,大声说道:"乡亲们,同胞们,我叫谢竹峰,是曾日章的朋友,今天只给大家讲四点。第一,抗日是一定要做的。谁也不愿意做亡国奴,谁也不愿意被外人统治,谁也不能卑微地生活着。那么怎么办呢?只有抄起家伙,把日本侵略者赶出中国去。第二,反压迫是一定要做的。我们老百姓一年到头辛勤劳作,却只能勉强温饱,很多人甚至忍饥挨饿,我们创造的财富去了哪里?去了地主恶霸的口袋!唯有打倒他们,我们才有出头之日。第三，国民党和共产党的区别一定要搞清楚。大家应该都深有体会，国民党代表的是地主阶级的利益，是少数人的利益，他们欺压民众、消极抗日。与此相反，共产党代表的是人民的利益，谋的是国家的独立、人民的幸福。共产党领导下的人民武装正战斗在抗日的前线……第四，我们应该做些什么？我认为，我们应该武装起来，保卫自己、保卫家乡。我们应该组建民兵队伍，平时劳作，闲时训练，打造武器，时刻准备与欺辱我们的敌人决一死战……"

谢竹峰的话语在仁让堂引起了震荡，我的父亲因此组织起了当地的民兵队伍，不断请人来训练，以备不时之需。仁让堂因此而面貌一新，大家都看到了希望、看到了曙光。

几天后，叔叔护送谢竹峰安全离开了邵阳。离开前，谢竹峰从背包里掏出一个笔记本，郑重地交给叔叔："国策，这是我写的一点体会，我还有一份，这份就送给你了，希望对你能够有所帮助。"

谢竹峰离开后，叔叔打开笔记本，"支部工作纲要"六字映入眼帘，后面写了很多页，差不多把本子都写完了。"一、支部是什么？1.是党的基本组织。支部由党员直接组织而成，一切党员必须编入支部，同时要有支部才有各级领导组织（如区委、县委等），才有整个的党。因此，支部是党基本组织。2.是党的战斗单位。党是战斗的组织，但是党的一切决议和任务，必须通过去动员与组织群众才能实现，所以支部是党的战斗单位。3.是教育党员的讲堂。党员在支部中可以受到先进理论的教育和革命实践的指导，可以提升自己的能力，健全自己的意识，还可以提高自己生活的组织性与纪律性,因此,支部是教育党员的讲堂。4.是党与群众关系的枢纽。党要使群众了解自己的主张,为自己主张努力,那支部的党员就必须在群众中进行广泛的宣传工作,同样,党要了解群众对党的认识,对党的主张的态度,以及群众的情绪和要求,亦需支部的反映。因此,支部是党与群众关系的枢纽。5.是党在群众组织中的核心。支部是群众组织中最积极最有远见的一部分,只有经过支部在群众中的积极模范作用才能推动群众组织的发展。因此,支部是群众组织的核心。二、支部的基本任务。1.坚持巩固与扩大抗日民族统一战线,坚持统一战线纲领。2.动员与组织群众帮助政府做统战工作。3.了解群众的迫切要求,组织与帮助群众在"抗战高于一切"的原则下进行必要的生活改善。4.与群众密切联系着,倾听群众对共产党意见,向群众解释党的主张,散布党报刊。5.征收和教育新党员。6.分配党员工作,并注意党员对党纪的执行和思想上的坚定。7.完成上级指定的工作。三、支部的组织。1.支部是按照生产单位来建立的。每个厂工、矿山、作坊、商店、学校、机关、兵营(连队)、街道、乡村内,如有正式党员三人以上,即得成立一个支部。每个支部至多不得超过20人。2.……3.……4.……四、支部的工作。1.支部负责人怎样工作?甲、支部书记怎样做?……乙、组织干事做什么?……丙、宣传干事做什么?……2.支部干事会怎样领导小组?……3.小组工作……4.支部怎样做组织工作?……5.支部怎样做教育训练工作?……6.支部怎样做宣传工作?……7.怎样进行坚持巩固与扩大统一战线的工作?……8.怎样开展救亡运动?……"

洋洋洒洒几万言，全是真知灼见。"谢书记是一个多么有思想、有见地的人啊！"叔叔从内心深处发出感概。本以为自己的思想和见解已经不错了，但和谢书记比起来，似乎还需要提高，还有进步的空间。"努力吧，少年！"叔叔在心里暗下决心。

1938年10月25日，武汉沦陷，岳阳告急，长沙受到严重威胁。国民党湖南省党部迁往沅陵。11月上旬，中共湖南省委、长沙市委负责人在八路军驻湘通讯处开会，周恩来、叶剑英出席会议。周恩来在会上讲了抗战相持阶段的形势和任务，指出：要坚持党的独立自主方针；要到农村去，把重点放在彻底发动群众、抓武装斗争上。会议还研究讨论了省委机关及进步抗日团体撤离转移问题，周恩来就此发表了重要意见：沅陵和湘南的工作都要加强，但省委以设在邵阳为好，这样既便于支援湘北前线，又能统一领导湘南、湘西的工作。根据周恩来的指示，11月9日，省委机关、《观察日报》社、文抗会、战时工作服务团部分人员一同迁往邵阳。八路军驻湘通讯处在长沙大火后撤往沅陵，12月，由沅陵迁邵阳。与此同时，大批难民、进步团体、革命人士云集邵阳。在党的领导下，邵阳各地从城市到乡村，抗日救国运动蓬勃发展，给邵阳党的活动带来了无限生机，邵阳成了当时湖南抗日救亡的中心之一。

中共湖南省委机关迁邵后，设在邵阳市回澜街（现邵阳市毛巾厂内），省委负责人高文华、任作民、郭光洲、聂鸿钧、蔡书彬等，分散居住在邵阳市内。他们往来于全省各地，进行秘密联系，开展党的工作。八路军驻湘通讯处则设在东门外两路口曾家院子，通讯处主任为王凌波，徐特立以八路军驻湘代表的身份做上层统战工作，另外还有戴昌明、杨汉章等几名工作人员。通讯处从迁驻邵阳到 1939 年 10 月徐特立、王凌波离开邵阳止，一直是湖南省委活动的重要场所之一。

迁邵后的中共湖南省委和八路军驻湘通讯处，一方面开展抗日救亡活动，如创办进步报刊、团体，创办塘田战时讲学院，培养抗战人才，动员群众支援抗战；组织民先队员和进步青年，在春节前后开展义卖春联、书报，募集钱物慰问抗日伤病员，直接为抗日出力；开展抗日宣传，坚持抗战反对投降。尤其是 1938 年冬，徐特立来邵阳后立即组织各界人士在火神庙（现资江小学）举行"反汪锄奸"大会，痛斥汪精卫叛国投敌的罪行，宣传全面抗战的重大意义，批驳"亡国论""速胜论"等错误思想，在邵阳群众中产生了很大影响。另一方面，积极发展党的组织，开展党的活动。如开设骨干党员培训班，培训来自全省各地党员骨干分子，特别是在邵期间召开的两次省委扩大会议，对全省党的工作和抗战活动产生了重大影响。

1938 年 11 月，隶属中共邵阳县委的中共廉桥区委员会正式成立，赵勤（赵竞之）任书记，彭柏林任组织委员，曾国策任宣传委员。廉桥区委领导廉桥附近的党支部，即廉桥党支部、流泽所党支部、三斯堂党支部。廉桥党支部书记为赵楚卿（后为赵廉逊），党员有赵廉逊、赵菊秋、唐典、赵会四、颜德贤、曾鲁等六人。流泽所党支部书记为曾泳沂，党员有叔母及赵会文、赵慕贤等五人。三斯堂党支部书记为赵毅（谢竹峰夫人，又名赵求淑），党员有赵四求、赵画屏、赵戒芝、赵绿波、赵爱吾、赵彭南（人称"泽五奶""赵五奶"）等十多人。1940 年李化之、彭柏林牺牲后,赵勤被通缉,廉桥区委遭到破坏。1940年曾泳沂被捕自首,流泽所党支部被破坏。

叔叔对革命工作充满激情,成为宣传委员后更是四处奔波,宣讲党的方针政策,大力发展党员,组建基层党组织,充分发挥了共产党员的先锋模范作用,为廉桥区委和邵阳地区党组织的发展作出了极大贡献,廉桥党支部、流泽所党支部、三斯堂党支部不断壮大。忙碌之余,叔叔反复研读谢竹峰的《支部工作纲要》,并对抗战形势充满乐观。从1935年开始,毛泽东等中国共产党领导人就是在这里生活和战斗,他们运筹帷幄、决胜千里,领导和指挥着中国的抗日战争,培育了永放光芒的延安精神,谱写了可歌可泣的伟大的历史篇章。延安精神正是以毛泽东同志为首的中国共产党人把马克思列宁主义的科学思想体系与中华民族的优秀传统风范结合的产物,是中国共产党在长期革命斗争中所形成的优良传统和作风的结晶,是井冈山精神、长征精神的继承和发展,是一种具有中国特色的无产阶级革命精神。

同时,叔叔也希望能够走上抗战前线,特别是想参加南方的新四军。自从听谢竹峰书记说新四军政治部主任袁国平是邵阳人以后,叔叔对新四军更是充满了热爱。

叔叔听到很多关于新四军的消息,对新四军英勇顽强地打击日寇充满敬意,特别是了解新塘战役之后。1938年7月10日晨,新四军第一支队第二团第二营在南京至句容公路上的新塘附近成功设伏。句容县城驻有日军300余人。京句公路是敌人后方交通的生命线,运输频繁。10日上午,汽车9辆载日军100余人,并附有步兵重武器,自南京向新塘驶来。两辆在前,其余7辆在后方一二百米跟进。日军一进入新四军的伏击圈,即遭到猛烈袭击。日军下车顽抗。激战约半小时后,日军自句容县城和汤山镇又派出援兵500余人,并有汽车、坦克、骑兵等,在飞机掩护下,向新四军逼近。新四军打扫战场并迅速转移。此次战斗持续约1小时,毙伤日军40余人,击毁敌汽车两辆。新四军无伤亡,地方武装伤亡仅2人。这种消息让叔叔热血沸腾,也坚定了他做好革命工作、争取早日走上前线打击日本侵略者的决心。

邵阳地区的抗战形势是复杂的。抗战初期,国民党在邵阳设有宝庆(邵阳)、新宁、武冈、城步、绥宁等县党部,其领导的青年组织三青团也在各县设立分团部。他们在各县组织抗日救国会等团体,开展募捐,支援抗日军队和抵制日货等爱国运动;组织举办救国借款及征募国捐活动,将所得款项用于抗日;准许主办或批准出版发行各种报刊及时报道全国抗战形势。国民党三个后方医院迁入邵阳县城、武冈塘田寺和新宁县境后,刘昌峨、岳森、周翰、段高魁等国民党负责人到医院慰问负伤将士;批准各地群众成立青年抗战服务团、邵阳抗日救亡文化宣传基站、民族解放先锋队等组织。1939年国民党副总裁汪精卫和日本政府签订卖国条约《日支新关系调整纲要》后,国民党邵阳县党部即向国民党中央发出讨电;制订寒衣代金实施办法,举办募集战时公款活动,以支援抗战等。同时,由于国共实现了第二次合作,1939年之前,国民党对邵阳境内的中国共产党组织及其领导下的进步组织、报刊,尚不敢明目张胆地进行破坏,共产党的一些合法活动得以公开进行,如八路军驻湘通讯处开展的抗日宣传工作等。

抗战进入相持阶段后,日军改变对华战略,集中侵华日军主力重点进攻中国共产党领导的敌后抗日根据地，对国民党则以政治诱降为主、军事打击为辅。这一战略的改变，加速了国民党集团的动摇和分化。1939年1月，国民党召开五届五中全会，确立了"溶共、防共、限共、反共"方针。会后，国民党散发《共党问题处置办法》《限制异党活动办法》等一系列反共秘密文件，掀起了第一次反共高潮。五届五中全会是国民党对内对外政策向退步、消极方面转化的重要标志。

湖南省政府主席薛岳按照国民党五届五中全会制定的政策，开始在沅江、耒阳、茶陵、安仁、岳阳、浏阳、长沙等地暗中逮捕共产党员和抗日进步分子，禁止长沙各报刊登载揭露汪精卫投降卖国的言论。1939年2月，国民党邵阳县党部书记长刘昌峨、邵阳中统特务头子卿国魁、中统驻邵阳第六情报站站长孙长植等，通过《邵阳民报》大造反共舆论。一时间，邵阳大地阴云密布，大有山雨欲来风满楼之势。6月12日，驻湖南平江的国民党第二十七集团军总司令杨森执行蒋介石的密令，派特务营一部包围新四军设在平江嘉义的新四军通讯处，制造了震惊全国的平江惨案。平江惨案后，全省抗战形势逆转，作为当时全省抗战中心之一的邵阳，反革命活动尤为猖獗。中共领导下的进步团体、报刊相继被国民党封杀，党组织遭到严重破坏，许多党员、革命人士遭到迫害。

民众书店是抗战时期邵阳唯一的进步书店。它是1937年底由安徽难民李雪楼和徐特立的侄儿开办的，店址设在西直街，以销售抗日救国书刊为主。1939年4月，民众书店被国民党政府查封。徐特立向邵阳警备司令岳森提出强烈抗议，并以民众书店名义奋笔疾书《愤激之余》一文，托人到衡阳国民党印所印刷后，在邵阳县城各戏院散发。文章指出："贩卖抗战救国书籍的民众书店被查封，而许多贩卖汉奸汪精卫书籍的书店竟还存在。"此文引起了邵阳人民对国民党顽固派制造分裂、破坏抗日的强烈义愤，也是对国民党倒行逆施的一个有力回击。

平江惨案后，刘昌峨、孙长植等人秘密执行其上级的反共阴谋，在邵阳制造白色恐怖，特工匪徒像鹰犬一样大肆搜捕和暗杀共产党员，摧残中共地下党组织。他们又在各机关团体、学校、工矿企业中成立"防奸"小组，秘密审查各单位人员名单及其言行，对凡被认定为"奸党"者，即实行密捕、密讯、密决。在敌人制造的血风腥雨中，从邵阳的城市到乡村，时有共产党员和进步人士惨遭敌人逮捕和杀害的事件发生。许多优秀的共产党员，为了革命事业，为了抗日救亡，牺牲在国民党的屠刀之下。

针对国民党五届五中全会后出现的反共逆流，在邵各级党的组织采取了多种应对措施。首先在舆论方面，大力揭露批判国民党顽固派的反共阴谋。如1939年6月平江惨案发生后，徐特立、王凌波以"第十八集团军驻湘通讯处同人"的名义，著《悼涂正坤、罗梓铭等死难同志》一文，严正指出："我们的枪口是对外，不是对内，是全国人民的要求，自辛亥革命以来没有实现，现在已经实现了，而且是在几年内战的牺牲，外交的屈辱，种种血的教训中实现的。在两年抗战中，又付出了许多的代价。我们的血债要从抗战救国中索回……我们是共产党员，是政治家，坚决地执行我们抗战的政治路线，提高警惕性，对阴谋家严加戒备，防止他们阴谋的发展，即是悼念我们死难的先烈。"呼吁"铲除一切出卖民族利益的叛徒"。对国民党顽固派的倒行逆施进行抨击和揭露。另一方面，为了保存革命力量，尽可能地减少损失，党组织做了一些必要的撤离和隐蔽工作。1939年8月初，国民党第九战区向八路军驻湘通讯处发出"湘中腹地没有设通讯处之必要，立即停止办公"的通令。经请示中央，八路军驻湘通讯处于8月11日停止在邵办公，除留下徐特立、王凌波分别以八路军驻湘代表和八路军总部秘书的名义坚持日常工作外，其余人员分别去桂林、重庆等地。同时，中共邵阳县委书记唐旭之，因受到国民党特务监视，离开邵阳。9月，中共宝属工委成立。10月，徐特立、王凌波离开邵阳，转移到了衡阳。11月，宝属工委负责人谢竹峰和谢劲之受到敌人注意，上了黑名单。按省委书记高文华指示，他们由邵阳城内转移到资江北岸橘子园一农民家里，后又搬到城东刘家村和砂子坡谢家岭，以打袜子、织罗布为掩护，从事党的秘密活动。12月，中共湖南省委机关由邵阳迁往衡阳，分散于湘乡永丰镇（现双峰县城）隐蔽，继续领导全省的抗日救亡工作。

1939年夏谢竹峰从延安回湖南工作，1939年8月至1940年7月任中共邵阳县委书记兼组织部部长；1939年9月起任中共邵阳县中心县委书记兼组织部部长，并任新四军驻湖南耒阳通讯处（后改为《新华日报》耒阳分销处）主任。以此为据点，组织民众抗日救亡活动，同国民党顽固派进行斗争。中共湖南省邵阳中心县委领导邵阳、新化、武冈、城步、新宁、绥宁、东安、洞口、蓝田等县、区党组织。在中共邵阳县委的领导下，邵阳党组织发展很快。1938年冬至1939年9月，邵阳县委下辖二个区委、一个总支、一个特支及20余个支部，共有党员200余人。

谢竹峰的到来让叔叔干劲倍增。1939年4月塘田战时讲学院关闭，叔叔回到老家，主要活跃于廉桥和邵阳县城。在谢竹峰的领导下，廉桥区委的革命工作如火如荼。

廉桥区委，新党员由叔叔带领举行了宣誓，面对鲜红的党旗，叔叔再次热血沸腾。为党工作、为党奉献一切早已成为叔叔的自觉意识，早已刻入他的灵魂之中。

宣誓仪式后，县委书记兼组织部部长谢竹峰对新党员进行了勉励，叔叔则代表廉桥区委讲话。

"同志们，首先祝贺你们加入伟大的中国共产党，成为光荣的中国共产党党员。你们非常优秀，革命意志坚定，我们党需要这样的新鲜血液。我这里提几点要求：一、努力工作，注意安全。作为党员，为党工作是最起码的义务，即使付出生命的代价，也要保护党的秘密。特别是在当前严峻的形势下，我们必须做好一切准备。当前，我们面对着十分艰难的形势。国民党加紧反共，到处制造血案，使用各种卑劣凶残的手段破坏党的组织，迫害共产党员。汪精卫已经通电投敌，成为民族公敌、最大汉奸。而日本军队加快了侵略中国的步伐。3月27日，日军在伤亡一万三千多人的代价下占领南昌；4月18日，庐山保卫战结束，日军占领庐山。长沙危机四伏。可以说，我们的各种组织已经转入地下。我们需要更加有智慧、更加有方法地与国民党反动派和日军进行斗争。但是，我们也要看清革命的形势。革命的大势是好的，我们的革命一定能够成功。因为共产党代表的是广大人民的利益，有着广大人民的支持。我们要团结和依靠人民群众，让国民党反动派和日军陷入人民战争的汪洋大海之中。二、努力学习，提高自己的思想理论水平。不学习就不能进步，我们所有的本领都是通过学习和实践而得到的。我们要在思想和行动上紧跟党的步伐，就必须不断学习和提升。"

省工委领导的《观察日报》转移到邵阳以后，叔叔所在的《真报》党支部带领报社同仁大力支持《观察日报》在邵阳顺利复刊，并决定与《观察日报》合并。《真报》主要负责人唐旭之、敖振民、李化之等转移到《观察日报》编辑部。1939年4月18日，作为中共湖南省委机关报的《观察日报》被查封。

"国策，国策老弟，在家吗？"

李化之人在外面，声音已经传入叔叔耳中。

"李兄，你怎么来了？"

"进去说，进去说。叔叔阿姨在家吗？"

"这是谁呀？"我奶奶和叔母赶紧应声而出。

"哦，阿姨好，擎天好。这是我买的一些点心，送给叔叔阿姨的。"李化之始终笑嘻嘻的。

"妈，这是李化之先生，擎天知道的，廉桥新潮读书会的老板，文化人。"叔叔赶紧介绍。

"文化人好，文化人明理。谢谢你了！你们谈。"奶奶接过点心离开。

"国策，是这样的。昨天，读书会被国民党突然查封了。我只来得及拿走部分图书。"李化之突然心情沉重起来。

"啊？"叔叔惊呼一声，很快冷静下来，"现在国民党反动派很猖狂，这是没有办法的事。我们需要冷静应对。我倒是有个想法，不知道可不可行。现在形势严峻，但党的各种工作又必须开展。不如让擎天去看看，廉桥街上一定有比较好的位置，既比较热闹又便于撤退。我们可以租一个这样的门面，最好是两层楼，开一个饺面馆，前面让擎天卖吃食，后面和楼上摆些桌椅，再造一个联络点和工作室。您看如何？"

"嗯，可以。只是要辛苦擎天弟妹了。"李化之无奈地说。

"没事，既可以挣钱又可以做事，一举两得。"叔母十分高兴。

"那好，我马上回去跟县委汇报一下。以后饺面馆就是我们廉桥区委的工作点了，呵呵。"李化之并不耽搁，马上就离开了曾家。

晚上，一家团聚。

我爷爷饭后开口："章儿，这几年不太平，现今塘田讲学院也已经停办，国民党到处抓共产党，日本兵也侵略了快半个中国，老百姓日子很难过。你东奔西走，虽然已经结婚，可擎天肚子也没个动静，都不知道你在干些什么。"

"父亲，幺弟都二十多岁了，他做的事是有意义的事。"我的父亲怕爷爷责怪，赶紧替叔叔解释。

"是啊，父亲，幺弟他们干的都是好事，也是让人佩服的大事。"我妈妈和我爸爸一样，对叔叔做的事情大多比较清楚。

"章儿接触的人好像大多是文化人，什么李化之、敖振民、彭柏林、申学明，还有那个张曼娇……"我奶奶似乎了如指掌。

"行了，行了，我都知道。"爷爷打断了奶奶，转头对叔叔十分严肃地说，"章儿，你老实告诉我，你到底在干什么？是不是共产党？"

叔叔沉默了一会儿，家里的空气有些窒息，就在大家快喘不过气来的时候，叔叔对着一家人十分坚定地说："是的，去年6月，我加入了中国共产党。擎天也在去年11月加入了中国共产党。我现在是中共廉桥区委的宣传委员，同时也被谢竹峰书记指定为邵阳县委组织干事。"

听到叔叔的话，全家人倒吸了一口气，感到十分吃惊。

家中重新陷入沉默之中。

过了好一会儿，我父亲小心翼翼地说："共产党是为老百姓谋利益的，我觉得……么弟做的事情很有意义，只是……现在国民党太凶残，要注意安全才好。"

"是啊，外面好乱，弟弟、弟妹你们千万要注意安全啊，我看好多人被抓了，都……都说是共产党。"我妈妈满脸忧色地说。

"那怎么办啊？章儿、擎天都是共产党，国民党不会跑到家里来吧？"奶奶十分不安。

"父亲、母亲、哥哥、嫂嫂，对不起，我以前没有告诉你们，就是怕你们担心。现在既然告诉了你们，也请你们放心。我和擎天都想为国家、为百姓做点事情，那样才不枉来世界走一趟。我们也会注意安全的，我们还有组织的关心和保护，请你们放心吧。"叔叔真情流露，两眼通红，"去年9月，谢竹峰书记不是来仁让堂组织乡亲们宣讲了吗？哥哥也参加了训练民兵武装的工作，大家都在为民族存亡、人民幸福而奋斗。没有共产党人的无悔付出，哪里会有老百姓的好日子？我们还要打倒国民党，因为他们实行独裁统治，欺压百姓，疯狂杀害救国救民的共产党人和进步人士。我们要用革命的武装打败日本侵略者和国民党反动派，我们要建立一个新中国！"

"唉……兵荒马乱，共产党积蓄力量，国民党残害忠良，日本人已经疯狂，离最后的结果还需要一段时间。章儿、擎天，你们心中充满正义和善良，是我们曾家所有人的榜样，我们啊，都会支持你们的，就是担心啊。在力量仍然弱小的时候，要善于保护自己，学会低调。在往后的较长时间里面，给组织做工作是必须的，但是必要的伪装和合法的职业能够很好地保存自己。当事不可为的时候，一定要懂得放弃。暂时的放弃和撤离，是为了以后的坚持和成功。你们懂吗？再者说，这个家永远都是你们的港湾，累了苦了，一定要知道回家。别的就不要多说了，一切还得靠你们自己，虽然我们都站在你们后面。"说完，爷爷挥了挥手，让大家离开，一个人静静地待在饭桌旁……

第十章 明月楼饺面馆

面对国民党白色恐怖的阴霾，终需有人来点亮一根照明的蜡烛，那么，就让明月楼成为这根永不熄灭的蜡烛吧，就让明月楼这星星之火燃出一片燎原的天地吧！明月楼的寓意正在于此。

◎ 曾氏祖屋流泽仁让堂原貌

中共廉桥区委。

叔叔组织党员学习。

"我们今天主要学习《论持久战》《怎样做一个共产党员》《论共产党员的修养》三篇伟大文章,请大家认真学习、做好笔记。

"《论持久战》是毛泽东于1938年5月26日至6月3日在延安抗日战争研究会上的演讲稿,是关于中国抗日战争方针的军事政治著作。

"著作开篇以'中国必亡论'和'中国速胜论'做引子,然后针对这两种错误观点进行了驳斥。毛泽东认为:抗日战争是持久战,最后的胜利是中国的。

"接着毛泽东分析了敌我双方的基本特点。日本方面:它是一个强的帝国主义国家。它的军力、经济力和政治组织力在东方是一等的,这决定了中日战争的不可避免和中国的不能速胜。然而,日本发动的侵略战争是退步的和野蛮的,必然最大地激起它国内的阶级对立、日本民族和中国民族的对立、日本和世界大多数国家的对立,这就决定了日本战争必然失败。此外日本的军力、经济力和政治组织力虽强,但日本国度比较小,其人力、军力、财力、物力均感缺乏，经不起长期的战争。日本的侵略行为损害并威胁了其他国家的利益，因此得不到国际上大多数国家和人民的支持与同情。中国方面：中国是一个半殖民地半封建的国家，军事、经济、政治、文化虽不如日本之强，但中国的抗战是进步的、正义的，能唤起全国的团结，激起敌国人民的同情，争取世界多数国家的援助。中国又是一个很大的国家，地大、物博、人多、兵多，能够支持长期的战争，又有中国共产党及其领导的军队这种进步因素的代表。这些特点，规定了和规定着双方一切政治上的政策和军事上的战略战术，规定了和规定着战争的持久性和最后胜利属于中国而不属于日本。战争就是这些特点的比赛。毛泽东由此得出结论：'中国会亡吗？答复：不会亡，最后胜利是中国的。中国能够速胜吗？答复：不能速胜，抗日战争是持久战。'

"毛泽东认为抗日战争将经历三个阶段。第一个阶段，是敌之战略进攻、我之战略防御的时期。第二个阶段，是敌之战略保守、我之准备反攻的时期。第三个阶段，是我之战略反攻、敌之战略退却的时期。毛泽东着重指出，第二阶段是整个战争的过渡阶段，也将是最困难的时期。毛泽东还提出了一套具体的战略方针。

"毛泽东强调了'兵民是胜利之本'。他说：'武器是战争的重要的因素，但不是决定的因素，决定的因素是人不是物。''战争的胜利之最深厚的根源，存在于民众之中。'"

叔叔停顿了一下，看着大家都在做笔记，接着讲道：

"下面学习《怎样做一个共产党员》。

"这是陈云1939年5月30日发表在《解放》第72期上的一篇文章。文章对入党资格、党员成分、入党手续、党员标准等进行了详细论述。其中最重要的部分是对党员标准的阐述。陈云认为共产党员有六条标准：一、终身为共产主义奋斗；二、革命的利益高于一切；三、遵守党的纪律，严守党的秘密；四、百折不挠地执行决议；五、做群众模范；六、学习。

"……为什么要学习？因为革命事业是一种伟大的艰巨的工作，特别是中国革命的环境和革命运动更是万分复杂，变化多端，而领导革命的共产党，它之所以能在变化的、复杂的环境中把握一切伟大的革命运动，并且指导各个运动使之走向胜利，是因为有革命理论的指导。共产党员有了革命的理论，才能从复杂万分的事情中弄出一个头绪，从不断变化的运动中找出一个方向来，才能把革命的工作做好。不然，就会在复杂的、不断变化的革命环境中，迷失道路，找不到方向，不能独立工作，也不能正确地实现党的任务和决定。所以每个共产党员要随时随地在工作中学习理论和文化，努力提高自己的政治水平和文化水平，增进革命知识，培养政治远见。

"最后，学习《论共产党员的修养》。

"《论共产党员的修养》是刘少奇在抗日战争时期的重要著作，其主要内容有六个方面：一、共产党员要在改造社会的革命实践中自觉改造自己，提高自己革命的品质和能力，否则不能实现改造社会的任务。二、共产党员要做马克思、列宁的好学生，把他们一生的言行、事业和品质作为自己锻炼和修养的模范，使自己成为马克思列宁式的、无产阶级的、共产主义的革命家。三、共产党员要在长期的革命斗争中，进行马克思列宁主义理论、无产阶级的思想意识和道德品质、党的纪律和作风、科学知识等各方面的修养。四、共产党员最基本的责任就是要遵循人类社会发展的规律，推动共产主义事业不断前进，最终实现共产主义。为此，共产党员既要有最伟大的理想、最伟大的奋斗目标，又要有实事求是的精神和最切实的实际工作。五、共产党员的个人利益要服从党的利益。把个人利益融入党的利益之中，克己奉公，必要时不惜牺牲自己的一切。这是共产党员的党性原则和共产主义道德的最高表现。六、共产党员要把维护党的团结、纯洁党的思想、巩固党的组织作为自己的最高责任。要用正确的态度，采取批评与自我批评的方法，在原则问题上分清是非，克服错误思想，而不被敌人所利用。党内斗争应该以教育和帮助犯错误的同志、教育党和巩固党为最高目的。

"《论共产党员的修养》第一次系统地阐明共产党员的党性锻炼和修养的问题，明确地提出了共产党员增强党性的基本要求，指明了共产党员在思想上入党的必由之路。"

1939年9月，饺面馆正式开张，取名"明月楼"。"明月楼"三字圆润饱满，正是叔叔老师曾夏梅先生的手笔。

元代作家高明《琵琶记》有云："我本将心向明月，奈何明月照沟渠。""落花有意随流水，流水无情恋落花。"只要心中有明月，走到哪里都有光明。明月楼就是要在邵阳城开辟一片照亮人心的净土，要给共产党人和进步人士指引一条光明的大道。面对国民党白色恐怖的阴霾，终需有人来点亮一根照明的蜡烛，那么，就让明月楼成为这根永不熄灭的蜡烛吧，就让明月楼这星星之火燃出一片燎原的天地吧！明月楼的寓意正在于此。

明月楼共两层，一楼为饺面馆，二楼是住房兼阅览室。明月楼由李化之、赵勤、彭柏林三人开设，在李化之、叔叔等人的努力下，明月楼成为党的重要联络点，李化之、彭柏林、叔叔、赵勤、叔母、张曼娇、申学明等共产党员聚齐于此。他们组成了一个抗战小团体，带领部分党员和进步青年，在邵阳各地建立了许多宣传站。各宣传站重点围绕毛泽东的《论持久战》《抗日游击战争的战略问题》的论述，大力批判"亡国论"和"速胜论"，坚决反对妥协投降，坚持持久抗战，强调武装起来坚持游击战争。青年学生和广大群众备受鼓舞，潮水般投入抗日洪流。特别是针对国民党反动派"好铁不打钉，好汉不当兵"的谰言，宣传站在全县各地大贴"好铁才打钉，好汉要当兵"的大幅标语，激发人们同敌人抗战到底的斗志，使民众的心紧紧地与抗战联系在一起，为团结各界人士共同抗战作出了贡献。

明月楼二楼阅览室摆满了各种书刊，其中不少是进步书刊，如《论持久战》《论新阶段》《大众哲学》《共产党宣言》等，还有一些进步报纸。这些进步书刊激起了广大民众奋勇抗战、保家卫国的热情。叔叔等还经常油印一些报刊资料，每次三到五页，免费寄给各地的救亡小图书室，作为宣传抗战救亡的交流资料，让抗战救国理念深入人心。作为党的重要联络点，明月楼除了宣传抗日和反对内战、揭露国民党的反动阴谋和汪精卫投降卖国的丑恶嘴脸外，另一个重要任务就是与地下党基层组织加强联系，把上级和县委的指示精神及时准确地进行传达和落实，同时秘密发展地下党员，吸纳优秀的进步青年加入党组织。

1939年10月7日，第一次长沙战役结束。

这次战役是继第二次世界大战在欧洲爆发后日军对中国正面战场的第一次大攻势。日本为达到对国民政府诱降和军事打击的双重目的，集中10万兵力从赣北、鄂南、湘北三个方向向长沙发起了进攻。第九战区代司令长官薛岳为保卫长沙，以湘北为防御重点，采取"后退决战""争取外翼"的作战方针，调动30多个师和3个挺进纵队，共约24万多人参加此次战役。至10月14日，双方恢复战前态势。此战，中国军队粉碎了日军试图围歼第九战区主力的战略目标，消耗了日军大量人员、装备，提振了士气，中国抗战必胜的信心得到坚定。

10月8日，消息传到邵阳。李化之、彭柏林、叔叔、赵勤、叔母、张曼娇、申学明等迅速油印了一批关于抗战和长沙会战的资料，在邵阳各地散发，《把日本军队赶出中国》《中国抗战必胜》《保家卫国，匹夫有责》等文章标题十分醒目，极大地鼓舞了邵阳军民的抗战斗志，掀起了一波抗战卫国的高潮。

明月楼经常深入乡下宣传鼓动，其中尤以叔叔和彭柏林最为突出。通过上次谢竹峰在仁让堂的演讲，叔叔和彭柏林采取了相同的方式，先是组织好当地的父老乡亲，趁吃完晚饭黄昏之际集合起来，叔叔和彭柏林宣讲革命道理和当前形势。叔叔也经常到附近乡村教大家识字。一时间，叔叔叔母等人的活动十分频繁。明月楼因此获得了极多的好评，每日高朋满座、热闹非凡，成为邵阳城区一道独特的风景，成了邵阳人喝茶、吃饭、聊天的好去处，明月楼的生意十分火爆。

不久，明月楼引起了国民党特务的注意，经常有头发梳得油光水亮的人走进来喝茶、聊天。有的甚至走到二楼，或东张西望声称找人，或干脆待在阅览室乱翻。

这一天，两个小年轻走到二楼阅览室，大声嚷嚷："老板，有新书看没？"叔叔应声而来："两位客人，请问你们需要什么类型的书？敝店阅览室纯粹是为客人休闲而开设的，打发打发时间，交交朋友，没有你们要的书还请见谅。鄙人这厢有礼了。"叔叔说完拱了拱手。

一个瘦精精的小年轻咧嘴笑道："我们看书是为了好玩，什么书有趣就看什么书。嘿嘿，老板，有没有风花雪月的书呢？要是有插图本或者漫画本就更好了哦。"

另一个面色粉白的小年轻在旁边频频点头。

叔叔皱起眉头思索道："这些还真没有，你们二位要是需要那些书，可以去城里的大书店看看，可能会有吧？"

"那你们店有什么有乐子的书？"

"我们有生活类的图书或者报纸，因为与百姓生活有关，很多人喜欢看，你们可以到书架上生活类去找找看。看，就是那边。"叔叔指着左边一排书架。

"切，这些书我们看厌了，就没有点新鲜的？""瘦精精"挤眉弄眼。

叔叔摸了摸下巴，把手一抬："新鲜的？有，刚送来的，保证最新鲜。"说完，叔叔走到一排书架，拿了一本书，放到桌上："瞧，毛泽东的《论持久战》，语言精辟，内容精准，切合国情，发人深省。"

"哟呵，'共党'领袖的书？这么说……你们是'共党'分子？""粉白脸"嘴角上翘，一脸阴笑。

"客官，可不要开这种玩笑啊，我们是地道的平民百姓，只是因为这书最近十分火爆，大家爱看，才大胆买了一本放在这里，图个新鲜，也激励一下大家。毕竟我们都是中国人，都想着赶紧把日本军队赶走，过上平安生活不是？"叔叔赶紧作揖赔笑着解释。

"行了，行了，解释个什么？我觉得有点假。""粉白脸"眼珠一转，"最后问你一个事，你这儿……有《共产党宣言》吗？好像是思马克写的？"说完，"粉白脸"两眼紧盯着叔叔。

叔叔心里一紧，看来明月楼被国民党特务盯上了，嘴里却答道："没有。思马克是谁？有这个姓？好奇怪的姓。"

"嗯，是有点奇怪，据说是德国人。哦，对了，德国的钱就叫马克，他……想要……钱……马克。是不是？""粉白脸"一脸傲然。

"小白脸，不懂不要装懂。什么思马克？要你平时多读书、多读书，你就是不听。不叫思马克，叫……马思克。""瘦精精"一脸嫌弃的表情。

"哈哈哈。"一个年轻人实在憋不住了，放声大笑。

"粉白脸"铁青着脸，转头对年轻人怒吼："滚！"

年轻人赶紧将书放下，急匆匆下了楼。二楼的人顿时一哄而散。

"瘦精精"面对叔叔："你是这里的老板？"

叔叔微笑答道："是。"

"我现在严重怀疑你这明月楼通共。""瘦精精"一脸凶相。

"哪能啊。我们明月楼守法经营、童叟无欺，不关心什么政治,很本分的呀。"叔叔诚恳地说。

"别跟我来这一套,我怀疑你们窝藏'共党'、散布'共党'言论、危害抗战大局,请跟我们走一趟吧。"

说完,"瘦精精"把手伸向腰间,准备掏枪。

叔叔迅速反应,冲上去一掌劈在"瘦精精"手上,接着一拳挥去,将他击倒,反身朝"粉白脸"面门就是一拳。"粉白脸"仰头倒地,晕了过去。

叔叔在二楼楼梯口对着叔母喊了一声:"擎天,赶紧关门。"

叔母答应一声,马上把一楼收拾了一下,关了大门。

李化之、彭柏林、叔叔、赵勤、叔母、张曼娇、申学明几人急忙把"瘦精精"和"粉白脸"丢出门,分头收拾东西。李化之、彭柏林、赵勤赶往县委,叔叔、叔母、张曼娇、申学明则回到叔叔家躲避。

1939年,我的大姐也有7岁多了,二姐4岁,大哥有能2岁,二哥有志1岁。但令人痛惜的是,1945年6月至7月全家为躲避日本兵时,在天狮岭等大山密林中逃难时,因战争而起的瘟疫无情地夺走了我两个哥哥和一个姐姐的生命。那时,我的母亲正怀有身孕,怀的正是现今我的大哥曾小山。

此时,叔叔和同学、同事们几个人都在我家,我的家立即热闹起来。爷爷奶奶、爸爸妈妈十分高兴,这些人可都是有学问、有抱负的人啊。邻里乡亲也纷纷来我家请教,他们总是把深刻的道理用浅显易懂的语言讲给大家听。当大家问及他们革命怕不怕死的时候,他们总是坚定地回答:"革命是为了让老百姓过上幸福生活,就算是死,也是为人民而死,为社会进步而死,是值得的，是光荣的。没有艰辛的付出，怎么会有革命的成功呢？"而每当这种时候，大家都非常认真，而我的父亲则是把民兵武装喊来，一起听着、思考着……

几天后，传来明月楼被搜查的消息，但国民党一无所获。

明月楼虽然只存在不到两个月，但做了很多扎实的事情：第一，宣传了中国共产党的抗日主张，坚定了邵阳民众抗战必胜的信心；第二，揭露了国民党反动派消极抗日、积极反共的阴谋；第三，发展了一批共产党员，壮大了革命队伍；第四，锻炼了队伍，增强了抗风险能力和斗争经验。多年以后，明月楼还在邵阳地区产生了回响，许多共产党员在中华人民共和国成立以后还记得明月楼，记得李化之、彭柏林、我叔叔和叔母。

第十一章 姚家纱厂的枪声

这次是叔叔开枪了。在塘田战时讲学院时，从方品那里得来的精致小巧的手枪，此刻终于派上了用场。叔叔来不及思考，对待敌人的疯狂，唯有以暴制暴，保护好亲人和朋友的生命安全是此刻最重要的事。

◎ 塘田战时讲学院现在的样子

1939年冬，邵阳县委鉴于严峻的形势，要求各地党支部创新工作方法，以合理合法的身份开展革命工作。廉桥区委决定在宋家塘姚家院子开办一家纺纱店，以纺纱为名进行各种活动。纺纱店作为联络点，经常与县委联系。

姚家院子离廉桥不远，差不多三公里。后面是山，树木高大；前面是一条宽约三米的道路，道路前面是一口大鱼塘；左右七八米的地方居住着赵家和曾家。

叔叔、叔母、张曼娇、申学明几人继续在纺纱店油印进步书刊，宣传抗战，鼓励民众。

1940年元旦即将来到。这一天，叔叔几人油印书刊完毕，商量着在新年来临之际将这些书刊散发到民众手中。他们每人背着一个大书包，装满各种书报，走出姚家院子。他们深入小巷院宅，一边散发书刊，一边进行抗战宣传。在十分艰难的环境中，他们坚持开展革命活动。

姚家纱厂后院正房，十几个人聚在一起，叔叔神色凝重，他在给地下党员和进步青年宣讲当前急剧变化的形势：

"同志们，现在的形势相当严峻，我们要面对多方面的敌人。

第一个是国民党反动派。国民党全面投降日本，加紧反共，已经成为中国共产党当前最大的威胁。我们邵阳地区不少党组织遭到严重破坏，不少中共党员遭到暗杀。比如前不久，时雍乡的文化干事李子芬与罗塘的恶霸地主刘主钦相互勾结，带着二十来个便衣特务，深夜到罗塘抓人。他们包围刘敬庄、刘应环、刘保民、刘正南等地下党员的住宅，逼迫其家属交人，同时进行种种敲诈勒索，致使罗塘党支部成员妻离子散，无处藏身。刘敬庄、刘应环、刘保民、刘书简、刘诗法等地下党员只得相继出走广西桂林，罗塘党支部停止了组织活动。另外在新宁，国民党新宁县党部派马国华混入衡山乡村师范学校，勾结该校军训教官，与县三青团团部串通一气，在师生中拨弄是非，制造事端，逼迫校长汪德亮、李智先后辞职。新宁县国民党以衡师校内有异党嫌疑为由，明令衡师开除陈兰岗等十余名学生的学籍，限期出境，而且勒令衡师提前放假，停开伙食，逼迫学生离校。随即，他们又采取在学生成绩册上注明'思想左倾、有异党嫌疑'，取消学籍等方式，开除进步师生80余人。县党部还指使县警察局炮制了震惊全省的新宁'桃色事件'，暗杀爱国进步女青年陈艾流，逮捕爱国青年李剑萍。国民党新宁县党部书记郑炳炎和士绅郑木生强行查封了新宁地下党支部创办的农民夜校，将支持办夜校的保长郑华革职充军，把地下党员郑秀宏抓去当壮丁。还有，在绥宁，受中共湖南省委派遣回家乡建立抗日民族统一战线的共产党员傅杰，在与因受保安二营营长苏星云排挤而上山的李大奇谈判成功后的返回途中，被国民党顽固派、县警察队长刘承流收买的李大奇部下李怀禄等人暗杀于罗家铺。"

叔叔停下来看了看大家的脸色，看到大家并没有显出多少害怕的神情，更多的是愤怒，便放下心来，接着说道："我们面对的敌人，第二个是地方反动武装。地方保安团与国民党勾结，大肆搜捕地下党员和进步人士，他们是隐藏在我们身边的毒瘤，我们必须时刻警惕。因为他们熟悉地方情形，针对性很强，对我们危害很大。第三个是汪伪军队。汪精卫集团无耻卖国，已经完全沦为日本侵华的工具。他们乱捕乱杀，无论共产党员还是一般民众，只要是对日本侵华产生危害的人员，一律予以毁灭，宁可杀错，不肯放过，十分疯狂。最后就是日本人。他们是侵略者，妄想灭亡中国。他们毫无人性，烧杀掳掠，无恶不作，实行所谓烧光、杀光、抢光'三光'政策，罪大恶极。日本军队已经到达长沙，离我们邵阳不远了。我们一定要坚持全民抗战，才能把日本侵略者赶出中国。这些就是我们共产党人当前面临的形势。"

叔叔停了停，接着说道："虽然形势严峻，但我们没有必要丧失信心。为什么这么说？第一，我们有坚强的党的领导。中国共产党是中国工人阶级的先锋队，同时是中国人民和中华民族的先锋队，代表中国先进生产力的发展要求，代表中国最广大人民的根本利益。中国共产党全心全意地为人民服务，一刻也不脱离群众，一切从人民的利益出发，而不是从个人或小集团的利益出发。中国共产党必定领导我们走向胜利。第二，全面抗战、全民抗战的高潮已经来到。七七事变以后，中华民族到了最危险的时刻，全国人民已经万众一心，共同抗日。全民抗战的形势，必将注定日本侵略者的灭亡。毛主席的《论持久战》等光辉著作，为我们取得抗战胜利指明了方向。我们共产党人对胜利有着坚定的信念。第三，中国共产党有着强大的武装力量。我们党有经过二万五千里长征的工农红军和革命军队，有党领导下的新四军、八路军，有坚持敌后抗战的游击队。党的武装不断取得胜利，同时也在不断发展壮大。我们的军队也终将取得最后的胜利。基于此，我们要有必胜的信心。不管形势如何变化，我们始终要坚守心中的那份坚持。那么，我们目前要做好这样几件工作。第一，广泛发动民众，大力宣传抗战。抗战关系民族存亡，我们不能做亡国奴，我们必须把侵略者赶出中国。毛主席已经为我们指明了方向，我们只有坚持全民抗战，才能更快地取得抗战的胜利。第二，坚持发展党员，为革命输送更多的干部和人才。党的事业需要我们每一个党员的努力，我们目前需要壮大党的队伍、扩大党的影响，要把人民群众紧紧地团结在中国共产党的周围，为革命的胜利不懈奋斗。同时要为抗战前线输送优秀人才，让每一个爱国和热血青年都积极投身到抗战事业中来，为抗战贡献力量。第三，坚持游击战争，坚持做好地下工作。无论是日本侵略者、国民党反动派，还是伪军或反动地方武装，都要用铁的拳头狠狠地打击他们，才能打倒他们、消灭他们，对他们，我们不能有任何的仁慈想法，因为他们都是我们的敌人，对敌人的仁慈就是对自己生命的危害。我们在做地下工作的时候，一定要头脑冷静、方法灵活，既保护好自己，又要圆满地完成组织交给我们的任务，所以多思考、多想办法是十分必要的。即使我们不幸被捕，我们也一定要坚贞不屈，誓死保守党的秘密。明白了吗？"

"明白！"

"那就到这里吧，散了。"

大伙匆匆离开。

叔叔整理了一下房间，正打算去三民中学找谢国安书记。谢国安1939年春进入塘田战时讲学院学习，讲学院解散后赴沅陵任《抗战日报》编辑，下半年受中共邵阳县委派遣，以学生身份进入三民中学高12班，发展李力行、周季炎等人加入党组织，建立直属中共邵阳县委的三民中学党支部，任书记。1940年被国民党暗杀于邵阳城郊张家冲，时年20岁。叔叔是打算再印些抗战宣传资料，请谢国安安排三民中学的学生去各地散发。突然，李化之来了。叔叔赶紧把李化之请到后院。

"化之先生，您有什么指示吗？我正要去三民中学呢。"

"日章老弟，纺纱店这里就交给你了，按照县委的安排，我要到新化去开展地下工作，那里的地下党组织遭到了严重破坏。不知道什么时候能够回来，和老弟说一声，你也要注意安全啊，现在时局艰难啊，而且我们估计都被国民党挂了号了，呵呵呵。"李化之仍然是那么的乐观积极。

"我明白，谢谢您。您尤其要注意安全啊。"叔叔露出深深的忧虑。

"哈哈哈，没事。要不是西安事变释放所谓的政治犯，说不定我早就见了马克思。我啊，现在是特别珍惜生命，希望为党做更多的事情啊。"

"您是一个人去吗？"

"哦，我和彭柏林一起去。彭书记足智多谋，我听他的就好。"

两人正说话间，叔母走了进来。

"日章，我刚才看到有几个特务在附近转悠，这里恐怕暴露了，你们要不要先走？"

"啊？危险了。这样，擎天你先把这些资料拿到三民中学谢国安书记那里，要他安排学生散发。我先把一些资料销毁，很快的。化之先生您赶紧走后门出去，等您从新化回来我们再聚。快！"

叔叔飞快地销毁资料，叔母拿着一个纸包往后门奔走。

"快，快，快走！"张曼娇、申学明突然从外面冲进来，低声大喊。

叔叔转头望去，只见院子门口冲进来四个特务，其中两个手拿驳壳枪，另外两个手拿弹簧刀，满脸杀气中带着几分兴奋。

一进院门，特务头目便大叫一声："都别动！"眼睛四处梭巡。

外院都是纺纱女工，个个戴着口罩头巾，难以分辨。特务们四周察看了一阵，没有发现。

"都说说，共党哪里去了？刚才看到好几个进来了，都躲到哪里了？啊？"特务头目兴奋地大声嚷嚷。接着头一甩，让特务们往后院去搜查，"我就不信了，这大白天，几个大活人就这么消失了。"

"嚓"，后院传来轻微的声响。

特务头目头一抬，两眼放光："快，后面。"

一个人影"嗖"地一下从后门消失。

"砰，砰。"特务头目急红了眼，抬枪便射。

"追，就是那个姓李的，别让他跑了！"特务们奋力向后院冲去。

"砰，砰。"又是两声枪响。

这次是叔叔开枪了。在塘田战时讲学院时，从方品那里得来的精致小巧的手枪，此刻终于派上了用场。叔叔来不及思考，对待敌人的疯狂，唯有以暴制暴，保护好亲人和朋友的生命安全是此刻最重要的事。

两个持枪特务应声而倒。

与此同时，申学明大吼一声，一拳一个，将两个拿弹簧刀的特务击倒在地。

申学明对着叔叔得意地一笑："章哥，怎么样，这几招学得可还像？没辱没凹洞那本残缺的高深秘籍吧？"

"别贫了，赶紧收拾。"叔叔往外面看去，纺纱女工听到枪声以后，已经乱成一团。

张曼娇赶紧到外院安抚女工们，让她们赶紧离开。叔叔和申学明把两具死尸抬到后山，简单地挖了一个坑，埋在一颗粗壮的松树下，然后把两个晕过去的特务丢到左边赵家的一条水沟里。

做完这一切，叔叔他们急忙离开了姚家院子。这个院子以后肯定不能用了。

进入1940年，形势更加严峻，邵阳城区先后有十多名党员被捕，四位党员英勇牺牲。共产党员李化之奉命赴新化开展地下工作时遭暗杀；地下党员申振中、彭俊文（均系学生）在城内火神庙城墙上接头联系时，被国民党特务以"可疑分子"抓住，并从申振中裤袋中搜出《支部工作纲要》小册子，即将两人逮捕入狱。申振中因在狱中遭受敌人惨无人道的折磨，出狱不久即病逝。此后，中共邵阳县委负责人彭柏林等共产党员相继被捕。狡猾的敌人为了从他们口中得到共产党的重要机密，达到破坏共产党地下组织之目的，对他们软硬兼施，轮番审讯，但他们始终坚贞不屈。最后，凶残的敌人用绳子将彭柏林勒死后装入麻袋沉尸资江高庙潭中。

对此，中共中央书记处发出《关于湖南工作的指示》，指出：湖南党所处的政治环境必然向更坏的方向逆转，湖南党的工作的总方针是长期埋伏，积蓄力量，等待时机，湖南党在组织上和工作上要按照这一方针来一个彻底的转变。并指出：巩固党的组织是湖南党最急切的任务，为此必须加强党内阶级教育，自上而下地审查党的各级干部及党员，坚决撤退已经暴露的各级干部，停止在农民中发展党员。指示还要求省委在重要产业区域和农村中，建立短小精悍的支部，注意培养基层支部的独立工作能力，特别着重于争取广大中间分子。

根据中共中央指示，中共湖南省委向各地组织做了进一步撤退、转移、隐蔽的部署，强调党员干部要职业化，植根于各个行业中。

革命形势逆转后，中共邵阳地方组织根据上级党组织的指示，及时转变斗争策略。中共宝属工委面对敌人的血腥镇压，根据中共中央、中共湖南省委的指示精神，采取了四条应变措施。一、将敌人破坏活动十分猖狂的新化、武冈等地的党员，迅速撤离本地，先转移到邵阳，然后把一部分转移到桂林八路军通讯处，没来得及转移的停止活动，就地隐蔽，以保存有生力量。二、邵阳城内的地下党员分散居住，没有职业的尽快找到职业，以此为掩护开展秘密活动。如谢竹峰化名"夏先生"，从廉桥三斯堂调来女共产党员赵毅化名张启宜，开办了一个小店子，以打袜子和用土机子纺纱为掩护；地下党员李文定（李鳖）和爱人赵耀南在维新街租店开办女子自立缝纫店。这些地方实际上成了地下党的秘密联络点。三、严格控制接头、建立联系，没有要事不能彼此往来，以防不测。四、开辟新据点，以备时艰之用。如刘松和由廉桥调来的女党员赵五奶（赵彭南）假称母子，在洞口县开小百货店，作为党员转移的新据点。后来刘松被抓壮丁，赵五奶一直坚守岗位。洞口失陷后，她在与上级党组织失去联系的情况下，仍然遵照党组织的指示，克服困难，带着小孩在公路南侧半边街长期隐蔽。赵五奶在群众的帮助下，以摆摊做小生意、帮人洗浆补衣服糊口为掩护，为中共湖南省委、邵阳中心县工委转移了一批又一批党员，直到抗战胜利，这里一直是党的一个联络点。

为指导邵阳地下党开展工作，省委负责人高文华、袁德胜再次来到邵阳，在谢竹峰家里听取邵阳党组织的情况汇报，研究了如何进一步把党的机关埋伏好等问题。谢竹峰指定叔叔担任邵阳县委组织干事，负责联络工作。

中共湖南省委根据南方局传达的中央有关"今后两年将是很艰苦、很困难的两年，要取消大后方的省委党组织，只留县委、区委；必要时县委、区委亦可取消，只留支部，各级干部转入支部工作"的指示精神，决定撤消中共宝属工委。随后工委领导成员谢竹峰、刘建安以及王来苏等，先后离开邵阳。

谢竹峰离开邵阳之前，再次提议我叔叔担任县委书记，负责全面工作。经组织批准，叔叔于1940年3月开始接替彭柏林担任邵阳县委书记，领导地下党开展工作。在白色恐怖日益严重之时，叔叔他们的生命安全受到了严重威胁，他们凭着革命的信念和智慧为党努力工作，发展了一批党员，为邵阳地区革命形势的发展和地下党员的生命安全作出了突出贡献。

李化之、彭柏林的牺牲对我叔叔打击很大，因为这两人是叔叔最好的朋友，有着共同的革命理想，有着风雨同舟的革命友情。往事一幕幕、一桩桩浮现在叔叔眼前，让叔叔心中悲痛不已。

彭柏林是叔叔上私塾时的同学，也是曾夏梅老师最喜欢的学生之一，活泼机敏，有远大志向。叔叔想起了庄子和鱼的故事。当曾夏梅讲到《秋水》，问同学们"庄子为什么这样写？他想表达出什么意思呢？"时，彭柏林突然站起来说："老师，曾日章说他知道。"

那时候两个人就是好兄弟，互相关心又互相捉弄。彭柏林当时的回答是"庄子想吃鱼"，而叔叔的回答是"庄子想着自己也能变成现实世界中的游鱼"。曾夏梅老师说这个回答"直击庄子本心"。

叔叔又想起阳和岭山的凹洞，他们一起救了共产党员申子苍，一起发现了凹洞，一起捉弄团总尹伊仲，一起为革命事业奔走。如今阴阳永隔，令叔叔十分悲痛。

李化之是西安事变后被释放的政治犯，来到邵阳发展党组织，可以说是叔叔的领路人。叔叔从他身上学到了很多，特别是从事地下活动的经验。

可以说，李化之和叔叔是亦师亦友的关系，这种关系让叔叔内心十分平静而充实，并且总能充满干劲、找到工作方法。现在，李化之牺牲，叔叔内心十分难受。

李化之、彭柏林两人的牺牲，让叔叔一下子难以接受，仿佛失去了重要的心理支撑，一下子空落落的。

一心爱国、为民众谋幸福的共产党人要取得革命的胜利仍然任重道远，"革命尚未成功，同志仍须努力"。要消灭侵略者，要打倒国民党，要建立新中国，就一定要坚定信念，不怕牺牲，努力奋斗。

心情欠佳的叔叔和叔母回到了老家，因为我们仁让堂老家是治愈伤口的最佳场所。在家期间，叔叔也没有闲着，他和我的父亲带着大家一起操练民兵武装，鼓励民众。

有一次，我奶奶在给叔叔换洗床单的时候，不经意间发现了他那把精致小巧的银色手枪。奶奶大吃一惊，赶紧把爷爷叫了上来："他爹，你看，这是……枪啊。我们日章这是怎么了？"

"没事，他和擎天做的事有点风险，有把枪……正好可以防身用。先搁那里，等他回来再问问吧。"爷爷也是一脸凝重。

晚上，曾家。

"日章，你……最近是不是出了什么事啊？"我奶奶问。

"妈，没有啊，怎么了？"叔叔答道。

"妈今天收拾你床铺的时候，发现……发现那里有……一把枪，你可以告诉妈是怎么回事吗？"奶奶担心地问。

"那枪是我在塘田讲学院学习的时候从别人那里弄来的。您也知道，我和擎天都是共产党员，现在局势复杂，我们两个为了安全，特意弄了一把枪。"叔叔认真地组织着语言。

"哦，是这样啊。"奶奶稍稍放下心来。

"章儿，我问你，你用过这把枪了？"爷爷问。

"嗯，是的。"叔叔答道。

"那……就是说，你杀人了？"爷爷又问。

"前不久，我们在姚家院子开了一家纺纱店，作为党的地下联络点。但是没有多久，就被国民党特务发现了。当时来了四个特务，两个拿枪，两个拿刀，他们追着李化之来到纺纱店。我那时候没有办法，只好开了枪，把两个拿枪的打死了，另外两个丢在外面的沟里。然后我们就分散了。"叔叔老实交代，"分散以后，我就回家了。没过多久，李化之去新化开展工作遭到暗杀，彭柏林也被杀害。他们两个是我最好的朋友啊。"

叔叔说着说着流下了眼泪："父亲、母亲，不是我要杀他们，是没有办法。对待敌人，不是你死就是我活，没有妥协的余地。现在国民党反动派到处抓捕、杀害共产党人和进步民众，形势非常危急。日本军队又大举入侵中国，中华民族到了最危险的时刻。我们只有抗争才有希望、才有活路啊。"

听到李化之、彭柏林遇害的消息，一家人陷入沉默之中，大家都心情沉重。

我的父亲叹了一口气："前不久他们还来过我们家啊，他们精力充沛、思维敏捷、做事很有章法和远见，应该会很有前途的，只是生于乱世，身如浮萍。共产党为人民谋幸福，他们就是共产党员的优秀人才。可惜，可惜。"

我妈妈声音哽咽地说："他们都好有礼貌、好谦逊的，知书达理、聪明勤奋，是难得的人才呀。"

奶奶擦了擦眼泪："多好的人啊，说没了就没了……"

爷爷打断了奶奶："日章，你们做的事情意义重大，但风险也很大。遇到敌人,没有办法的时候绝对不能手软,有把枪防身也是好的。我就是担心……担心你和擎天的安全,因为现在对共产党来说是白色恐怖时期。擎天还相对安全一点,你天天在外面跑,一定要小心。留得青山在,不怕没柴烧,任何时候生命都是最重要的。人一走了,就什么都没了,一了百了啊……"

一家人虽然在叔叔的鼓励之下对前途充满信心,但革命人士的牺牲还是让一家人难以接受。

全家人在忧伤中入睡……

第十二章

邵阳城的新风尚

邵阳的局势也越来越艰难，我的身份已经暴露，不走不行了，待在邵阳更加危险，因为我现在是中共邵阳县委书记，目标太大。与其在邵阳苦苦求生存，不如走上前线主动消灭敌人。擎天就交给你们照顾了，等我回来，我们全家一定能够过上快乐幸福的美好生活。

◎ 如今的邵阳城全貌

1940年的邵阳既热闹又慌乱。

受第一次长沙会战的影响，长沙很多机构纷纷迁到邵阳，既有省委机关，也有一般企业。邵阳一时人头攒动、热闹非凡，各种茶楼、酒店应运而生。同时，抗战形势异常紧迫。日本军队不断骚扰、轰炸邵阳，各种军队穿梭过境，使邵阳的局势十分紧张，人人自危，老百姓更是陷入恐慌之中。

邵阳是湘南重镇，战略地位十分重要，因此，在第一次长沙会战后，邵阳便成为各方的重要情报据点，各酒店、茶楼人来人往，各种消息和流言蜚语不胫而走、大肆传播。

彭柏林牺牲，我叔叔担任邵阳县委书记。叔叔肩上的担子更重了。如何在严重的白色恐怖中开展工作并保障党员和党组织的安全成为目前县委的中心工作。叔叔和县委其他同志商量以后，决定除了隐秘、安全、稳定，还必须建立新的联络点。开办茶楼就是一个很好的选择。

于是，叔叔和叔母又来到了邵阳城。他们找到青龙书店的老板、共产党员敖振民，三人一合计，决定在书店旁边开一家茶馆，并请一位说书先生。这位说书先生是邵阳县委安排的一位地下党员，口才很好。

茶楼名为"萍聚茶楼"，意为萍水相聚、有缘为友。一开张，就热闹非凡、宾朋满座，因为这里不只有好茶，像什么安溪铁观音、西湖龙井、黄山毛峰、洞庭碧螺春、君山银针、云南普洱、庐山云雾、冻顶乌龙、祁门红茶、苏州茉莉花一应俱全，还有说书先生。说书在一楼，每次听者云集，座无虚席。如果听烦了，还可以去二楼看报。萍聚茶楼绝对是物美价廉的好享受。

叔叔、叔母和张曼娇、申学明四人又走到了一起，他们现在都是茶楼伙计，也都是中共地下党员。他们利用茶楼收集、传递情报，寄送进步书刊，收留、转移共产党员和进步人士。

6月的一天，敖振民带着两个年轻小伙来到茶楼的二楼，叔叔赶紧招呼："敖老板，您来了，里面请。"

叔叔把敖振民三人带到里间，关上门。

敖振民介绍道："日章，这两位是堂兄弟，这是徐志坚，这是徐志勇，他们想到抗战前线去。来，志坚、志勇，你们把想法和'曾博士'说说，听'曾博士'的安排。我回书店了。"

徐志坚跟徐志勇相互交流了一下眼神，说道："我来说吧。'曾博士'，我们两兄弟是团山乡的，虽然是农民，但也走过几个地方、读过几本书，知道'国家兴亡，匹夫有责'的道理。如今兵荒马乱，日本军、国民党、地主老爷都在欺压劳苦大众，我们……我们想上前线打鬼子。只是不知道要去哪里，所以才找敖老板，请'曾博士'为我们指一条明路。"说完，两人对叔叔鞠了一躬。

"这样啊。"叔叔想了想，说道，"打击日本侵略者是每个中国人应有的想法和义务，不上前线一样可以为抗战出力。如果你们一定要上前线的话，我建议你们：一是去延安，那里是无数进步青年向往的地方，现在是中国革命的中心；二是去参军，参加共产党领导的人民军队，比如新四军。"

兄弟俩嘀咕了一会，徐志勇说道："我们想参加新四军。"

叔叔说："也好。听说新四军现在在安徽、江苏交界的地方，具体你们再确认一下，要策划好线路，做好计划，注意安全。"

"好的，谢谢'曾博士'。"

兄弟俩兴高采烈地走了，兴奋之情溢于言表。

能为抗战贡献一份自己的力量，叔叔也十分高兴。叔叔记得前几天也是几个年轻人来到茶楼找他，说是要去延安，因为那里是革命的圣地。延安在全国人民的心目中，地位非常崇高，那里政治民主、政府廉洁、经济发展，同国民党统治区政治专制、吏治腐败、经济停滞的局面，形成鲜明对比。"重庆有官皆墨吏，延安无土不黄金"，这是当时国内广为流传的说法，人们从中国共产党领导的抗日根据地中看到了中国未来的希望。

我叔叔也向往延安，当然也想参加新四军打鬼子。这种想法越来越强烈。叔叔问过申学明，知道申学明的堂哥申子苍现在已经是新四军的连长了，所以从内心情感出发，还是想去新四军。叔叔放心不下的就是他的亲人，包括父母、哥哥嫂嫂、妻子和朋友。如果自己走了，这些亲人就不知道何时才能相见了啊。

人的一生都会面临多次选择，有些选择是无关紧要的，但有些选择却是十分重大的。在这多事之秋，叔叔的心情十分沉重。

叔叔明白，舍小家为大家，要想干出轰轰烈烈的事业，必须投身革命斗争的洪流。叔叔明白，自己需要更大的舞台。

"啪！"

一声惊堂木打断了叔叔的思索。

"接下来老夫给各位客官讲讲李文将军淞沪抗战的故事。"楼下是说书人的声音。

"李文，字质吾，号作彬，湖南新化人，乃抗日名将。李文1923年冬考入湘军讲武学校，1924年11月随该校学生升入黄埔军校第一期，不久成为蒋介石、胡宗南的心腹爱将。1937年7月，任第一军第七十八师少将师长，8月至11月，率部参加淞沪会战。

"各位客官，抗战爆发后，华东战事在所难免，第一军被确定为第一批战略预备部队，准备参加淞沪地区作战。1937年7月，第一军奉命驻扎江苏省徐州市，准备随时开赴抗战前线。第一军军长胡宗南将营以上军官集中训练，学习对日作战战术。李文派第七十八师参谋长吴允周专程到陆军大学聘请教官，讲授抗日战术，特别是对付海陆空作战的战术。训练班不但学习战术原理和图上作业，而且频繁地进行了大规模陆空联合作战实兵演习。

"淞沪地区位于长江下游黄浦江、吴淞江汇合处，扼长江门户。其中，上海市是中国最大的工商业城市和进出口贸易港口，也是世界东方的金融中心。果然，日军在发动全面侵华战争后，就一直寻找机会发动侵入淞沪的战争。8月13日3时许，日本海军陆战队以虹口区预设阵地为依托，向淞沪铁路天通庵站至横滨路的中国守军开枪挑衅。8月14日，中国发表《国民政府自卫抗战声明》，军事委员会调整军事部署：京沪警备部队改编为第九集团军，张治中任总司令，担负反击虹口及杨树浦之敌任务；苏浙边区部队改编为第八集团军，张发奎任总司令，守备杭州湾北岸，并扫荡浦东之敌。这一天，日本飞机分批袭击杭州及广德机场，中国空军第四大队由笕桥机场紧急升空作战，击落日军飞机3架，首创空战纪录。真的是大快人心啊！

"8月15日，日本政府也发表声明，声称为了惩罚中国军队之暴戾，促使南京政府觉醒，于今不得不采取之断然措施。当天，日军参谋部下达编组上海派遣军的命令，以松井石根大将为司令官，下辖第三师团、第九师团、第十一师团等部，作战任务为与海军协同消灭上海附近的敌人，占领上海及其北面地区的重要地带。日本海军航空队出动轰炸机60余架，分别袭击杭州、嘉兴、曹娥、南京等机场。中国空军第九大队于曹娥上空击落日军飞机4架，第四大队于杭州上空击落日军飞机16架。此外，协同第三大队、第五大队及航校暂编部队，于南京上空共同击落日军飞机14架。8月16日，中国空军击落日军飞机8架。8月17日，中国空军击落日军飞机2架。中国陆军向虹口、杨树浦方面之敌反击。日军凭借坚固工事顽抗待援，中国军队进展困难。

"蒋介石预见到淞沪必然是日军进攻的重点，当日军进攻上海时，蒋介石认为只要组织部队反攻，即可将日军驱逐到港口外。但是，日军也进行了相当的准备，中日较量起来都相当地费力，很快处于胶着状态。于是，蒋介石决定增加兵力，调第一军参战，尽快结束淞沪战事。第七十八师接到命令后，马上结束整训，从徐州乘火车向上海开进。由于日军飞机白天不断空袭，行军异常困难，只能利用夜间行动。沿途车站，老百姓自发组织慰劳队，担送茶水，亲如家人，使官兵受到极大鼓舞。8月23日，李文率领的第七十八师终于到达江苏省嘉定县。

"8月30日下午15时，第七十八师命令第四六七团反攻蕰藻浜纪家桥。当天20时，该团以第二营攻击纪家桥、杨宅等地，第三营攻老宅。第二营进攻前规定，在夜间作战不准有声响，不准有火光，接近敌人时投手榴弹，用大刀消灭敌人。第二营隐蔽行动，打了个敌人措手不及，迅速收复了原来的阵地。第三营进攻老宅时，还没有接近村边就大喊大叫，暴露目标，伤亡较大。8月31日3时，第四六七团命令第二营、第三营天亮前撤到钟宅。7时，日本海军炮火集中轰击第七十八师第四六六团。该团官兵不畏艰险，不怕牺牲，同日军殊死战斗，使日军为之震惊。18时，为了避免无谓伤亡，脱离日本海军炮火威胁，该团撤退到顾家宅附近待命。日军后续部队源源不断调来，向蕰藻浜以南以西扩张。第七十八师第四六六团、第四六八团在顾家宅东南地区阻敌进犯，第四六七团开赴江苏省昆山县整补。

"8月31日，日军第三师团第六十八联队在吴淞登陆，中国军队伤亡惨重，吴淞镇失守。此后，中国军队逐渐退守北站、江湾、庙行、罗店西南、双草墩之线，与日军对峙。尽管中国守军伤亡较大，但斗志高昂，拼死抵抗，使日军进展缓慢。这一形势使日军统帅部焦虑不安，上海派遣军司令官松井石根向日军参谋部呼吁速派5个师团支援。于是，日军统帅部决定再次增兵，加强上海派遣军的力量。由于日军不断增兵，战争不断升级，中国军队也陆续增援，不断调整部署。9月11日，蒋介石亲自兼任第三战区司令长官，顾祝同任副司令长官，以陈诚第十五集团军为左翼作战军，以张治中第九集团军为中央作战军，以张发奎第八集团军为右翼作战军。第一军扩编为第十七军团，胡宗南任军团长，下辖第一军第一师、第七十八师、第八师，加入中央作战军序列。

"9月中旬，第七十八师经过整补，从昆山调回顾家宅一带待命。日军攻占蕰藻浜东端及南岸阵地以后，不断向南向西扩张，推进到顾家宅东南，进攻第七十八师第四六八团第三营上宅紫藤海一线防御阵地。经过两天激战，上宅一半房屋被日军攻占，上级命令第四六七团第二营去增援。第二天下雨，没有发生大的战斗。第三天清晨，敌人攻击第四六七团第二营右翼据点。10时，据点被日军攻占，危及第二营主阵地，情况十分危险。第二营实行反攻，以很大代价夺回了据点。第四天8时，日军在炮火掩护下，再次进攻第二营据点，被击退。13时许，第二营主阵地和据点之间的交通壕被敌人攻占。经过激战，终于从敌人手中夺回。第六天上午，日军凭借气球引导，用重炮轰击第七十八师阵地。第七天，敌机实行轰炸，第七十八师伤亡较大，其中第四六七团第二营、第三营伤亡达70%以上。当天下午，第七十八师阵地由第八师接替。第七十八师第四六七团开到黄渡整补。

"9月21日，国民党军第三战区再次调整作战部署：中央作战军，朱绍良任总司令，下辖第九集团军（朱绍良兼总司令）、胡宗南第十七军团；左翼作战军，陈诚任总司令，下辖薛岳第十九集团军、第十五集团军（陈诚兼总司令）；右翼作战军，张发奎任总司令，下辖第八集团军（张发奎兼总司令）、刘建绪第十集团军。9月下旬至10月初,日军第一〇一师团、第九师团、第十三师团等增援部队陆续在上海登陆,加入上海派遣军之作战。至此,日军投入淞沪地区的总兵力达20万人。9月30日拂晓,日军向中国军队发起猛攻,突破万桥、严桥、陆桥等处阵地。刘行方面的中国守备部队陷于苦战,伤亡较重。

"9月底,日军从大悟寺过蕰藻浜向守卫塘北宅、赵家角一线的税警团进攻。该团同敌人激战两昼夜,伤亡惨重,由第七十八师第四六七团接防。该团第三营接塘北宅,第一营接塘西宅,第二营为预备队。第二天上午,日军在炮火掩护下进攻塘西宅、塘北宅、北赵家角等地,被第四六七团击退。下午,日军再次进攻,炮火更加猛烈,该团伤亡很大,塘西宅被敌人占领。该团派第二营第五连增援,不到十分钟全体阵亡,北赵家角也陷入敌手,致使塘北宅三面受敌。防守该地的第三营顶住日军的连续进攻,但活着的人没几个。于是,团部命令第二营去接第三营防务。在第二营未到达阵地之前,有四五十名日军手持太阳旗,大模大样地向已是一片废墟的塘北宅前进,这时工事内只剩下一个山西兵。但是,他毫不退缩,瞄准敌人连打5枪,敌人不知虚实就退回去了。第二营赶到时,日军已经退走。第二营营长对他说:'你立了大功,是了不起的战斗英雄!'后来,这位英勇的士兵在战斗中牺牲了,为保卫淞沪流尽了最一滴血。"

说书先生喝了一口水,见大家兴致不错,接着说道:"第七十八师经过一个多月的作战,逐步摸清了日军的一些规律。日军每次进攻时,总是先集中大量炮火轰炸,然后用步兵冲锋,很少同中国军队进行白刃战。日军飞机、气球的侦察和监视,使中国军队活动很困难。下雨时敌机活动较少，中国军队才能吃顿安生饭。上海是河网地带，海拔低，挖一米深的战壕就有半米深的水。士兵身上手上沾满泥土，连枪机都打不开。敌人是飞机大炮，中国军队全靠大刀、手榴弹，总是吃亏挨打。10月1日晚，为了避免日军继续突破，第三战区司令长官部命令左翼作战军各兵团向蕰藻浜右岸陈行、施相公庙、浏河之线阵地转移。10月3日拂晓前，各部完成新阵地的占领。第七十八师第四六七团再次开赴黄渡整补。这是第七十八师所部第三次整补。

"10月下旬，日军欲在杭州湾北岸登陆的迹象越来越明显。11月5日拂晓，日军先以舰炮对金山卫附近中国军队阵地轰击数小时，然后第十军第一梯队登陆部队第六师团、第十八师团在航空兵火力掩护下，于全公亭、金丝娘桥、金山卫、金山咀、漕泾等地登陆。中国守军在沿海岸担任警戒的部队，为第十集团军第六十三师的两个连，兵力薄弱。日军击破中国守军阵地，登陆成功。11月5日上午，全公亭方面登陆日军已达3000余人。蒋介石急调第六十二师、独立第四十五旅、第七十九师前往阻击，并令在青浦之第六十七军推进至松江县。但部队联络困难，行动迟缓，未能如期实施反击。日军乘机突击，后续部队源源不断。

"日军登陆成功后，即以第十八师团一部向沪杭铁路前进。中国军队对日军第十军在金山卫的登陆未能扼制，对日军登陆以后主力向纵深扩张也未能阻止住。在此情况下，中国军队应该果断撤出上海，向第二防线转移。国民政府军事委员会副参谋总长白崇禧、第一部作战组长刘斐、左翼作战军总司令陈诚等人，都向蒋介石提出了此建议。蒋介石采纳此建议，向前线下达了向吴县至福山一线转移的命令。但是，第二天，他又突然召开会议，幡然变计。他说，现在国际上正准备召开九国公约会议，只要中国军队在上海继续顶下去，九国公约国家将会主持正义，制裁日本，结束中日战争。因此，他收回撤退命令，让各部队仍回原阵地死守数日。这一错误决定，使中国守军丧失了主动转移的有利时机。

"经过第三次整补，第七十八师第四六七团奉命开到郁公庙附近去接替第八师防地，旋又接到命令，开到罗店附近，对浏河偷渡之敌作战。几天后，该团转移到苏州河南岸八字桥附近防守。由于防空和掩体条件差，敌人海军陆军炮弹及飞机炸弹对该团造成极大的伤亡。日军从金山卫登陆后，占领江苏省松江县，并向青浦县挺进。11月8日，第三战区长官部下令全线撤退，占领第二线既设阵地太仓—昆山南北之线，阻止日军深入。第七十八师奉命，经青浦县向吴县方向撤退。青浦至吴县一带，水渠很多很深，桥很少，即使有桥也多被敌机炸毁，不能过人。部队撤退全靠泅渡，淹死不少。一直撤退到吴县，第七十八师才陆续收拢。11月11日夜，在上海市南侧地区及浦东担任掩护的中国部队陆续撤离战场，被隔绝在上海市内的守军4000余人撤至租界，日军随即向上海市西、南方向推进。11月12日，上海市区沦陷，淞沪会战结束。

"从1937年8月13日中国军队抵抗开始，至11月12日中国军队西撤结束，淞沪会战历时3个月。在此期间，日军投入28万余人，动用军舰30余艘，飞机500余架，坦克300余辆，大举进犯上海。中国军队先后调集70多个师70万人，动用军舰 40 艘，飞机 250 架，进行了英勇抵抗。中国军队同仇敌忾，斗志昂扬，以劣势装备与占有优势装备的敌人拼搏，毙伤日军 4 万多人，粉碎了日军速战速决的迷梦。李文所部第七十八师，先后在中央作战军、右翼作战军编成内参加淞沪会战，伤亡惨重，经过了 3 次整补。但是，该师英勇顽强，坚守阵地，直到最后一批奉命撤出，为淞沪会战作出了巨大贡献。"

"讲得好！"

"好一个说书先生，看赏。"

叮叮咚咚的银圆声。

"老朽拜谢各位了。半小时后老朽再给各位讲更好的故事，叫作南洋华侨陈嘉庚到延安，希望各位赏脸。"

"好，太好了，延安好啊。"

"每次一听到共产党、毛主席的事情，我就心向往之啊。哈哈哈，很好啊。"

说书先生其实是老共产党员，而且还是地下联络员，隶属中共廉桥党支部，可以说是叔叔的直接手下。所以，听到楼下的吆喝声，叔叔欣慰地笑了：这个萧老头，有一套。姜还是老的辣啊，呵呵。横竖暂时没事，叔叔走下楼，也想听听萧老头的说书。

不一会儿，人群聚集，萧老头也晃悠悠地走到了台前，拿起惊堂木，对准桌子一拍："啪！"

"各位客官，在下萧老头，这就给大家说故事。本故事叫作南洋华侨陈嘉庚到延安。"

萧老头正襟危坐，手拿一把折叠纸扇，时开时合："说那陈嘉庚，他是福建省泉州府同安县人，乃爱国华侨领袖、企业家、教育家、慈善家、社会活动家,他是南洋富翁。

"今年初,陈嘉庚以南侨总会主席的身份,发起组织了南洋华侨回国慰劳视察团。5月31日傍晚,陈嘉庚一行抵达延安,延安各界5000多人齐集南门外热情迎接。6月1日上午,朱德偕夫人康克清陪同陈嘉庚参观延安女子大学。像普通士兵一样平易近人的八路军总司令朱德给陈嘉庚留下了深刻印象。下午,陈嘉庚在朱德陪同下前往杨家岭会见毛泽东,远远就望见毛泽东在窑洞门口迎候。二人相见,热烈握手,互致问候。进了窑洞,只见墙上挂一幅地图,陈设简单,仅十几把大小高低不一的木椅,及一张旧式乡村民用木桌。

"叙谈中,陈嘉庚表示对中共进行摩擦斗争不理解,认为在国共两党关系问题上,共产党应多作让步,要以团结求团结。对此,毛泽东做了耐心的、坦诚的解释。陈嘉庚对毛泽东所谈,当时未能全部理解和接受,但他为毛泽东的诚恳言辞所感动。

"会谈结束,毛泽东于窑洞门外院内露天设晚宴一席,取一旧圆桌面,放在方桌之上,因桌面陈旧不光洁,遂用四张白纸遮盖以当桌巾。毛泽东仅以白菜、咸饭相待,还有一盆鸡汤。毛泽东高兴地解释说:'这只鸡是邻居老大娘知道我有远客,送给我的。'陪客的仅有朱德和从苏联归国的陈绍禹。

"陈嘉庚在延安8天,还出席了延安各界的欢迎会,也应邀出席讲演会。陈嘉庚发现中共领导人对他的接待和国民党当局有很大不同。同是欢迎,中共领导人朴素而诚恳,而国民党当局却是奢侈而虚伪。陈嘉庚与毛泽东多次会见,其间发生的一些小事,颇引起他的注意和惊奇。如:一次在和毛泽东谈话中,一些在延安学习的南洋华侨学生来到，不敬礼便坐，并不时随意插话，绝无拘束。又有一次，毛泽东在办公室与陈嘉庚谈论南洋情况，总司令部内的人都可参加，顷刻间坐位告满。有一勤务兵迟到，望见长板凳上毛泽东身边略有空隙，便挤身坐下。毛泽东向他望一望，把自己身躯移开一点，以便让他坐得更舒服些。

"还有一次，毛泽东陪同陈嘉庚逛延安新市场。毛泽东的穿着并不比当地赶集的农民好多少，走在街上，来来往往各式各样的人跟他打招呼，有的人还停下来和他聊几句，大到对边区政策的建议、小到家里的红白喜事，人们语无顾忌，毛泽东都能认真地倾听。

"陈嘉庚是个很细心的人，他怕有关负责人所谈非实，特意单独一人与一些在延安学习的南洋华侨男女学生，以及从他所创办的厦门大学、集美学校投奔延安来的学生多次畅开交谈，就心中所疑详细询问，以证实所见所闻。这些侨生也敞开思想，无拘无束地反映延安的真实情况。所闻、所见、所谈都是一样，陈嘉庚的心踏实了。

"通过实地考察，陈嘉庚对延安最好的印象有下列几个方面：第一，没有苛捐杂税，不像国民党统治区捐税多如牛毛。第二，领导人廉洁，他们的薪金和一般干部、士兵相差很小，一律称津贴。这同国民党达官贵人的丰厚薪俸，以及贪污舞弊、中饱私囊形成鲜明的对照。第三，没有乞丐，没有妓女，没有失业的人，人民生活过得去，不像国民党统治区民不聊生。第四，领导与群众平等相处，不像国民党统治区等级森严。第五，治安好。第六，男女关系严肃。第七，朴素成风。此外还提倡开荒，鼓励人民生产,并且在陕甘宁边区实行县长民选,等等。

"6月7日晚上,延安各界代表在中央大礼堂举行欢送会,毛泽东、朱德等领导人出席。朱德致欢送词,陈嘉庚登台讲话,说他这次访问延安,最满意的是,真正看到了中共方面坚持国共团结、坚持抗战到底的坚定立场和诚恳态度;真正感受到了延安党政军民所激发的艰苦奋斗精神并由此形成的良好社会风气。因此,他对抗战胜利有了绝对的信心。他满怀信心地对同行者说:'中国有了救星,胜利有了保障,大家要更加努力!''中国希望在延安啊!'谢谢!"

"妙,妙啊!精彩,精彩啊!"听者掌声雷动,经久不息。叔叔也不禁赞叹:"这萧老头说故事的技巧炉火纯青,真是一个了不起的宣传员啊。"

1940年,汪伪政权成立,全面投向日本;日本军队继续在中国制造暴行,大肆屠杀中国人民;意大利向英法宣战,墨索里尼同希特勒会晤;丘吉尔出任英国首相,法国向德国投降;毛泽东发表《新民主主义论》,中国共产党领导的八路军、新四军重创日伪军队;第二次世界大战波及全球,战争范围从欧洲到亚洲,从大西洋到太平洋,先后有61个国家和地区、20亿以上的人口被卷入战争。

叔叔关注时局,对世界反法西斯战争和中国的抗战充满信心,他觉得自己既然生存于这样一个动荡的时代,就应该作出自己的贡献。叔叔迫切希望自己能够去到更广阔的天地展现自己的才华,为革命事业做出更大的成绩。事实上,进入1940年,邵阳地区形势巨变，地下组织屡遭破坏，一些意志薄弱的党员叛变革命，我叔叔邵阳县委书记的身份已经彻底暴露，随时有被捕的可能。在这种情形下，叔叔已经不适合待在邵阳。县委考虑到叔叔的艰难处境，决定让叔叔离开邵阳，去延安或者去福建等地寻找新四军。叔叔的本意是想去延安，因为那里是革命的中心，是中国的希望。在延安可以学习、进修，也可以参加战斗，也许还能够见到心目中的中国共产党的领袖人物。但是，申学明、张曼娇说过要和他一起去，而他们俩更想参加新四军，去找申子苍。于是，叔叔对县委的同志说："我，还有申学明、张曼娇，想去新四军。新四军里面有申学明的表哥申子苍，我们想加入他的连队，一起打鬼子。而且新四军政治部主任是我们邵阳人袁国平，在他的领导下一定可以打胜仗！"

"好的。需要介绍信吗？"

叔叔沉吟："嗯，还是请你写一个吧，可不可以处理一下？"

"这样啊。我写到一块布上，干写，字很小，只有沾水才能够看得清，可以吗？印章嘛，也一样处理。如果碰到危急情况，记得烧毁。"

县委的同志提笔写道："兹有曾国策等前往贵处。"只有10个字，然后字上盖了一个中共邵阳县委专用章。县委的同志沿着印章，小心翼翼地剪出一块圆圆的黑布，只有硬币大小，倒也便于藏匿。

回到茶楼，叔叔把敖振民、叔母、申学明、张曼娇找来，在二楼里间把打算去新四军且县委同意并给了介绍信的事情轻声地说了一遍。敖振民高兴地说："好啊，你们都长大了，需要到更广阔的空间去。记得给我多杀几个鬼子。我等着你们凯旋的消息。"申学明、张曼娇则兴奋不已,心情久久不能平静。叔叔说:"学明、曼娇,你们准备一下,我也要回家一趟。我们两天以后在茶楼会合,到时候再仔细商量,然后就动身。"

叔叔回到家。

"父亲、母亲、哥哥、嫂嫂,这次回家是想告诉你们,我……打算出趟远门。"叔叔犹犹豫豫地说。

"出远门?多远啊,我的儿?"奶奶望着叔叔。一家人的眼光集聚在叔叔脸上。

"有……有点远。我打算让擎天留在家里,一个人去。"

"么弟,你……这是要去哪儿呀?"我的父亲问道。

"哥,我打算和申学明、张曼娇一起去找新四军。申学明的表哥申子苍是新四军的连长,我们先去福建崇安,那里是申学明的老家。在崇安待几天就去安徽找申子苍。我们想参加新四军打鬼子去。"

"这里到崇安得多远啊……"我妈妈显得忧心忡忡。

"是挺远的,得有千里以上了。不过嫂嫂请放心,我们三个人会互相照顾的,一定可以平安无事的。"叔叔解释道。

"章儿啊,不能不去吗?"奶奶眼泪都要出来了。

"妈妈,我也舍不得你们啊。"叔叔流下来泪水,"可是,日本人正在侵略中国,国民党消极抵抗,汪精卫卖国求荣,国将不国啊。我是共产党员,要为民族谋复兴,要为人民谋幸福。只有拿起枪杆子,才能赶走侵略者、打倒反动派。邵阳的局势也越来越艰难,我的身份已经暴露,不走不行了,待在邵阳更加危险,因为我现在是中共邵阳县委书记,目标太大。与其在邵阳苦苦求生存,不如走上前线主动消灭敌人。擎天就交给你们照顾了,等我回来,我们全家一定能够过上快乐幸福的美好生活。"

叔叔接着说:"如今的中国革命到了关键时刻,从形势发展来看,中国共产党必定会在毛主席的领导下打败日本侵略者和国民党反动派,人民翻身做主的日子一定会到来。国民党必将失败,日本人更是蹦跶不了多久了。所以,父亲、母亲、哥哥、嫂嫂,你们一定要让侄儿侄女们多读书识字,多学革命道理和本领,等将来好日子到来之后,努力建设新的中国。"

"唉,唉,这是什么世道啊!"爷爷仰头长叹,"章儿啊,你有大志向,你就去追寻你的理想吧。你朝气蓬勃、意志坚定,我从你身上看到了中国共产党的伟大,也看到了中国共产党的强大。我和你一样,坚信中国共产党必将取得最后的胜利,因为中国共产党的基石在最广大的人民,深厚无比啊。家里你不用担心,有我和你大哥在,出不了事。倒是你自己,此去路途遥远,而且兵荒马乱,你又是共产党,我实在是担心你啊……"爷爷说到最后已经泣不成声。作为一家之主的男人,不是不流泪,而是未到伤心时刻。眼看着小儿要离开熟悉的家乡,要投身阳光照耀的远方,此去前路无知己,有着太多的变数,有着太多的危险,实在令人揪心啊!

虽然叔叔信心满满,但一家人其实内心充满了忧愁,他们并不看好叔叔这次东南之行。但既然叔叔已经决定,邵阳县委也已经同意,一家人也没有办法,只能再三嘱托,希望叔叔能够高兴而去、平安而归。

第二天一早叔母噙着眼泪送别叔叔,两人来到阳和岭山。

"擎天,我这次去参加新四军,也算是遂了我的心愿,你不要过于担心,我们有三个人,应该没有问题的,你在家等着我,也要注意自己的身体和安全。"叔叔眼中有着不舍。

"日章,我……我害怕,我舍不得你离开。"叔母满脸无助的神色。

"我也离不开你啊。可是,为了国家,为了大家,我们只有暂时牺牲小家。等到革命胜利,我一定和你一起去畅游全国。"叔叔满是深情。

叔叔接着声音低沉地说道:"擎天,现在邵阳局势异常复杂,前不久,廉桥三民中学地下党支部书记谢国安,由廉桥乘车赴邵阳,黄昏时到达中河街同乡谢同胜客栈留宿,被国民党特务跟踪绑架,当晚深夜被枪杀于邵阳城郊张家冲亭子附近的甘蔗田里。国民党为了掩盖其血腥暴行,在《中央日报》邵阳版悍然捏造了一则所谓'桃色新闻',说是'三民中学一新化籍学生因桃色案在宝庆城郊被杀'。这种掩耳盗铃式的骗人伎俩,使其罪行欲盖弥彰。共产党员的活动越来越受到限制,越来越危险。我也暴露了,被国民党特务关注了。要想彻底摆脱困境,只有离开邵阳啊……"

说完,叔叔拿出笔记本,翻到后边,一笔一画地写道:"1940年7月7日,邵阳廉桥曾日章在此惜别妻子刘擎天,将与申学明、张曼娇一同赴安徽参加新四军,抗击日寇,保家卫国。"然后把笔记本交给了叔母。

"擎天,我……要走了,你回家去吧。"叔叔站起身来。

"日章,我……我舍不得你啊!你走了我怎么办啊?"叔母哭了好一会儿，最后无可奈何地说，"日章，我心里好乱啊，我好怕。你要早点回来，我在家里等你啊。"

离别是最令人伤心的，有千言万语不知道从何说起，有万般思念不知道如何表达，有太多无奈不知道怎样排遣。人是感情最丰富的动物，情到深处人孤独。

叔叔来到茶楼，敖振民、申学明、张曼娇都来了。几人决定先去申学明的老家福建崇安，在那里修整几天再去找申子苍，然后参加新四军。申学明感慨道："好想家啊，都已经好几年没有回家了，也不知道父母亲怎么样了。世界上最温暖的地方就是家啊。"

几人拿出地图，开始仔细商量去崇安的路线。

几个小时过去，叔叔他们终于确定了最后的路线：邵阳县城—廉桥—流光岭—团山—花门—金兰—衡阳县城—衡山—攸县—茶陵—井冈山—吉安—永丰—乐安—宜黄—南城—光泽—崇安。这条线路最好走，也比较节约时间。三个人对这条线路达成共识。

几人喜形于色，打算早点吃完中饭，赶紧出发。他们坚信，美好的明天在等待着他们。

第十三章

奔向东南

傍晚时分,叔叔三人来到了流光岭的向天岩。这是一个天然溶洞,洞顶奇峰迭出,洞中巧石罗列,洞底清流蜿蜒。溪澄石怪,清凉宜人。

◎ 江西省抚州山区

没有任何人送别，三个人每人背着一个挎包，带着几件行李，从茶楼出发，赶往下一站——流光岭。

流光岭在清朝属宝庆府东路太平一都，民国时属邵阳县太一区。该镇属丘陵地区，地形地貌多种多样，以山地丘陵为主，地势起伏较大。域内有美丽的流光湖，湖面辽阔，湖水澄碧无波，湖边水草丰美，两岸青山绵延，翠竹苍松，蔚然清秀。地处亚热带季风湿润性气候区的流光岭镇，气候温和，四季分明。水田旱土，历来以种粮为主。主产水稻，兼产小麦、红薯、大豆、花生、油菜。经济作物以黄花、玉米为主。黄花产量高，色好质优，素有"黄花之乡"的美誉。生猪饲养，沿习成风。池塘鱼苗放养，承祖沿袭。境内矽砂储量丰富，煤、铁等矿藏量也甚为可观。

在中国共产党的领导下，流光岭区无数革命先驱为推翻旧世界，前仆后继，抛头颅、洒热血。

傍晚时分，叔叔三人来到了流光岭的向天岩。这是一个天然溶洞，洞顶奇峰迭出，洞中巧石罗列，洞底清流蜿蜒。溪澄石怪，清凉宜人。

"哇哦,这地方太美了。"张曼娇很兴奋,"嗯,不错哦,比那个凹洞漂亮多了。今晚就在这里休息了。"三个人的钱财由张曼娇统一管理,衣食住行也是她一手安排,这是三个人商量好了的,毕竟只有她是女的,比较细心一点。

三人吃完从茶楼打包带来的饭菜,喝了几口天然泉水,感到十分满足。挎包里有很多饼子、干粮,做早饭的话至少可以吃上差不多两个月,但是中饭、晚饭需要每天到集市上去买了。

饭后,三人站在洞口看着日落。落日余晖洒满大地,一片金黄。站在这金黄中,温暖、舒适、感慨涌上心头,让所有人充满美好的感觉,也让所有人都期待美好的未来。

1940年7月8日,叔叔、申学明、张曼娇三人动身前往福建崇安。

返回洞中,三人往洞的深处漫步。洞中的道路纵横交错、崎岖不平。申学明玩心顿起,大声呼喊。声音向四面八方传去,回声阵阵,震耳欲聋。一条岩石通道里留有许多的动物化石。走出岩石通道,来到一个大厅,这时,一幅巨大的壁画吸引了三人的视线,那壁画上有一条非常大的蛇。张牙舞爪,令人望而生畏。叔叔想起小时候听父亲讲过的一个传说。传说有一只蛇妖占此山洞为王,以人为食,人们都非常惧怕它。一个叫济通的道士知道后,来到这个山洞里,与蛇妖进行了殊死搏斗。终于,经过了三天三夜的恶战,道士战胜了它,将它封印在这面墙上。

听叔叔说完这个传说,大家心有戚戚。中华民族自古以来灾难不断,古往今来,数不清的仁人志士为了中华民族的兴旺发达,与天地争斗,与外来侵略者争斗,与邪恶力量争斗,一代又一代,从未停歇。中华文明正是在这种奋力抗争和不屈前行中得以傲然挺拔、发扬光大。如今日寇入侵，国民党反动，但中华民族的浩然正气永存，这必定是黎明前的黑暗、腐朽衰败前最后的挣扎。三个年轻的共产党员对革命的胜利有着坚定的信心，这正是他们投奔新四军的信念和力量源泉。

"不早了，歇着吧，明天还要赶路呢。"叔叔轻轻地说……

天还没亮，叔叔就把申学明、张曼娇喊醒。三人就着洞中溪水洗了脸，背起挎包准备出发。张曼娇说："今天早点到团山，然后到花门投宿。"

7月的湖南天气炎热，只有清晨让人感到凉爽。走在田间小路上，看到遍野的金黄稻穗，三人有一种发自内心的满足感。中国是一个农业大国，虽然战争的破坏严重，但占人口大多数的农民仍然辛勤耕作在田地里，他们对田土怀有深厚的感情，因为那是他们的生活，是他们的希望。他们希望不被剥削、不被压迫，希望能够温饱地生活下去。他们尤其痛恨战争，因为战争总是意味着大量的消耗——金钱的消耗，人口的消耗，时间的消耗，生命的消耗。而这些消耗，更多的部分便落在了他们头上。

望着满眼的金黄，叔叔感慨地说："作为农民的儿子，我们都不合格。明明知道到了收获季节，可还是狠心逃避了劳作。唉。"

"'多情应笑我，早生华发。'多情善感老得快呢。"申学明打量着田里劳作的百姓，"等革命成功了，我一定要搞研究发明，让农民的劳动变得轻松一点。章哥，革命胜利以后，你想做什么？"

"我？我还是想当老师，曾夏梅和曾秋葵老师让我受益良多。"叔叔叹了一口气，"就怕天不遂人愿啊。"叔叔隐隐有些担心，总觉得他们这一行不会那么顺利。但愿是自己想多了吧，叔叔心里想着。

"嗯，我呢，也想当老师。我要当小学老师，因为我喜欢小孩子。"张曼娇嘻嘻笑道。

三只手叠放在一起："祝我们得偿所愿。"

赶到团山还不到上午10点。

三人站在庙山岭上，叔叔跟申学明讲起了1927年5月发生在这里的团山惨案。那一战，刘惊涛等八位县农协领导全被杀害，八具尸体在庙山岭一字儿排开，千疮百孔，鲜血淋漓；那一战，使邵阳地区牺牲了太多的革命先辈，全县革命活动陷入低潮；那一战，让整个湖南记住了邵阳，让所有的邵阳民众都知道了共产党是为最广大人民谋幸福的政党。同时，团山惨案也告诉邵阳民众一个血淋淋的事实：只有彻底地与反革命决裂，彻底地消灭反动派，才能使革命取得成功。毛泽东的"枪杆子里面出政权"的伟大论断也告诉了革命者，只有用革命的武装打败反革命的军队，才能巩固革命的成果，取得革命的完全胜利。

稍后，张曼娇又跟申学明讲了他表哥申子苍养伤和捉弄尹伊仲的事情。她学着申子苍的语调说："尹总，此屋西去二里许有血光之气，需在岭上辟地，立一庙宇，祭奠如来大佛，四季香火供奉，自可否极泰来，化凶为吉。此外，本地需停歇干戈，少造杀孽，休养生息，便能福运绵绵，天地人和——"

申学明望着不远处的庙宇，心里也是百感交集，那是革命先烈的忠魂啊!

叔叔听着张曼娇的话语,心中想起了彭柏林。三个人捉弄尹伊仲的时光早已过去,可那清晰的画面却永远留在了心中:柏林,我的好同志,你安息吧!这时,叔叔早已泪流满面:"我们就在这里,为团山惨案牺牲的革命先烈,为所有牺牲的同志,鞠个躬……"

三人弯下腰去……

在附近小街吃了饭,三人继续前行……

天色渐晚,三人到了花门。

花门是个小集镇,因清朝年间在此修建了一座楼亭,楼门亭柱刻有花纹,得名"花门楼",故有花门镇之由来。

又累又饿的三人赶紧找了一家饭店,风卷残云般吃了饭,就近到一家小旅馆投宿。三人商量着明天还是晚点起床,吃完早饭再走,只要走到金兰就可以了。

洗完澡,叔叔和申学明躺倒在床上。

"章哥,这里为什么这么安静啊?"申学明没来由地突然问了一句。

"嗯?你想说什么?"叔叔问道。

"我觉得太安静了,而且……刚才那老板的眼光好怪异的。"申学明吞吞吐吐地说。

"啊,学明,快去喊一声曼娇,我们赶紧离开这里,快!"叔叔没有半分犹豫,立刻背上挎包。

申学明冲出房间,猛敲隔壁张曼娇的房门。

"来了。"张曼娇打开门。

"快走。"申学明着急地对张曼娇说道。

张曼娇什么也没问,赶紧抓起挎包,跟着叔叔往楼下飞奔。

还没有走出旅馆,外面传来"嘟嘟嘟"的口哨声,接着就是杂乱的脚步声。叔叔三人毫不犹豫地冲出大门,夺路奔逃。后面是十几个保安团丁,有几个还拿着枪。

"站住!""快,抓住他们!""别让共党跑了!""别跑,再跑就开枪了!"

叔叔三人贴着墙根跑,前面不远就是金黄一片的稻田,只要跑到稻田里,他们就安全了!

"砰",枪响了。虽然三人贴着墙壁跑,但还是十分危险。只听到跑在最后的张曼娇"啊"的一声,似乎被击中了。叔叔一刹那间想掏枪还击,但马上打消了这个念头。如果他们停下来,必定逃不出保安团丁的毒手。叔叔往后瞄了一眼张曼娇,只见张曼娇奔跑的姿势有些不对,感觉是腿部受伤了。看到张曼娇受伤,申学明飞快地伸出右手,拽着张曼娇奋力往稻田奔跑。

"砰""砰",枪声再起,叔叔三人风一样扑向稻田,只听到划过头顶的尖锐的声音,仿佛空气都被子弹撕裂,令人毛骨悚然。

满眼金黄色的稻谷是天然的屏障,稀疏的子弹让稻穗折断,但却无法准确地击中叔叔三人。三人都会粗浅功夫,体力、耐力、战斗力都比常人好上不少。因此,进了稻田,三人左扭右拐,如泥鳅入水,如石子落入大海,很快就消失在保安团丁的视线之中。保安团丁的咒骂声开始还能听得一清二楚,很快就寂不可闻了……

天色已完全黑暗，乡下的夜晚四周一片漆黑，伸手不见五指。

三人又顺着田埂奔跑了好一阵，终于在一座小山坡的树林里坐下来休息。

"曼娇，你的腿怎么样了？"叔叔拿出小手电，边喘气边担忧地问道。

申学明放下张曼娇，毫无形象地瘫倒在地。

张曼娇坐在地上，皱着眉头缓慢地卷起裤子。只见张曼娇脚踝处擦破了皮，流着血，小腿肚子也在流血。

"看起来有些严重，都破了皮，还流着血。还好子弹没有留在腿里面，不然必须去医院就麻烦大了。"申学明挣扎着坐起，就着微弱的手电光看了看，一边拍拍心口一边庆幸地说道。

"嗯，看来运气比较好……可是，曼娇这个样子还是不能继续赶路了，需要休息几天，包扎一下避免发炎。我们……还是找一户农家休养几天好了。你们俩怎么看？"叔叔不能丢下张曼娇不管，开口问道。

"同意。只是……我们怎么解释曼娇这伤？"申学明问。

"先包扎起来，就用我们的衣服，扎好一点看不出的。我们就说是摔了一下好了。另外，问农家买几身衣服，住几天，先给几块银圆，走的时候再多给几块好了。"叔叔拿定主意，申学明和张曼娇没有意见。

出了树林，往前望去，就在前面不远处有煤油光亮，应该是依山而建的房屋。这里视野开阔，空气清爽，是住家的最佳选择。

"就那里了。"三人异口同声地说道。

申学明继续挽着张曼娇前行。

"嘭嘭嘭。"

"哪个？"

这是一排四间的土坯房。房门打开，一个中年汉子走到门口。汉子中等个子，满脸黝黑，身材精瘦，手上老茧厚实，土布黑色衣服，脚上一双布鞋。

"你们有事？"汉子憨厚地问道。

"那个……大伯，我们是过路的，同伴崴了脚，这黑灯瞎火的，我们没有地方去，想在您这里……借住一晚，您看行吗？"叔叔脸上挂满微笑。

汉子仔细瞧了瞧叔叔三人，脸上的戒备松弛下来，对着屋里喊了一句："堂客，你来一下，快点。"

"来了来了。"中年妇女带着一大一小两个孩子走到门口，又审视了叔叔三人一遍，"你们这是要借宿？可是我家只有两张床，有两个孩子……"妇女同样是健康的肤色，两眼有神。

"阿姨，没有关系的，这天气很热，我们可以睡在地上的，随便垫点东西就可以的。"张曼娇从挎包里面摸出几块银圆，"打扰您了，这是我们三个的借宿钱。"

"不要不要，不用这么多的。"女人盯着手中的银圆连忙说道。

"她的腿崴了，也不知道明天还走得了路不，我们要去福建那边探亲。如果不能走，还得在您这儿多待几天。当然，我们会给您银圆的，虽然我们学生没有多少钱，但我们也不能在您家白吃白住的。"申学明解释道。

"那……他爹，要不就让他们赶紧进来吧。"女人说。

"进来吧。堂客，给他们弄点吃的。"汉子把叔叔三人让进家门。

叔叔三人实在是累了,坐到桌子旁边,都长舒了一口气。

女人去弄吃的,两个小孩和汉子一起陪在叔叔三人旁边。

"哥哥,你们从哪里来啊,为什么天黑了还在外面走呢?"大一些的小孩差不多10岁的样子,她看出叔叔是三人中的头儿。

"小妹妹,我们从邵阳来,要陪这个哥哥回福建看望爸爸妈妈,这个哥哥在邵阳读书,我们是同学哦。我们本来以为可以走到金兰去找旅馆住宿,可这位姐姐崴了脚,所以就只能住到你家了。谢谢你,小妹妹。"叔叔轻声细语地很有耐心。

"哥哥,还有我,我今年6岁了。"小男孩不甘寂寞。

"知道了,小小男子汉,真棒。"张曼娇不知道从哪里摸出几颗糖,递给姐弟两人,两人十分高兴。

"去,睡觉去。听话。"汉子把两人赶走,女人也端来了饭菜。

三人吃完,又洗了一个冷水澡。叮嘱张曼娇注意伤口以后,便倒在垫好的地上睡着了。

又是一个大晴天。在刘家一直待了六天,在这六天里,两夫妇白天出去干活,叔叔帮助小妹妹打猪草干点杂事,有时间给小妹妹讲讲故事和道理,鼓励她要有大志向,长大以后要为国家和社会作些贡献,还教了一些诗词歌赋。申学明就陪着张曼娇养伤恢复并带着小男孩散步。

这是一段舒心的日子,没有任务、压力和斗争,只有温馨。登高望远,不但景色优美,而且心情舒畅。

眼看着张曼娇伤口已好,行动自如,叔叔向刘家提出辞行,并又给了一些银圆,十分真诚地说:"大伯,我们要走了,打扰你们好些天，十分感谢，我们还要赶去福建，谢谢你们这几天的照顾。"

两个孩子有些念念不舍，和叔叔三人拥抱告别，并约定以后有时间再来看他们。

三人沿着小道向金兰出发。

金兰镇，衡阳县辖镇，距衡阳县城 35 千米，乃湖南衡阳西北门户。金兰镇处于湖南衡阳、邵阳、双峰三县交界处，是古时衡州西去宝庆的必经之地。民间传说仙人牵牛过罗州桥，见桥边兰草丛生，山水秀丽，便领弟子在此筑寺，冠名"金兰寺"。清同治县志记载，此地"金兰宝地，川漾金沙，山长芳草"，此地由此得名"金兰"。金兰镇境物产丰富、生态优美、山奇水秀，境内崇山如簇，聚起千亩绿林；碧水如绸，挽起万顷良田。山水交映，大气而不失秀丽，挺拔而难掩婀娜，金兰镇下属便有一"山水村"，可见此地山水风光之秀美。

三人来到金兰镇时又近晚饭时分，镇上不是很热闹，不如花门镇那般人来人往。找了一家饭店，打算吃完饭就去饭店旁边的小旅馆，再好好休息一晚，明天花一天时间去到衡阳市。一百多里的路程，还是需要体力的。

三人正吃着饭，突然旁边饭桌站起一位汉子，30 来岁，身板笔直，看上去应该是个军人。那人来到叔叔三人的饭桌旁，很有礼貌地说："三位好！三位看上去不像是本地人，是学生吗？"

叔叔看了看四周，说道："您请坐吧。"

那人愣了一下："呵呵，谢谢。不坐了，我……就是想和你们聊聊……聊聊。"

叔叔擦了一下嘴巴："好啊，就到旁边的旅馆好了，我们正好要住一宿。"

张曼娇赶紧结了账，走进旅馆，跟那汉子示意了一下，汉子点了点头，于是开了三间房，汉子单独一间，都在一楼。叔叔想起花门镇的遭遇就觉得再也不能住到楼上了，方便一有紧急情况可以快速反应。

汉子给了张曼娇房钱，四人来到汉子房间。

坐到椅子上，喝上茶，汉子开口了："打扰三位了，我先自我介绍一下。我叫罗庆干（抗美援朝英雄，衡阳县金兰镇甘溪桥乡人），就是本地人。我是……八路军战士……"

"啊。"张曼娇惊叫了一声。

罗庆干微笑了一下，继续说道："我们现在在山西打日本鬼子。这次回老家是因为战友受伤护送他回来，明天就要回部队去了。刚才看到三位年纪轻轻气度不凡，似乎是外地人，是不是想去……参军或者去那边？"

罗庆干指着西北方向，大家都知道他指的是延安。

听说他是八路军战士，三人十分兴奋，满脸喜色，还带着特殊的崇拜和向往之情。

申学明高兴地说："我们是从邵阳来的，他们俩是邵阳人，我是福建人。我们想先去我的老家福建，然后去参加新四军打鬼子。"

"这样啊，那你们有介绍信吗？"罗庆干问道。

"有啊，而且申学明的堂哥是新四军的连长。"叔叔答道。

"这样啊，我看三位身体素质也很不错，想着把你们带到八路军去,不知道你们有没有这个想法?"罗庆干真心喜欢叔叔三人,想继续打动三人。

申学明挠了挠头,有些为难地说:"这个……不太好办,主要是我很想念亲人,要回家一趟……"

罗庆干端着茶杯,摇头晃脑地吹了又吹。

申学明轻声问了一句:"罗……罗哥,您这是……有什么要说的吗?"

罗庆干继续吹了几口,叹息一声:"唉,我吹的并不是茶水,我吹走的是我的寂寞和……无奈!"

张曼娇哈哈哈地笑了起来:"罗哥,八路军现在主要在哪里?"

罗庆干犹豫了一下:"在……山西,需要经过湖北、河南,再到山西。"

叔叔果断地对罗庆干说:"罗哥,谢谢您。我们还是尊重学明的选择,但我们也会想着您的。"

"好吧,休息了。"罗庆干缓缓地离开了房间。

第二天,四人一同去往衡阳。多了一个人,大家心情更好。张曼娇不断地问罗庆干关于八路军的事情,罗庆干是有求必应。

"罗哥,八路军打的第一个大胜仗是哪一仗啊?"

"那是1937年的平型关大捷啊。"

"给我们说说啊,好不好。"

"好啊。那是1937年9月,八路军在平型关为了配合第二战区的友军作战,阻挡日军攻势,由一一五师师长林彪、副师长聂荣臻指挥,充分发挥近战和山地战的特长,首次集中较大兵力对日军进行的一次成功伏击战,八路军在平型关与日本号称'钢军'的板垣征四郎第五师团第二十一旅团一部及辎重车队浴血死拼取得的首战胜利,迟缓了日军的战略进攻,打乱了敌人沿平绥铁路右翼迂回华北的计划,是八路军出师以来打的第一个大胜仗。我给你们说一个平型关大战的故事,叫作'喋血老爷庙'。那是在乔沟伏击战中,被围困在西段公路上的日军抢先占领了老爷庙前高地,居高临下向处于沟底的八路军进行反击,给八路军造成很大威胁。六八六团团长李天佑命三营夺回老爷庙高地,敌我双方拼杀在一起,6架敌机前来助战。三营战士不怕敌机威胁,奋勇作战,副团长杨勇和营长邓克明先后负重伤。三营伤亡过半,九连最后只剩下十余人仍在坚持战斗。在六八五团、六八七团各一部的配合下,经过三个多小时的血战,终于夺回了老爷庙高地,聚在该地区的400多名敌人全部被歼。"

"好耶!那么,罗哥您听说过新四军的故事吗?"

"有啊。那就说一个。1938年5月,日军侵占了巢县,并经常对附近乡村进行大扫荡。刚刚到达此地的新四军四支队第九团在了解到这一情况后,决定伏击这股日军。经过跟踪侦察,新四军发现这股日军每天早晨八九点钟会乘坐汽艇从巢县出发,并在蒋家河口靠岸。据了解,当时蒋家河口芦苇丛生,堤坝上灌木繁茂,十分有利于伏击队伍的隐蔽。1938年5月12日凌晨,新四军四支队第九团的官兵们早早地就埋伏在伏击地点,静待日军上钩。日军扛着枪大摇大摆,在大陡门村附近上岸,参谋长下达命令向日军开火,日军当时就被打蒙了。短短20分钟,战斗宣告结束,前来扫荡的20多名日军全部被击毙,新四军缴获步枪十余支,手枪两支,敌军军旗一面。"

"八路军和新四军都好厉害啊!"张曼娇满眼都是小星星。

"嗯,都是共产党领导下的人民的武装。"

一天的时间悄悄过去,四人来到了衡阳县城。

衡阳县城是一个大城,广州沦陷,武汉失守,长沙大火后,衡阳成为西南各省最前线的军事、政治与经济的中心。1939年,衡阳至周边的公路、粤汉铁路、湘桂铁路及衡阳机场竣工,衡阳成为水陆空交通中心。武汉会战后,湘北成为抗战前线,衡阳作为粤汉铁路与湘桂铁路的交会地,同时存在两个铁路局——粤汉铁路局和湘桂铁路局,是进入桂、黔、川、滇四省的门户,其战略地位更加凸显,是抗战时期重点布局的军事要地。

衡阳地区驻军众多,如陆军三十九军、暂二军军部,中国空军第一路司令部,此外战时在衡阳轮训、休整的部队更多,如第十军。一旦湘北等地战事告急,驻衡部队即可快速前出。而衡阳机场是东南空军基地和西南空军基地的联络站,凡从西南空军基地起飞的飞机,必须在衡阳机场落地加油。

看到街上一队队士兵匆匆而过,叔叔几人感受到了气氛的紧张,心中也增添了几分紧迫感,希望能够早日去到抗战前线,拿起枪杆子打击敌人。

时光匆匆,第二天,到了分别的时刻。吃完早饭,罗庆干潇洒地和叔叔告别,踏上北去的道路。叔叔三人则去往衡山,继续往崇安进发。

衡山又名南岳、寿岳、南山,为中国"五岳"之一。衡山是中国著名的道教、佛教圣地,环山有寺、庙、庵、观200多处。

衡山是上古时期君王唐尧、虞舜巡疆狩猎祭祀社稷，夏禹杀马祭天地求治洪方法之地。衡山山神是民间崇拜的火神祝融，他被黄帝委任镇守衡山，教民用火，化育万物，死后葬于衡山赤帝峰，被当地尊称南岳圣帝。20世纪20年代初，美国基督教内地会在南岳建教会堂，旋建圣经学校（亦称圣经学院）。抗日战争期间，国共两党曾合作在南岳圣经学校开办南岳游击干部训练班，叶剑英等任教官，蒋介石数度在此处召开军事会议，时人称此处为衡山牯岭。1937抗日战争全面爆发，南岳圣经学校还是北大、清华、南开三校南迁所建长沙临时大学的文学院，一大批名教授聚集于此。

叔叔三人来到衡山脚下已是下午时分。望着高高耸立的衡山，听着丝丝入耳的禅音，胸襟尘垢荡尽，心间忧郁尽散。声声禅唱萦绕在山岳上空，静神聆听，功名如荒冢野草，利欲乃毒人厄酒。人性顿悟，猛然回首，人生几十年却在苦难和幸福的摩擦中恍然而过。男儿当自强，与其在平平淡淡中苟存，不如在轰轰烈烈中消亡。

吃完晚饭，三人来到南岳大殿，佛像庄严，檀香袅袅。三人在心中默默期望此行一路平安。来到殿后大坪，左侧一个雕塑引人注目。一群孩童围坐茶炉，每人一杯热气腾腾的香茶，或啜饮，或注视，或吹拂，神态不一，憨态可掬，令人会心一笑、烦愁顿消。张曼娇赞叹不已，申学明不停抚摸，叔叔正襟端坐。

坐了一会儿，叔叔说道："静心了，我们走吧。"

经攸县，过茶陵。茶陵县是中国历史上唯一以茶命名的行政县。因地处"茶山之阴",中华民族始祖炎帝神农氏"崩葬于茶乡之尾"而得名。茶陵县是井冈山革命根据地六县之一,是湘赣革命根据地重点县、模范县,是毛泽东亲手缔造的中国第一个红色政权。

叔叔三人没有在茶陵停留,他们不停地赶路,终于来到井冈山。

站在黄洋界上,叔叔脑海中突然想到了王羲之的《兰亭序》:"此地有崇山峻岭,茂林修竹,又有清流激湍,映带左右……天朗气清,惠风和畅,仰观宇宙之大,俯察品类之盛,所以游目骋怀,足以极视听之娱,信可乐也。"

黄洋界,十里横排,高山迭影,雄伟险峻,一望无际,在这里还可以观看到日出、峰峦、云海、杜鹃等自然景观。黄洋界哨口工事是1928年夏天修建的,由三个工事和一个瞭望哨组成;1928年8月30日,著名的黄洋界保卫战就发生在这里。当时红军以不足一个营的兵力,打退了敌人四个团的进攻,保卫了井冈山。1929年1月底,湘赣两省敌军对井冈山发动了第三次"会剿",因敌众我寡,哨口失守。

井冈山承载了太多的红色回忆,可以说这里是中国革命的摇篮。中国工农红军在这里发展壮大,打破国民党的"围剿",让中国革命的星星之火成为燎原之势。井冈山的人民为抗击国民党、支持工农红军作出了巨大贡献。

1934年以后,由于党内"左"倾教条主义的错误领导,中央革命根据地日益缩小,军力、民力、物力消耗巨大。1934年10月,国民党军队推进到中央根据地腹地。由于第五次反"围剿"

失败，党中央和中央红军被迫撤离中央革命根据地，实行战略转移，向国民党统治薄弱地区和抗日前线进军，开始了二万五千里的艰难长征，井冈山的工农红军也相继撤离。

吃着井冈山的红米饭，喝着井冈山的南瓜汤，叔叔三人感受良多……

吉安，古称庐陵，元初，取"吉泰民安"之意改称吉安。是江西建制最早的古郡之一，是赣文化发源地之一。

吉安是曾氏第二发脉地（山东嘉祥南武城为第一发脉地），据陶元珍所著的《西汉之际北部汉族南迁考》记载："曾子十五代嫡孙曾据，官都乡侯，有功加关内侯，生于汉元帝永光元年（前43），耻事新莽，于始建国二年（10），集合全家族二千余人渡江，家庐陵吉阳乡，卒葬吉水仁寿乡。"曾据因此被称为曾氏南迁之祖，曾氏一族在西汉中期迁入2000余人。

叔叔一脉属于邵阳太平房系，是元末由吉安迁至长沙的。元末政治腐败，祖先曾福仲（1313—1375）继承先祖遗风，耻于与贪官污吏为伍，并对朝廷失去信心，于元顺帝至正七年（1347）丁亥之夏，举家迁徙，同儿子曾财瑛商议，去往衡山。但住了没有多久，觉得衡山太吵闹，并非"高士窟歌"之地，便借托神示，往西南方向迁徙。刚走到湘粤交界处，听说有兵变发生，只好折返，最终找到了满意的地方——邵阳老君塘，即今之邵阳县杨桥镇定居。祖先曾福仲是邵阳太平房系的始祖，到叔叔这一代已经有30多代。

来到吉安，叔叔有一种回到了母亲怀抱的血脉冲动，倍感温馨和幸福。这里是太平房系的祖地，是邵阳曾氏的根。叔叔之所以不同意同罗庆干去找八路军而往东南寻找新四军，正是为了实现来吉安祖地看看的愿望。他要来感受祖地的气息，感受祖地的文化。

来到曾氏祠堂，叔叔全身血脉震荡，望着一排排的祖先牌位，不禁心中凛然。没有先祖先辈的艰苦奋斗，便没有子孙后代现在的身家性命。对先祖先辈，唯有敬畏和感恩。叔叔甚至看到了曾氏南迁始祖曾据和邵阳始祖曾福仲的牌位，他们似乎注视着他，微微颔首。叔叔低头便拜，十分虔诚。生逢乱世，能够得拜先祖，企求先祖保佑，已是幸事，不复他求。

叔叔恭恭敬敬地磕了三个头，连申学明、张曼娇也拜了几拜。

三人借宿于一曾姓人家，这户人家很热情，让叔叔三人有宾至如归之感。问及近况，坦言世道艰难，尤为痛恨国民党的搜刮行为和日本军队的残暴侵略，恨天道之不公、世人之不争。

吉安同样是共产党、中国工农红军的根据地之一。在这里，中国共产党创建和发展了井冈山革命根据地、东固根据地、延福革命根据地、赣西革命根据地、湘赣革命根据地、中央革命根据地等六块革命根据地，创造了多个第一：创建了第一块农村革命根据地；第一支红军——红四军；创建了第一个红军造币厂；创建了第一所红军医院；颁布了第一部土地法——《井冈山土地法》；打响了中央苏区反"围剿"第一战——龙冈战斗；建立了第一个省级苏维埃政府——江西省苏维埃政府。在这里，毛泽东提出了著名的16字游击方针——敌进我退，敌驻我扰，敌退我追，敌疲我打。吉安，昂首走在中国革命的前列，因此也遭到了国民党的疯狂报复。

吉安属下的永丰是中央苏区全红县,第一次反"围剿"的主战场。

乐安县隶属江西省抚州市,位于江西省中部腹地,抚州市西南部,东邻崇仁县、宜黄县,东南连宁都县,西南接永丰县,西北靠新干县,北毗丰城市。

宜黄县隶属江西省抚州市,地处江西省中部偏东、抚州市南部,东接南城县、南丰县,南与宁都县接壤,西邻崇仁县、乐安县,北靠临川区。

南城县隶属江西省抚州市,位于江西省东部,抚州市中部,居盱江下游,东邻资溪县、黎川县,南连南丰县,西毗宜黄县,北靠临川区、金溪县。

光泽县位于福建省西北部,武夷山脉北段,闽江上游富屯溪源头,与江西的黎川、资溪、贵溪、铅山及南平市的邵武、建阳、武夷山等七县(市)毗邻。

光泽县临近武夷山,故而境内群山连绵、山高谷深,千米以上山峰有570余座,有"一滩高一丈,光泽在天山"之说。

过了光泽,便是崇安。已是1940年9月,经过两个多月的旅途,叔叔三人终于来到了崇安境内。崇安属于武夷山脉,境内山多地少、丛林密布、风光无限。申学明更是心情激动、喋喋不休,艰难的行程就要结束了,他就要见到分别有年的父母了!

三人在崇安县城住了下来,打算明天就去二十几里开外的申学明家中……

第十四章 崇安,月黑风高

夜来香,崇安街道有名的旅店。日暮时分,叔叔三人围坐。三人要了一壶酒、几个炒菜,打算好好吃上一顿,以解旅途之乏。申学明兴奋地给张曼娇讲着崇安故事,惹得张曼娇不住地娇笑。

◎ 福建省苏维埃政府旧址

崇安，后唐（923—936）时，归建州建阳县管辖。官至左千牛卫上将军的邑人彭迁归隐后，召集乡人在现名为崇阳溪之东的潺口开荒垦田，凿湖筑坡，凡90处，灌田2000余顷，命名为新丰乡。这是崇安县最早的建置雏形。以后，彭迁之子彭汉为台州军事判官，于闽王永隆三年（941）上书闽王王曦，改新丰乡为温岭镇。彭迁之孙彭珰在南唐官至殿中监。于保大九年（951）又上书朝廷，把温岭镇改为崇安场。宋淳化五年（994）升为县。历属建宁军、建宁府、建宁路、建宁府、建安道。宋至道年间（995—997），开始建县署于营岭。咸平元年（998），建阳的上梅、下梅、会仙、将村、周村、黄村等6里划归崇安。元丰五年（1082），建阳的从政、籍溪、五夫、建平、丰阳、节和、长平等7里又划进崇安县境范围之内。此时，连同城关的四隅里、南乡的黄柏里和西北乡的石雄里、吴屯里、石臼里、大浑里，共计19个里，形成当时崇安县的全部境域，一直沿袭到清代。

1940年，建阳的崇文、上里，包括城村、大渚、井前、杨厝等地划归崇安四区的文仙乡。1941年，县属的四区星村镇黎源乡与建阳长坪接壤的施家坪及源头一带（面积约288亩），划归建阳。

1934年10月,中央红军主力实行战略大转移,南方各省苏区进入艰苦卓绝的三年游击战争。在那艰难的岁月,以崇安为中心的闽北老苏区,仍与中革军委保持电报联系,在以黄道为书记的闽北分区委领导下,以崇安的武夷山为依托,并按照中央分局关于改变组织方式和斗争方式的指示,独立支撑,顽强坚持,谱写了许多震撼闽浙赣边区的重大事件和重大战例。其间,时任红军北上抗日先遣队参谋长和挺进师长的粟裕于1934年秋和1935年春,先后两次率领主力红军进入闽北(崇安)游击根据地作战,为推动闽北、闽赣边、闽浙边连成一片创造了条件。截至1937年7月,以崇安为中心的闽北老区赢得了保持革命组织、革命武装和革命阵地的重大胜利,奇迹般地成为南方8省15块游击根据地一个精彩的战略支点,为支援中央红军长征和巩固中央老苏区作出了重大贡献。

抗战初期,以崇安为中心的闽北老苏区的1200多红军游击队改编为新四军三支队五团,于1938年1月开赴皖南抗日前线,创造了五次保卫繁昌大捷等辉煌战绩。

夜来香,崇安街道有名的旅店。日暮时分,叔叔三人围坐。三人要了一壶酒、几个炒菜,打算好好吃上一顿,以解旅途之乏。申学明兴奋地给张曼娇讲着崇安故事,惹得张曼娇不住地娇笑。叔叔喝酒吃菜,心中有些紧张和忐忑。新四军经常出现在崇安,明天看望申学明父母之后,需要寻找新四军联络点。据邵阳县委的联络员介绍,崇安的新四军联络点有两个,一个是便捷杂货铺,一个是闽江茶楼。但同时,崇安乃至福建的白色恐怖十分严重,国民党军警特务非常猖獗，需要特别谨慎才行。

1940年秋，蒋介石强令八路军、新四军开到黄河以北作战，中共中央针对蒋介石此次反共进攻，认真分析了局势，确定了对策，命令江西、福建、浙江等地的新四军部队集结，从安徽过长江，开到长江以北对日作战。目前福建的新四军部队正在集结之中，叔叔他们来得正是时候。

第二天，三人来到申学明老家。一排四间土砖房依山而建，山上树木葱葱，屋前一侧修竹茂密，三五只小鸡在前坪咕咕觅食，一副农家惬意场景。

叔叔、张曼娇站立房前，申学明冲进屋内。

"父亲、母亲，我回来了。"

申妈妈放下扫帚，脸上露出开心微笑："学明，终于回来了。"申爸爸丢下斧头，望着申学明："小子，总算知道回家了。"

申学明对着屋外喊道："日章、曼娇，快进来啊。"

叔叔、张曼娇走进来恭敬地说道："叔叔阿姨好。"

申妈妈赶紧招呼："你们好，赶紧坐下说话。"

"父亲、母亲，他们是我的同学，也是最好的朋友。"

申妈妈端上茶水，申爸爸坐下来说："欢迎你们，你们是要到哪里去吗？"

"是的，父亲。儿子这次回来，是想看望你们二老，看到父母健康我就放心了。几年不见，想死儿子了。但是现在外面比较乱，日本人和国民党都残害我们老百姓，我们想……去新四军找表哥，想参加新四军打鬼子去，过两天就去街上找人去，恐怕不能待在二老身边了。"说着说着，申学明心中悲伤起来，觉得自己没能照顾好父母，是为不孝。

"国之不存，何以家为？儿子，你已经长大，有能力为国家和老百姓做点事情了，就应该去做你该做的事情，不用担心我们，家在我们就在，倒是你在外面，一定要照顾好自己，尤其是注意生命安全，有命才有机会，明白吗？"申爸爸深明大义地说。

"是啊，儿子，留得青山在，不怕没柴烧，天大地大命最大，事不可为就要懂得放弃啊，千万不要冲动,你们三个都是这样哦。"申妈妈十分严肃和担忧。

"谢谢叔叔阿姨。"叔叔、张曼娇赶紧起身道谢。

"你们就在这里休息几天吧，养养精神，才好做事。"申爸爸一锤定音。

"好，谢谢申叔叔。"叔叔应道。

尽管群山连绵，9月的崇安仍然热气逼人。

按照从邵阳县委得到的资料，叔叔来到便捷杂货铺附近，让申学明、张曼娇二人在不远处观察等候。

便捷杂货铺是一个很小的店面，五个隶书白色大字高悬，左边是一家裁缝店，右边是一家理发店。叔叔走近一看，杂货铺大门紧闭，没有开张。叔叔感觉不对，不经意地左右看了一下，发现街上有不少便衣，应该是国民党特务。叔叔漫步走进理发店，不曾犹豫。

"客官您好，请问是要理发吗？"

理发店有三个理发师，可只有一个客人在理发，于是一位年轻理发师招呼道。

"是啊，天气热，理个短发。"叔叔坐上椅子缓缓说道。

"好嘞。"理发师手法熟练，动作行云流水，对叔叔来说也是一种享受。

"师傅，您做这一行多久了？"叔叔微笑着问道。

"客官，我做理发差不多六年了。"理发师语气轻缓。

"您手艺很好哦。"

"谢谢客官夸奖，我会努力做得更好的。"

"师傅，隔壁的杂货店怎么关门了？我想买点东西啊。"叔叔无奈地问道。

"这个……"理发师看看门外，也瞄了瞄另外一位客人，那位客人正好剪完头发，付了钱往门外走去。看到没有了外人，理发师才轻轻地在叔叔耳边说道，"隔壁那家……听说……是共党地下联络点，前两天，突然来了一堆黑衣人，都拿着家伙，二话没说，直接就把彭老板抓走了。"

"这样啊，谢谢师傅。"叔叔理完头发离开。

"章哥，你理发了？情况怎么样啊？"申学明问道。

"杂货铺暴露了，彭老板被抓，我们快走，先吃点东西，然后去另一个联络点。"叔叔说道。

傍晚时分，三人来到闽江茶楼所在的街道，在茶楼不远处的饭店吃饭。

闽江茶楼，两层。

大门边一吧台。

叔叔还是一人走进大门，申学明和张曼娇在不远处等候。

"先生您好，您几位？"服务员招呼道。

"一位。"叔叔随服务员走到桌边坐下。

按照约定,服务员应该接着说出接头暗号:"一位也是客,宾至如归。"

突然,楼梯口传来一句:"一位也是客,宾至如归。"叔叔接道:"老板好客,朋友重义。"

"空气在颤抖,仿佛天空在燃烧。""是啊,暴风雨就要来了。"

寥寥几句过后,屋内一片寂静,并没有人来招呼叔叔上楼细谈。叔叔头脑猛地炸开:"完了!"

"抓活的,动手!"楼梯口那人一声厉喝,刹那间奔出八位黑衣人,扑向叔叔。

叔叔猛然跃起,抓起杯盖,奋力砸向一位黑衣人。"啊!"黑衣人鼻梁破碎,惨叫停步。叔叔端起茶水,回身泼向一人。"烫,烫,啊!"黑衣人捂住面部,大呼不已。转瞬间,另一黑衣人已经逼近,拳头的破风声已在面前。叔叔毫不犹豫,就势将手中茶盅砸出。黑衣人来不及惊呼,便仰面而倒。

叔叔更不迟疑,飞快地从包围圈中破圈而出,三两步奔至窗前,奋力向上一跃,破窗而出,"咚"的一声落到茶楼外,往大街后的小巷跑去。

"一群废物,快追!"

听到身后的吼声和凌乱的脚步声,叔叔只来得及匆匆往申学明、张曼娇所在的方向瞟上一眼,看到他们惊慌失措的神色,心有所安,便胡乱钻进一条小巷,打算从小巷去到后面的山林里去。只要逃进山林,就能如鱼入大海,觅得一线生机。

小巷人头攒动,叔叔左穿右插,极力奔跑,身后的黑衣人则穷追不舍。转眼间,叔叔越过小巷尽头的一道矮墙,向着山林中跑去。黑衣人随之鱼贯翻越矮墙，似乎不抓到叔叔誓不罢休。

日近黄昏，残阳似血。叔叔气喘吁吁，躲到一处灌木丛中，一身衣裳早已汗湿。叔叔需要休息，也需要思考。现在，黑衣人已经包围了此山，他需要突围。他不知道究竟有多少特务，但绝不能坐以待毙。他只有两条路可走，一是立马拼杀突围出去，一是躲在山林恢复体力后再出其不意冲出去。前一条路可以少一些敌人，但因为彼此还看得见，会招致黑衣人的合围；后一条路会多不少敌人，但夜黑风高，机会似乎更大一些。叔叔盘算了一番，决定还是先躲到深夜，再设法脱困。

下定决心，叔叔干脆躺到地上，闭眼休息。一米多高的灌木丛，敌人要发现他不太可能。

叔叔掏出随身携带的银色手枪，这枪还是在塘田讲学院的时候从方品手里夺过来的，在姚家纱厂杀了两个特务。叔叔打开弹匣，里面有六颗子弹，但这次围捕他的国民党特务肯定不止六人。

叔叔有些累，脑海中一幅幅景象飘过：精明能干的父亲、勤俭持家的母亲、胸怀阔达的兄长、善良勤劳的嫂子、知书达理的妻子，甚至还有这次同行的申学明、张曼娇。处在乱世，人如飘萍。叔叔最担心的还是叔母，两人结婚这么久，可是自己并没有好好地陪她，总是东奔西跑、忙来忙去。现在自己远在福建身陷重围、生死未卜，怎么对得起她啊！想到这里，叔叔情不自禁地流下了眼泪。

一路烟霞一生陪伴

纷乱尘世里喜欢你傲娇的模样

灿烂晚霞里看到了家乡

亲爱的你远在邵阳

本想与你白头偕老互诉衷肠

此生不改入对出双

不管前方的路有多么漫长

轻笑一声那都是平淡寻常

如今的我不在你的身旁

崇安的月光寂冷清凉

唯有把你装进我的心房

隔着辽阔天际为你传去一曲爱情的离殇

…………

迷迷糊糊中，四周嘈杂声起。叔叔睁开眼睛，天已经完全黑了，山林里有不少手电的亮光。叔叔明白，自己该突围了，决定命运的时刻到来了！

叔叔握紧手枪，猫着腰轻轻地钻出灌木丛……

"在那！"刚出灌木丛不远，就被一个黑衣人发现了，手电光照过来，众多黑衣人奔跑而来。

叔叔靠到一棵树后，掏出了银色手枪。"砰"，一个黑衣人应声倒下。枪声在黑夜里是如此响亮，以至于所有的人包括叔叔都吓了一大跳。趁着黑衣人愣神的工夫，叔叔冲出包围圈，朝山坡上奔跑。

"追！"呼啦啦至少有三四十人跟在叔叔身后。"不要跑。""抓活的。"喊声不断。甚至有黑衣人拿枪瞄准叔叔的双脚开枪，想要阻止叔叔逃跑。

叔叔一边"之"字形左右奔跑，一边不断跳跃着躲避射向他腿部的子弹，体力迅速消耗。突然，他看到前面有个墓碑，一闪身躲到墓碑后面，举枪便射，一个拿枪欲射的黑衣人应声而倒。叔叔又射了两枪，打倒两位黑衣人，便急忙转身继续往山上跑去。

后面追赶的黑衣人头目似乎急红了眼，大吼道："抓住他。抓住他的赏五百大洋！"

叔叔翻身躲在一棵大树后，调匀呼吸，举枪把最后两颗子弹射出，便一头扎进黑暗之中，往更高处奔跑。

叔叔来到了山顶，前面是悬崖！

看着蜂拥而来的黑衣人，在黑暗中就像一只只飘荡的蝙蝠，一只只嗜血的蝙蝠，叔叔的内心反而平静下来：该来的总是会来，没有什么了不起的。革命，就是要革掉反动派的命，而为了革掉反动派的命，哪怕牺牲自己的命也在所不惜！

沉下心来，叔叔望了望下面的悬崖，心中发冷，与其被敌人抓住，不如跳下悬崖。

于是，叔叔纵身一跃……

申学明和张曼娇远远地看着叔叔被特务追赶着往后山跑去，心中一紧：麻烦了！两人对望了一眼，有些手足无措。

突然，一位大汉走过来，悄悄地对他们说道："跟我来！"语气急促，不容拒绝。

申学明和张曼娇失魂丧魄地跟着大汉，七弯八拐，来到武夷山下一间破旧的民房。推门进去，里面已经坐着十几个人。大汉刚进门，就有人招呼道："连长。""黄连长。"

大汉给申学明、张曼娇倒上茶，坐到他们面前："你们是外地人？"

申学明和张曼娇同时点头。

"哪里来的？学生吧？"

"邵阳，我们不是学生，我们都是……共产党员。"

大汉一愣："哦？介绍一下，我是黄辉，新四军某部连长，本地人。这些都是我的战友，他们有些是在本地坚持游击战争。"黄辉的右手画了一个圈，囊括了房间里的所有人。

申学明和张曼娇向四周微笑地点了点头。

"那个被追捕的小伙子是什么人？"黄辉接着问道。

"他叫曾国策，是我们的头——邵阳县委书记，也是党员同志。我们一起来寻找新四军的。我叫张曼娇，这是申学明。申学明的表哥也是新四军的，我们就是来找申学明表哥的，可是章哥哥去联络点的时候就被追捕了，我们到现在还不知道是怎么回事。哦，曾国策原名曾日章。黄连长，你……你们快想想办法，快点去救章哥哥啊……呜呜呜……"张曼娇说着说着哭了起来，她是那么地喜欢章哥哥，但她又是那么的无助。

"都怪我，都怪我啊。要不是我要回老家看看父母、找我表哥，说不定我们就去了八路军了……"申学明低着头，陷入深深的自责之中。

房间陷入一片沉默。

"咳咳，这个……"黄辉思考了一下，接着说道，"曾国策同志被追入了靠背山，这个比较麻烦。靠背山，这个，就像这名字一样，像个靠背椅，面对的一边地势平坦，背面是陡峭悬崖。如果被追到了山顶，就……不好下来，除非原路冲下来。还有，这个，正是因为地势的原因，不太好救援……我们这里有十几号人，人数少了点。这样，我先请示一下，看能够联合本地游击队或者通过其他渠道解救国策同志不……我估计国策同志会被捕。那个，不出意外的话，应该会被关在城郊的司法看守所……"黄辉转头说道："陈晓，你马上回部队一趟，问问周营长的意见，另外跑一下县委这条线，看能不能组织营救一下，毕竟司法看守所里面还有我们其他的同志。"

"是。"一个年轻小伙敬了一个礼，飞奔而去。

"李连捷，你去靠背山探探情况，一有消息马上派人来报。"

"是。"另一个小伙子快步离开。

黄辉对申学明和张曼娇说："两位是想加入新四军，那么介绍一下自己，有什么想法，有哪些才能。谁先来？"

"可是，章哥哥怎么办啊？"张曼娇又痛哭起来。

"曼娇同志，你放心，一有消息，李连捷就会叫人来报告的，还是先详细地说说自己，包括想法和打算吧。"黄辉努力想让张曼娇止住哭声，可似乎收效甚微，张曼娇仍是不停地掉眼泪，那可是她的章哥哥啊，怎么一下子就要与她分开了呢？……

叔叔是抱着必死的念头往下跳的，他听到了呼呼的风声、敌人的呐喊声，看到越来越近的崖底，叔叔笑了，短暂的一生终于有了结局，难道不是一件幸事吗？虽然没能牺牲在战场上，但这一生完全献给了党，也没有什么可遗憾的了。想到这里，叔叔不禁哈哈笑出声来……

"咚"，一声沉闷的响声，叔叔掉到了悬崖边生长出的一丛树枝上，身体向上晃了晃，重新落到了树枝上。一根粗壮弯曲的松枝撑住了他。

叔叔趴在松枝上，头有点晕，腿上鲜血淋漓，银色手枪掉落悬崖。四周漆黑一片，无边无际，仿佛择人而噬的幽灵。

叔叔已无力再动，享受着这黎明前悠悠吹拂的微风，如此甚好，我在大自然的怀抱里。

叔叔想闭上眼睛休息，可没过多久，山下传来了嘈杂的声音。

叔叔睁开双眼，看到了山下的人群和火把。火把照亮了黑暗，也照见了趴在松枝上的叔叔。

"在那，快看！"有人大叫。

叔叔闭上了眼睛，他明白，自己已经无法幸免于难了……

张曼娇已经平静下来，开始了自己的讲述："我来自邵阳，毕业于南京三民中学，和章哥哥、申学明是同学……呜呜呜……我善于组织策划……我要参加新四军打日本侵略者和国民党反动派……呜呜呜……"

申学明站起来，两眼含泪地说："我是本地人，在邵阳三民中学读的书，在南京入的党，有五年党龄了。我表哥也是新四军连长，叫申子苍。这次来到崇安，就是想加入新四军，上战场杀敌，因为我身体很棒，学过一些武术。另外，我要救出日章哥，一起上战场……"

"连长哥哥，连长哥哥。"一个小男孩匆匆忙忙跑进屋里，大喘着气地说道："捷哥要我来告诉你，那个什么国策已经被……被……"

"被怎么了，你倒是快点说呀。"张曼娇一把拉住小男孩，着急地问。

"被好多黑衣人围在靠背山……黑衣人走来走去的……没看

到那个什么国策……天太黑了。"小男孩总算说完了。

"没了？"申学明问。

"没了。我再回去。有事我会再来的。"小男孩喝了一杯水之后又匆忙跑走了。

黄辉摇了摇头："不早了，大家都休息吧，我值班。"

张曼娇、申学明实在是累了，先后到旁边的房间里睡着了。

半夜一片寂静，小男孩又突然出现在黄辉面前。

"说吧，说完马上睡觉去。"

"连长哥哥，捷哥要我告诉你，那个叫国策的人，开始是躲起来了，然后开枪打死六个黑衣人，然后又是一阵激烈的枪声，然后他跑到了山顶，子弹没有了，他……"

"怎么样？"黄辉心中一紧。

"他……跳下了悬崖。"小男孩十分沮丧地说。

黄辉沉默了一会，说道："明白了……你去睡吧。"说完，黄辉叹了口气，默默地坐到了地上。

也不知道过了多久,天色似乎快要转亮了,李连捷走进了房间。

"连捷，得到确切消息了吗？"在黄辉心里，曾国策已经自尽了。

"连长，曾国策没死。他跳下悬崖以后，被树枝挂住了，动弹不得。最后，被国民党特务……抓住了。"李连捷的语气中带着明显的感动与无奈。

黄辉一时间愣在那里。

不知何时，张曼娇和申学明已经站到了黄辉的旁边，他们两眼满是泪水……

第十五章

营救、营救，还是营救

司法看守所就在靠背山下，与靠背山连在一起，就像一个球网，靠背山上被捕的所有人，无论男女老幼，都被装进了这个监狱。看守所就是一座坚固的小城，四面高墙环绕、铁网森森，墙内哨塔林立。一进此地，绝难逃脱。

◎ 福建省武夷山地区

"连长，连长。"

一个黑溜溜的小男孩跑进房间，大声嚷嚷。

"连长才睡，有事跟我说。"李连捷压低声音对男孩说道。

"好的，捷哥。是这样的。那个曾国策被抓到司法看守所了。"男孩说。

"知道了，小武，去吧，有什么消息再来告知。"

"是，捷哥。"小武高兴地走了。

司法看守所就在靠背山下，与靠背山连在一起，就像一个球网，靠背山上被捕的所有人，无论男女老幼，都被装进了这个监狱。看守所就是一座坚固的小城，四面高墙环绕、铁网森森，墙内哨塔林立。一进此地，绝难逃脱。

我叔叔被关在 011 号牢房。

011 牢房一共关了四个人，除叔叔外，还有一个中年人、一个农村老汉、一个小家伙。

一进牢房，小家伙就问："叔叔，我叫李远星，今年 12 岁，你叫什么名字？"

"你好，远星，我叫曾国策。你……你是因为什么被关进来的呀？"叔叔微笑地问。

"我打了一个地主崽子，他爹是大地主，跟官府勾结，欺负我们穷人。这个崽子跟他爹一样，每天都欺负人，把人打得鼻青脸肿的。那天他又在打人，我没有忍住，狠狠地揍了他一顿。他就喊他爹来，他爹说我是'共党崽子'，就把我抓进来了。曾家哥哥，你是为什么被抓呢？"小男孩问。

叔叔望了望老汉和中年人，故作轻松地说："我啊，是从邵阳来的，陪同学回家探亲。来到崇安以后，听说新四军是老百姓的军队，专打日本侵略者，就想着投笔从戎。我到处找他们的时候，被国民党反动派认定是'共党'。他们想抓我，我学过武术，还藏有一把手枪，所以……便跑到了靠背山，杀了他们几个人，呵呵，最后，我就跳下了悬崖，想着一了百了，做个英雄，可是却被树枝挂住了，于是就被他们抓到这里来了。"

小男孩目瞪口呆，赞叹着说："曾家哥哥，你真是……了不起！厉害！痛快！"说完竖起了拇指。

中年人凑过来，对叔叔说："小兄弟忧国忧民、侠肝义胆、追求正义、嫉恶如仇，令人钦佩！我叫赵守正，本地人，中共崇安县委宣传干事。"

"赵哥好。"

"国策兄弟，这位是吴老。"赵守正指着那位老汉说道，"他两个儿子，一个在八路军，一个在延安。国民党认为他家是'共匪家庭'，就抓了他，想让他写信给儿子，劝他们退出'共党'。"

"哼，一群畜生，不去打日本人，倒来祸害老百姓，还不想咱们抗日，恶心！"老汉愤愤地说。

"呵呵，我们四个倒是有缘，聚在一起了，好像都是'共党分子'。"赵守正显得比较乐观。

"是啊，现今日本军队侵略中国，国民党不对外打击侵略者，倒是大肆屠杀'共党'，真是让国人寒心啊……"叔叔说，"赵哥，不知道这监狱有些什么名堂或者规矩？"

"这个我倒是非常清楚了，我已经被关了半年多了。"赵守正说，"这监狱在崇安是最大的，占地上万平方米，有十几栋高楼，牢房可能有几百间，各种审讯室、办公室、技术分析室都有，有食堂、马棚、车库、警务室、军营、仓库、地下室等，还有工厂、农场、操场等。我估计军警狱卒加起来超过一千人……"

赵守正停顿了一下，等着叔叔消化，接着又补充道："负责驻守这里的是国民党的一个上校旅长，特别反共，特别心狠手辣，弄死了不少人，人称'屠刀'。监狱每天都有人进来，也每天都有人被处死。犯人被分为多个小队，都是分片劳动、分队作息、分层管理。我们是'共党'，是经常要被审讯的。小兄弟你刚刚进来，估计会被'重点照顾'啊。"

"呵呵，谢谢赵哥，没关系的。"叔叔笑道，"赵哥，这里探监是个什么规定？"

"探监？探监倒是允许，随时都可以，但是每次需要打点，每次探监时间只有十分钟。如果狱警不高兴了，可以随时终止。远星和吴老来得不久，还没有人来探监，我嘛，家人来过一次，送了点生活用品，组织派人来了一次，说是在想办法，估计很难出去了……"赵守正神色黯淡地摇了摇头，"当然，如果觉得你没有什么价值,翻不起什么浪花,也可能让你交钱赎人,毕竟监狱也不会白白地养着闲人。"

"咚咚咚",皮靴声传来。

"哐当",牢门打开。

"新来的,你,出来!"狱警指着叔叔。

叔叔被带到走廊尽头的审讯室。

一间约 20 平方米的房子灯光通明刺眼,两张审讯桌,两张犯人椅。一张审讯桌坐着三人,中间一人满脸横肉、目光凶悍,两边一个做笔录的女子,一个配合审讯的狱警。桌子旁边站着四个高大的狱警,虎视眈眈。房间被隔作两半,里面一半似乎是刑具室,黄色的灯光,昏暗的氛围,让人心生恐惧。

叔叔被带到犯人椅坐好,锁上手链。

"姓名?"

"祖先。"

"性别?"

"男人。"

"籍贯?"

"湖南。"

"湖南哪里?"

"双峰。"

"来崇安干吗?"

"探亲。"

"探亲?你家亲戚在共党窝点闽江茶楼?"

"是的,我家表叔是闽江茶楼的员工。"

"呵呵。"满脸横肉的大汉站起身来,厉声喝道,"胡说。你哄鬼啊。"

"这是事实,我没胡说,你也不是鬼,我没有必要哄你。"叔叔的回答十分平淡。

"你……"大汉咬牙切齿,好一会儿才平静下来,"好,很好。说说,你家表叔叫什么,在闽江茶楼做什么的?"

"我叫他李叔,具体什么名字我也不知道,我父母亲要我来这里找他玩玩,过了暑假再回去读书。我只知道在这儿做事,做什么事我也不清楚。"

"好,很好。那么,'老板好客,朋友重义'是怎么回事?这是共党的联络暗号,你怎么知道的?"

"您说这个呀,我听李叔说的。李叔说他偷听到几次,不懂是什么意思,就问过我,我也不太懂,就说这是咬文嚼字,显得有文化、好听。猛一听到就不由自主地顺口接了。对不起了,我不是故意的,真的不是故意的。老总,求求你们放了我吧,我还是个学生啊,我什么都不懂……"

"住口!"大汉猛地拍了一下桌子,"好一个'不由自主',好一个'不懂'。你都把我们绕到靠背山上去了,一整宿!你弄死了我们六个人!"大汉扯了扯衣领:"对了,枪怎么来的?"

"枪?哦,枪,是的。我读书的时候,从一个富家子弟那里偷……偷的。"

"偷的?"大汉有些魔怔了,"还有枪偷?来啊,给我先打……打十棍,然后带走,择日再审。"

他已经被气坏了,一刻也不想待在这里了,转身就摔门而出……

叔叔回到牢房时已是黄昏。他全身疼痛,特别是背部和臀部。那十棍都打在臀部和背部,衣服和裤子上面有明显的血条印。

叔叔趴在铁床上,李远星端着碗坐在他旁边,两眼含着泪:"曾家哥哥,先吃点饭吧,上次赵叔被他们打得躺了一个星期才好,这群混蛋!"

叔叔一只手撑着接过饭碗,里面的米饭黑黑的,散发出一股霉味,一点青菜和豆腐、辣椒,成了糨糊形状。这牢饭就是猪食。耐不住肚子的饥饿,叔叔一边往嘴里扒着饭,一边对李远星说:"远星,谢谢你,我没事,这很正常。远星,现在局势混乱,日本人全力侵华,大肆屠杀中国人。国民党加紧反共,不断捕杀共产党人和进步人士,已经完全走向全国人民的对立面。只有共产党,虽然势单力薄,但正在不断壮大,八路军、新四军是共产党领导下的人民军队,誓死抗日,要为全中国人民谋幸福、为中华民族谋复兴,是我们国家和民族的希望,也是我们老百姓的唯一救星。所以啊,你如果有机会出去,第一是要保护好自己,第二就是要坚决地和日本人、和国民党斗争到底。要努力学习各种本领,跟着共产党走,为建立新中国、为老百姓的幸福生活奋斗到底,知道吗?"

"知道了,曾家哥哥,我听你的。"李远星重重地点头答应。

"小兄弟,听君一席话,胜读十年书啊。要说你不是共产党,我绝对不相信。你的思想觉悟比很多共产党员都要高啊。是啊,当今中国,局势已非啊!不过,黑暗终将过去,黎明必会到来。没有过不去的坎,没有蹚不过的河,没有打不破的黑暗。共产党一定会带领人民冲破黑暗，走向光明！"赵守正越说越激动，声音宏亮，双手不由自主地扬了起来。叔叔看着赵守正的模样，一时间竟然呆住了，觉得赵守正的确是个人物。

"你们两个都是了不起的人物啊，老汉我看人还是蛮准的。"老吴忍不住说道，"国家啊就是需要你们这样的正义之士，才能自强自立不被欺辱。"

叔叔和赵守正同时对老吴恭敬地说："您老过奖了！"

黑夜到来。叔叔趴到了地上，李远星跟着挨挤在他的身边。

"曾家哥哥，你说什么是正义啊？为什么好人都被关起来了呢？"李远星迷惑地问。

"远星，你知道什么是好人吗？"

"好人就是为别人着想，为国家和老百姓着想，不自私自利的人啊。"

"嗯，对的。好人就是宁愿牺牲自我，也要顾全大局的人。正义就是公正的、有利于人民的道理。现在我们国家啊，被国民党政府统治着。国民党政府腐败、自私、欺压老百姓，实现独裁统治，剥削人民，而且不许老百姓起来反抗。共产党1921年成立以后，反对帝国主义，反对封建统治，反对欺压老百姓。共产党代表全国老百姓的利益，为的是中华民族的独立、自由、繁荣、富强，为的是全中国人民的幸福生活。于是，国民党就疯狂镇压和屠杀共产党人和进步人士。现在，日本帝国主义又在侵略中国，中国人民已经陷入水深火热之中，可国民党还在实行'攘外必先安内'的反动政策，消极抗日，积极反共。你说，国民党是不是应该被彻底地推翻？共产党从不侵害老百姓的利益，处处为老百姓着想，打土豪分田地。共产党的八路军和新四军全力抗日，已经成为抗日的主力军。你说，共产党是不是正义的代表，是不是要坚决拥护？任何政党，只有代表最广大人民的利益，才能强大，这是永恒的真理。"叔叔越说越激动、越说越动情，不小心牵动了身上的伤口，禁不住咳嗽起来。

李远星、赵守正、老吴三个人全都怔怔地望着叔叔，一动不动，满眼都是崇拜和敬佩。

"我有些累了，不早了，睡吧。"叔叔赶紧招呼一声躺倒在地上。

武夷山下那间破旧的民房里。

连长黄辉望着申学明和张曼娇："刚才李连捷已经把小武得到的消息告诉了大家。现在曾国策同志已经被关到司法看守所了，我们要想的办法就是怎么把他救出来。从申学明和张曼娇两位同志的介绍看来，曾国策同志是一个不错的理论家，是中国共产党邵阳廉桥党支部的宣传委员，是邵阳县委书记，号称'曾博士'，他的讲课鼓舞了许许多多的共产党员、革命同志和进步青年。这样的同志我们很缺乏，是我们党的宝贝。我也请示了上级，上级同意我们展开营救工作，但要尽量隐秘一些，以避免更多的伤亡。下面我们商讨一下营救工作怎么做。"

张曼娇接着说道："我已经写信寄给章哥哥的父母亲，让他们快些寄钱过来，在没有泄露章哥哥身份的情况下，看能不能花钱把章哥哥赎出来……"

说完，张曼娇又低声哭泣起来，她的心实在很痛。

李连捷站起身来说道："我觉得用金钱营救曾国策同志是一

种有效办法，但我们不能坐等，我们应该马上开始营救工作，否则迟则生变，万一被转移了就更加麻烦。"

"武力营救有没有可能？"陈晓问道。

连长黄辉沉吟了一会，语气和缓地说："我们现在有五六十人，而司法看守所有差不多一个旅的兵力，至少有七八百人可以调动。如果我们武力劫狱，成功的可能性微乎其微。所以武力营救不现实。"

"我觉得可以和地方党组织联络一下，在市区举行游行示威，以坚持抗战、反对内战的名义，要求国民党当局释放政治犯和进步青年。看这样能不能放出来一批。"李连捷建议道。

"这个倒是可以一试，但是估计难有实效。即使我们冲到司法看守所门口去，也难以成功，除非大家一鼓作气冲进看守所放人。就怕国民党军队和狱警会对手无寸铁的游行群众开枪……"连长黄辉说道，"所以这个方法是在无计可施的情况下才能采用的办法。"

"要是能够有办法让曾国策出看守所就好了。"小凳子嘀咕道。

"出看守所？欸……有了！"连长黄辉猛地一拍大腿，"好，就这样。我们这样这样……或许能够成功。万一没有成功，我们也可以全身而退。"

"当"，牢房门再次打开，狱警大声喊道："李远星，你可以走了，有人赎你来了。"

几人全都盯着狱警，其实这既在意料之外，也在意料之中。李远星只是打了一个地主崽子，已经被关了一个多月，现在有人花钱来赎，监狱有了一笔收入，没有理由不放人。

李远星由惊愕到欣喜，猛地蹦了起来。他与赵守正和老吴拥抱了一下，跑到叔叔身边："曾家哥哥，我要走了。"叔叔抱着他，轻轻地说："远星，记住我和你说过的话，另外，找到游击队或者组织，告诉他们我的情况，特别是申学明和张曼娇，要他们不要担心我，好好打鬼子和国民党反动派。走吧，别让你的亲人久等，回去听话点，斗争也要讲究策略啊，机灵点，有缘再见。"

李远星转过身对大家说了声"大家保重，再见"，便快速地消失在走廊尽头。

看着李远星消失的身影，叔叔心中诸味杂陈。一个12岁的孩子，居然也被当作"共党"，这是多么的可笑！如此草木皆兵，如此泯灭人性，国民党离毁灭已经十分临近了。

"嘎"，尖锐的刹车声响彻在司法看守所巨大铁门前的大坪上空，从特制吉普车上跳下几个戴着大盖帽的国民党官员。吉普车后面是一辆载着几十名国军打扮的全副武装的士兵车。钢盔闪亮，刺刀耀眼。见此情形，门口的哨兵和岗亭的值守人员严阵以待。

几人向岗亭走来，哨兵敬了个礼，拦住几人："请出示证件。"

身穿中校团长服装的人向后面一人招了招手，一个上尉军官赶紧递上来一个盖有青天白日徽章的大信封。其他两个上尉打扮的军官环绕着中校，眼神犀利地盯着哨兵。

"下车！"上尉朝卡车吼道。卡车上的士兵迅速跳下车来，整齐地排列在看守所的大坪上，气势逼人。

中校拦住士兵，几个人在哨兵的引领下来到岗亭。

岗亭士兵对几人敬了一个礼:"长官好!"请中校坐下,随即打开密封的信封。只见里面一张信纸上写着:"调令:闻司法看守所捕获共党赵守正等数名,着迅即让胡光耀中校带来宁波。名单如下:赵守正、周代传、曾国策、郑正新、吴启思……此令。第三战区宁波守备司令部一九四师师长陈德法。"

第三战区司令长官为顾祝同,宁波守备司令为王皓南,辖一九四师,师长陈德法。

岗亭士兵立即领着胡光耀中校一行人来到看守所长官室。

"报告!"

"进来。"

长官室有两名中校、一名上尉。

士兵将调令交给长官,敬礼后离开。上尉盯着胡光耀中校,脸上露出思索的表情。其实,胡光耀中校一进长官室就看到了上尉。这个上尉就是去年崇安保安团的副团长。在与崇安游击队作战时,保安团几乎全军覆没,这个上尉是几个脱逃者之一,没想到今年摇身一变,成了司法看守所的上尉。胡光耀中校神色不变地说道:"鄙人奉陈师长之命,前来贵所提取几名嫌犯,以印证我部所疑之事,还望孙中校尽快办理,鄙人及我部感激不尽。"说完,微笑着向几人拱了拱手。

"请稍等。我们旅座不在,本人先询问一下。"孙中校拿起电话拨了一串号码,"请问是陈德法陈师长处吗?我是崇安司法看守所孙远材。嗯嗯……哦,郝秘书好……嗯嗯……明白……好的,好的,马上办理……嗯,再见。"

"丁上尉,你去把人带到胡中校的车上去,立即去办。"孙远材撂下电话，冲丁上尉吩咐道。

"是！"丁上尉立即往门外走去。

胡光耀中校对着孙远材说："请把嫌犯送到看守所门口即可。鄙人要务在身，不便久留，下次一定请孙中校喝酒，以表感谢，告辞了！"

"慢走，慢走。"

胡光耀中校几人走出看守所大门，来到整齐排列在大坪上的队伍前。上尉军官悄悄地说："连长，这就办成了？"

"快了。我们有同志在陈德法身边做机要秘书，这次费了很大劲才接上头。估计这个机要秘书会立即离开陈部回到新四军来。"这位胡光耀中校正是新四军连长黄辉，这次救人是他们研究出的最好的方法。

司法看守所大门洞开，孙远材押着一队人走了出来。他们正是"调令"里面的赵守正、周代传、曾国策、郑正新、吴启思等人，一个个面黄肌瘦、满是伤痕、十分疲惫，正贪婪地呼吸着久违了的新鲜空气。

排列在看守所大坪队伍中的申学明两眼一亮，他终于又见到了分别多日的战友。而张曼娇更是心情激动，恨不得跑过去紧紧地抱着她的章哥哥，这是一种亲情，一种无法割舍的亲情。她控制不住地流下热泪来。可她不该动，也不能动，她只能默默地、耐心地等待。这种滋味实在难受。

所有人都在紧张地等待。

"慢！"一声突兀的大喊打破了紧张的等待，孙远材扬起了手。

黄辉反应最快，立刻命令道："救人！分散！"

狱警们拽走了走在后面的几人，其中就有曾国策！张曼娇急坏了，掏出手枪就朝狱警射击。新四军士兵和游击队员立即投入战斗，对着岗哨、岗亭、守卫和狱警开枪。司法看守所内警铃大作，不断有士兵冲出大门还击。新四军士兵和游击队员抢走了几人，黄辉看着形势不对，马上命令道："撤退！"

张曼娇听到了"撤退"的命令，可她近在咫尺的章哥哥还没有救出来，她不愿意就此退去，她选择冲向看守所大门。

张曼娇用尽了全力，打倒几个士兵和狱警后，她离叔叔只有几步之遥。张曼娇禁不住大喊："章哥哥，章哥哥！"

叔叔早就看到了张曼娇冲过来的身影，他极力想挣脱狱警的控制，可是未能如愿。狱警抓得死死的。叔叔刚摆脱几个狱警，更多的狱警和士兵围拢过来。叔叔对张曼娇大喊："快跑，不要管我！"话音未落，"啪啪"两声枪响，张曼娇身体一顿，胸前盛开了两朵血花，慢慢地倒在地上……

"张曼娇！"申学明已经登上卡车，看到张曼娇倒在地上，心如刀绞，心急如焚，几个战士按住了他，他只能眼看着张曼娇牺牲在国民党士兵的枪下。

这次行动，救出了几位中国共产党党员，但叔叔没能救出……

第二天，司法看守所再次审讯了叔叔。

这次是一个女的主审。

"曾国策，湖南邵阳人，三民中学毕业，中共党员。是不是？"

叔叔笑道："哈哈哈。我加入共产党是为了国家和民族，是为了赶走日本侵略者。不像你们国民党一心反共，消极抗日，是民族的败类。我为我是中国共产党党员自豪！"

"说说你的身份。"

"我只是一名普通的共产党员，我没有什么身份。"

"你来崇安有何目的和打算？"

"寻找新四军，参加新四军，上前线，杀鬼子！"

"说出你的上级。"

"我的上级？哈哈，我的上级就是邵阳县委。"

"说出邵阳县委的地址。"

"无处不在。"

"你……"女人恼羞成怒，"给我打！"

几个狱警拽走叔叔，走到里面的用刑房间，操起皮鞭，劈头盖脑地朝叔叔抽打，"啪啪"的声音不绝于耳，直至叔叔昏迷过去。

好一会儿，一个狱警走到审讯桌前，把一粒纽扣递给女人："卢主任，您看，这是曾国策身上掉下来的纽扣，里面有东西。"

"嗯，很好。"

女人打开纽扣，里面有一块硬币大小的圆圆的黑布，上面有10个小字："兹有曾国策等前往贵处。"还盖有中共邵阳县委的专用章。

女人欣喜若狂，命人浇醒叔叔拖过来，举着黑布，对叔叔尖声说道："曾国策，看看这是什么？好一个邵阳县委的共产党员，单枪匹马杀了我们六个人，还有新四军和游击队救你。很好，哈哈，看来你是一条大鱼啊，哈哈哈……"

牢房只剩下叔叔一个人，李远星、赵守正、老吴三人都自由了，叔叔非常高兴。自己共产党员的身份已经暴露，敌人会更凶残地对待自己。为了共产主义，为了人民，自己绝不能出卖同志，绝不能屈服！

"打倒日本帝国主义！"

"枪口对外，共同抗日！"

"释放政治犯！释放共产党！"

"反对内战！"

…………

此起彼伏的口号声把昏睡的叔叔惊醒。

这是崇安共产党组织的示威游行，他们最终集结在司法看守所，强烈要求释放共产党人和进步青年。

面对上千人的游行队伍，司法看守所的狱警和士兵如临大敌。他们刺刀上膛、严阵以待。

小武和小凳子也在游行者队伍中，他们左手拿着彩旗，右手掏出早就准备在口袋里的沙包、生鸡蛋等，对着狱警和士兵劈头盖脑地扔过去。游行人群也纷纷拿着鸡蛋、面粉甚至石头、泥块，对着狱警和士兵砸去。狱警和士兵手忙脚乱，游行队伍趁机冲进狱警和士兵之中。双方扭打在一起，司法看守所门口一团混乱，呼救声、倒地声不时响起。

眼看人数众多的游行队伍就要靠近看守所大门，突然，看守所大门洞开，一队队全副武装的国民党士兵如潮水般涌出来。他们跑向大坪四周，准备将游行队伍团团包围。

"跑啊！"不知道是谁大喊了一声，混乱的人群便像流水一般"哗"地四散而去……

张曼娇寄给我爷爷奶奶的信，终于到了我家。

我的父亲拿到信,赶紧请来爷爷奶奶坐下,并把来信交给爷爷。爷爷一看是福建崇安来的信,心里一紧,双手有些颤抖地拆开信件。来信写道:

伯父伯母:

我和日章哥哥、申学明到崇安以后住在申学明家中。昨天,我们去寻找组织和新四军,章哥哥一个人进了闽江茶楼,我和申学明在附近等候。不久,章哥哥冲出茶楼,往后山逃跑,几十个特务把章哥哥追进了靠背山。有消息说章哥哥已经被捕,关在靠背山下的司法看守所。我和申学明已经找到新四军,正极力营救。望伯父伯母速速筹钱寄来,以备营救失败后用金钱救赎。并切切留意这边传过去的消息,一有情况,曼娇会及时写信。

曼娇叩拜。
1940 年 9 月 27 日。

看完来信,爷爷奶奶心急如焚,泪如雨下,颤抖着把来信递给我的父亲。我的父亲和母亲埋首细看,均焦急不已。我的父亲压制住情绪,哽咽地对爷爷奶奶说道:"爹,娘,幺弟已经被抓,现在已经过去七八天了,路途遥远,时间紧急,我……现在出去筹钱,不管借也好,卖田地房产也好,一定把钱票尽快给张曼娇寄去救幺弟。"

奶奶痛哭失声:"我的小儿啊,你可不能出事啊。你要是出事我可怎么办啊!还有我的擎天媳妇,可不能没有你啊……呜呜呜！"

爷爷泪落不止，双眼通红地说："他妈，你不要哭了啊，现在擎天媳妇还不知道这事，你们可千万要注意，先不要让她知道啊。敬章，你去卖掉两块田，再卖掉一些其他东西，赶紧筹钱寄去，快去啊！"

父亲匆匆出门而去……

父亲刚走出门，叔母就回家了，看到我父亲匆忙的脚步，看到爷爷奶奶痛哭的样子，叔母马上就明白是叔叔在福建出事了！叔母看到了桌上的信，飞快地拿起来仔细阅读。叔母的脸色越来越红、越来越红，终于晕倒在地上……

第十六章 生为人杰,死亦鬼雄

叔叔想起了自己的革命经历,从掩护共产党员申子苍,到三民中学演讲和声援北平学生一二·九运动的示威游行,入党之前自己就是一个坚定的共产主义信仰者。

◎ 湖南省邵阳市革命烈士纪念碑

1940年9月29日，福建崇安司法看守所。

叔叔又一次被提审。

还是那个女人。叔叔这时才知道，这个女人的手上沾满了鲜血，杀人不眨眼，被整个看守所称作"灭绝毒妇"。

"曾国策，原名曾日章，中共邵阳廉桥区委宣传委员，中共邵阳县委书记，善于鼓动民众，人称'曾博士'，塘田战时讲学院学员、积极分子，本次奉命来福建崇安寻找党组织，伺机加入新四军，同行者二人。对不对？"女人紧盯着叔叔，气势汹汹。

叔叔神定气闲，微笑地说："哈哈哈，佩服，佩服！不过我想请问长官，现在是不是国共合作时期？"

女人一愣："是。"

"那么，国共合作时期最大的任务是什么？"

"团结对外，一致抗日。"

"对啊，那你们在干什么？"

"……"

叔叔站起身来，声色俱厉地指着"灭绝毒妇"说："你们在破坏抗日民族统一战线！你们在排除异己！你们在挑动内战！你们在做亲者痛、仇者快的事情！你们在帮助日本鬼子侵略中华！你们将成为历史的罪人！"

"……"

满屋寂静，只有叔叔慷慨激昂的声音在振聋发聩……

"妖言惑众，蛊惑人心，一派胡言，给我打啊！"女人恼羞成怒，尖声大叫。

李远星、赵守正、老吴都已经走了，叔叔一个人一间牢房。他浑身皮开肉绽，嘴角溢血，可他心里非常高兴。他的共产党员的身份已经暴露，可那又如何？他怒斥国民党反动派，他让国民党反动派发抖，这就足够了！

叔叔想起了自己的革命经历，从掩护共产党员申子苍，到三民中学演讲和声援北平学生一二·九运动的示威游行，入党之前自己就是一个坚定的共产主义信仰者。1938年6月6日，这是自己加入伟大的中国共产党的日子。叔叔想起了自己当时的誓言："我曾日章谨此立誓：赶走日本侵略者，打倒国民党反动派，为建立一个民主、自由、平等、富强的新中国奋斗终身！"自从立下誓言以后，自己就全身心投入了伟大事业之中，参加塘田战时讲学院，掩护湘南特委委员、耒阳安仁中心县委书记谢竹峰，担任隶属中共邵阳县委的中共廉桥区委员会宣传委员、邵阳县委组织干事、邵阳县委书记，四处宣扬马列主义，培训党员干部和进步青年，努力发展党员，招募临近县乡的热血青年以及从各地流亡到此的青年学子，传讲抗日救国思想，培养革命新生力量，被誉为"曾博士"，多次在革命活动中死里逃生，与李化之、彭柏林等革命同仁一起在廉桥镇开办"明月楼"饺面馆、图书馆等店铺，在宋家塘姚家院子开办纺纱店，接到党组织的入闽指令，前往福建寻找党组织……短短几年中，为革命做了不少事情，对得起自己的热血青春。想到这里，叔叔露出了发自内心的微笑。

叔叔躺在地上，端起瓷碗里面的冷水，奋力张开嘴巴。水流过咽喉，钻心地疼，可叔叔却感觉到了疼痛的力量。只要有坚定不移的理想和信仰，任何环境、任何痛苦、任何事物，都会转化为不竭的动力。叔叔感到浑身充满力量，他渴望能够继续传播马克思主义理论，继续同国民党斗争，即便是在牢房，那也是另一处战场！

对叔叔的营救失败，张曼娇又英勇牺牲，这对申学明打击很大。连长黄辉扫视一圈，小武、陈晓、李连捷、小凳子、申学明……，每个人都沉默无声。

"营救曾国策失败，而且估计曾国策同志中共党员的身份已经暴露，现在，我们能够做的，就是一方面注意司法看守所的消息，一方面请示上级是暂时停止营救行动还是继续想办法。"黄辉心情同样沉重。

司法看守所。叔叔心里十分清楚，这一定会是他的最后一次提审，因为他的身份已经完全暴露，他就是地下党员，他就是奉命来福建的。

审讯室气氛沉重，就像暴风雨来临之前的短暂宁静。

主审又换了一个人，高大威猛，目露凶光。

"曾国策，我们的耐心是有限的。你赶紧交代，你作为中共廉桥区委的宣传委员、邵阳县委书记，来崇安的目的何在？和什么人接头？"

叔叔平静地说道:"我的目的就是赶走日本侵略者,这是我唯一的目的。我来崇安,就是为了参加新四军打日本,我也不知道崇安的情况,我到崇安以后只去过闽江茶楼,我想找我表叔帮忙介绍。仅此而已。"

"那你为什么知道共党接头暗号?为什么有枪?你的同行者都在哪里,有什么身份?"

"我不知道他们在哪里,我被你们抓了,怎么会知道别人的情况?至于暗号,是表叔告诉我的,你们可以去问他。枪嘛,是我从一个富家子弟那里偷来防身用的。这年头兵荒马乱,总要有点自卫的手段吧?"叔叔内心十分平静,觉得这种审讯完全是小儿科,对自己毫无压力。就像是一个思想高尚、眼光远大的人瞧着卑劣的可怜虫在玩毫无意义的无趣游戏,是那么的索然无味,那么的拙劣不堪,直令人昏昏欲睡。

叔叔真的睡着了。睡梦中,叔叔看到了夏明翰对蒋介石发动四一二反革命政变的满腔怒火:"越杀胆越大,杀绝也不怕。不斩蒋贼头,何以谢天下!"看到了在雨花台下邓中夏高呼"打倒国民党!""中国共产党万岁!"口号,为共产主义事业英勇献出自己宝贵生命的悲壮场景;看到了方志敏严词拒绝国民党的劝降,实践了自己"努力到死,奋斗到死"的铮铮誓言的伟大形象;看到了瞿秋白写完绝笔诗后,在罗汉岭从容就义的微笑……

叔叔是在疼痛和饥饿中醒来的,奋力睁开双眼,全身伤痕累累,一定是遭受了残酷的刑罚——睡梦中的刑罚。叔叔喝了一口凉水,挪动到墙根处,歇一歇,压住全身的疼痛,试着敲了敲墙壁。他料想隔壁一定有人响应。

"咚咚。"

"咚咚。"

隔壁传来的声音令叔叔很兴奋,他一个人待着十分难受,他需要与人交流。

隔壁的人似乎比叔叔更加急切,不一会儿传来更尖锐的声响,好像有人在挖墙!叔叔笑了,看来还是有人在关注他。

果然,不大一会,泥土开始掉落在叔叔身旁,一根筷子突然出现在叔叔的视线里。几分钟过去,一块砖头被抽走,光线从隔壁的房间射过来。几人加快动作,一个几十厘米的大洞赫然呈现在两个牢房之间。

叔叔艰难地移动身躯,朝洞口望去,只见面前出现了四张陌生面孔:一个胖子,脸上挂着微笑;一个瘦猴,精干内敛;两个年轻汉子,一个高大威猛,一个英俊文静。

"嗨,你好,年轻人。"胖子笑眯眯地对叔叔摇了摇手,另外三人则神情专注地望着他。

"你好,你们好。"叔叔略显疲惫地笑着说道。

"看把你打得,疼吗?"胖子眉头微皱。

"还……还行,暂时死不了……"叔叔喘了口气。

"咦?怎么只有你一个人了?"瘦猴惊讶地问。

"呵呵,上次,上次门口闹事的时候,有两个人……被救走了,另外一个早就被赎出去了……"叔叔露出微笑。

"来,来,吃点。这是高掌柜从外面带进来的呢。"高大威猛的汉子拿来一个馒头。馒头很白,和平时吃的有着天壤之别。

"给您水。"英俊小伙拿来一个精致军用水壶。

"谢谢!"叔叔抓紧馒头开始狼吞虎咽,他饿坏了。吃完,叔叔犹豫着开口:"还有吗?"

"没,没了。"高大汉子摊了摊手。

"哦,没事。我晚点要出去一趟,我给你带就是,管够。"胖子说道。胖子就是高掌柜。

叔叔笑了笑,闭上了眼睛:"我先睡一下,等会……和你们聊……"话音刚落,叔叔就这样靠在墙上睡着了。

等叔叔醒来时,已经是深夜了。叔叔活动了一下身体,撑着墙壁站立起来。他把头从墙洞升到隔壁牢房,同样黑漆漆的。他敲了敲床头,瘦猴猛地一下坐了起来,扭头一看,见是叔叔,便低声地说:"兄弟,你醒了?怎么样,还疼吗?"

"好多了,有点饿。"

叔叔的肚子"咕咕咕"地响了起来。

"哈哈,这个好办。"瘦猴走向胖子的床铺。

"掌柜的,掌柜的。"瘦猴轻声呼喊。

"喊什么喊,早就被你吵醒了,笑起来那么大声。"胖子有些生气,从床下拿出来一个小包,向叔叔走来。

这时候,高大汉子和文静小伙都已经醒来,大家围在了一起。

"兄弟,这是我今天刚从外面带进来的包子和馒头,你慢慢吃。"胖子满脸微笑。

"谢谢,谢谢!"叔叔端着冷水就着馒头吃了起来。

"那个……兄弟,你叫什么名字?哪里人啊?怎么被打成这样?"胖子满脸疑惑。

"呵呵,你们好,我叫曾国策,湖南邵阳人。"叔叔边吃边说,"我来崇安是想找到组织,我想参加新四军,拿起武器和日本人干……但是,谁知道去找组织接头的时候,那茶楼已经被国民党特务占据了……于是,我就跑啊,跑到靠背山。特务们整整围了一夜,我想突围出去……最后跳崖……被树枝挂住了,没有死……就被他们捉住了。"

"茶楼?"瘦猴惊呼。

"等下再问。"胖子果断地打断了瘦猴的问话,继续对叔叔说道,"国策兄弟,你真是勇敢,佩服!你被关多久了?其他人呢?你中午说他们被救走了,是怎么回事啊?"

"呵呵,我被抓十几天了,已经过了四次堂,他们已经弄清了我的身份,估计……估计是不耐烦了。其他三个人,12岁的李远星只是打了一个地主崽子,已经被关了一个多月,有人花钱来赎走了。另外两人是赵守正和吴启思。前不久看守所大门口的枪声您知道吧,就是那次把他们两人救走了。现在就剩下我一个人了,估计也要……'走'了……"叔叔有些感伤,明白自己恐怕凶多吉少了。

"上次的枪击事件我们都知道,掌柜的还打探了一番,据说是新四军和崇安地下党的联合行动,还惊动了上级,还说主要是为了救一个'博士',结果救走了几个别的共产党人,'博士'没能救走,倒牺牲了那与'博士'同来的一女的,据说也是共产党……"

英俊小伙的话还没有说完,叔叔猛地盯住他喝问:"你说什么?谁死了?"

"……与'博士'同来的一女的……"小伙小心翼翼地说。

"啊！啊！啊！都是因为我啊！张曼娇，我曾国策对不住你啊！你和我同来崇安，却不料你为了救我，居然牺牲了自己的性命……你怎么这么倔强啊！"叔叔不敢大声，可压抑着的痛苦失声却叫所有人更加心碎。几人从他的痛苦中感受到了曾国策对死去的张曼娇的深情厚谊。男人有泪不轻弹，只是未到伤心时。伤心时的泪水，怎么也无法停止！叔叔怎么也没有想到，当日那么大的动静，居然主要就是为了救自己！

等到曾国策哭累了，胖子才轻轻地说："原来你就是'曾博士'啊！原来他们救的就是你！"

过了一会儿，胖子继续问道："曾国策，你……你开始说的茶楼，是哪个茶楼？可以说说吗？"

"闽江茶楼。"

"啊？我们掌柜的就是闽江茶楼的老板！"高大汉子脱口而出。

"什么？您就是闽江茶楼掌柜的？"叔叔目瞪口呆。

"一位也是客，宾至如归。"

"老板好客，朋友重义。"

"空气在颤抖,仿佛天空在燃烧。""是啊,暴风雨就要来了。"

"哈哈哈……""哈哈哈……"两人相视大笑起来。

"嘘，小声点。"掌柜的赶紧收声说道。

"请问您贵姓？"

"免贵姓薛。"

"薛掌柜，没想到没能在茶楼相见，倒是在牢房中相识了。这也是缘分啊！"叔叔苦笑不已。

"只是没来得及警示同志们,害得不少同志被捕了,也包括'曾博士'你啊。"薛掌柜摇头叹息,"我们闽江茶楼四个人都关在一起了,这样也好,而且通过关系,我能够随时出去走走,他们几个有时候戏称我是'双面间谍'。呵呵。"

英俊小伙赶紧说道:"您不是'双面间谍',您是坚定的马克思主义者,您是坚强的中国共产党党员!"

"去,去,又来这一套。"薛掌柜转过头对叔叔说,"现在是营救失败了,你有什么想法?"

"请薛掌柜告诉组织,我曾国策决不会贪生怕死,决不会出卖组织。既然营救失败了,就不用浪费资源组织营救了。而且我估计敌人已经不耐烦了,'人生自古谁无死,留取丹心照汗青'……"叔叔语气坚定地说。

"唉,我会把你的情况告诉组织的,我们等到组织的决定吧。但是千万不要泄气,天无绝人之路,总还是有机会的。"薛掌柜安慰道。

"我相信,共产主义必胜,中国共产党必胜。"叔叔与四人交换了眼神,"夜已经深了,我们休息吧。"

"嗯,我们还是把墙洞先堵起来吧。"薛掌柜拿起墙砖。

时间无惧一切,第二天如期到来。

"哐",牢房门打开,狱警鱼贯而入。

"曾国策,该你了。跟我们走吧。"那个最后一次审讯叔叔的高大威猛、目露凶光的汉子面无表情地说道。

叔叔走出牢房,他明白,他现在正站在生与死的十字路口,可是他没有办法逃避,也不能回避。叔叔清楚作为一名共产党员的使命：为了国家和人民，不惜牺牲一切，包括自己的生命！

"曾国策，好样的！"隔壁牢房的高大汉子大声喊道。

"曾国策，好样的！"许多人大声呼应。

这是一个风和日丽的日子，叔叔和多名共产党人被带到了刑场，周围是全副武装的狱警和军队。微风吹拂，阳光照耀在头盔和刺刀上发出刺目的亮光。

叔叔面朝着阳光，满面微笑。这时他想起了亲人——我的爷爷奶奶，我的爸爸妈妈，我的叔母。是他们给了他生命，给了他无微不至的关爱，给了他勇敢前行的动力。可他还没来得及回报他们就要与他们分别，从此阴阳相隔，真正令人心痛！他想起了宋作民、敖振民、彭柏林、谢竹峰、李化之，这些在他生命中与他拥有共同的信仰、一路砥砺前行的共产党人，给了他必胜的信心，给了他前行的目标。可漫漫征途荆棘密布，许多共产党人正是在这荆棘密布的漫漫征途中流尽了身体里的最后一滴血。他们的血不会白流，他们用鲜血和生命蹚出来的道路，是为更多的革命者开辟出胜利的康庄大道。沿着这条道路，中国革命必将走向最后的胜利。叔叔知道，自己就是这开路先锋之一。

这是一个风云激荡的年代，但总有人能够坚定前行，成为勇士；这是一个浊浪滚滚的时代，但总有人能够逆流而上，成为英雄；这是一个迷雾重重的时代，但总有人能够拨云见日，成为先驱。

我的叔叔为自己的努力感到高兴，更为自己的身份感到自豪！

为人民而死，为党的事业而死，这是无上的荣耀！

"打倒日本帝国主义！"

"打倒国民党反动派！"

"中国共产党万岁！"

在高呼口号之后，叔叔感到面前的阳光变成了血红色，就像一整面鲜艳的红旗，而自己正奋不顾身地扑向红旗的怀抱⋯⋯

"连长，连长，有消息了。"小武急匆匆跑进小屋，对连长黄辉说道，"薛掌柜传来消息，曾国策今天上午和其他人一起被带到刑场，已经⋯⋯已经被杀害了。"

"什么？已经被杀害了？"连长黄辉猛然站起，又颓然坐下，"'曾博士'，多好的一位同志啊⋯⋯"

叔母晕倒以后，身心俱疲，精神不振。我们全家都陷入焦灼不安之中。爷爷奶奶经常发呆，父母亲则每天出门打探，看有没有来自福建的消息和信件。

这一天，父亲终于收到了通知，是一张退款单，家里寄到福建的200银圆被退回，回单附言：查无此人，退回。当父亲把退款单拿给爷爷奶奶看的时候，爷爷奶奶愣住了："这怎么可能呢？这怎么可能呢？"一声声的呢喃，撞击在所有人的心头，包括我的精神萎顿的叔母。爷爷奶奶的声音由高向低渐渐逝去，仿佛是那希望的曙光被无情的阴霾慢慢吞噬，叔母的脸色也由潮红转向苍白。寂静无声，只有无声的眼泪滑过苍白的脸颊⋯⋯

"不，不会的！我明白了。"突然，叔母惊叫起来，"章哥是地下党员，是党的干部，我们党为了保护他，故意⋯⋯故意放出风声，说他牺牲了，为的是……为的是让敌人不再注意他了！对不对，对不对？妈妈……爸爸……哥……嫂子，对……不……对……"说完这段话，叔母已经脱力……

爷爷、奶奶、父亲、母亲心情沉重、相对无语，虽然有叔母说的这种可能，但只怕希望渺茫。时间是最好的裁判，现在唯一能做的就是等待，等待时间来还原真相、证明一切。

1949年10月1日，中华人民共和国成立。10月10日，邵阳解放。顽强的叔母一直在等待，等待叔叔回家，等待叔叔的拥抱。可是，一直到1950年，叔母也没能等到叔叔回家。多年的期盼终于破灭，叔母一病不起。1956年，谢竹峰来到我家看望叔母，带来了一张由中央人民政府颁发的烈士证，证实了叔叔为革命光荣牺牲的事实。他劝叔母去长沙修养，去长沙工作，换个环境生活，叔母没有同意。失去了亲爱的人，她哪里也不想去，只想安心地住在自己家里，和自己的妹妹住在一起。1956年，在政府的关怀下，叔母搬到县政府安排的房子邵东胜利街居住。一直到1986年，叔母病重，想回流泽老家，6月20日大哥曾小山带着我们兄弟，把叔母从邵东宋家塘姚家院子接回流泽自己家里新仁堂。7月2日，叔母在流泽老家逝世，享年70岁。叔母珍藏的那个笔记本，经过几十年，已经不知所踪……

岁月如歌，余音犹在。我们今天的美好生活，来自革命先辈的负重前行。我的叔叔，我的叔母，是革命者，是革命先烈，他们的奋斗，他们的牺牲，成就了我们今天的辉煌。站在叔叔、叔母墓前，我热流满面、心绪难平。我可爱、可敬的叔叔、叔母啊，现在的中国已是繁荣富强、国泰民安，这盛世已如你们所愿，只是未能让你们亲眼看见！苦难已经过去，辉煌已经铸就，我们必定继承好你们的革命斗志，传承好你们的红色基因，在新时代不断奋斗、砥砺前行！

◎ 曾日章终归故里

曾日章年谱

在三民中学读书时的曾日章　　担任中共邵阳县委书记时的曾日章

1916年

4月8日（农历三月初六日）　　曾日章出生于湖南宝庆大东路牛客祖仁让堂（今湖南省邵东市流泽镇大坪居委会仁让堂）。仁让堂大门两旁廊柱上镌刻的"仁亲为宝，让畔而耕"的对联，就是第16世祖曾子鹤修建这个院子的初衷。曾日章的父亲曾夏道，字祥生，1887年4月12日，丁亥正月三十日出生。母亲邓氏，1885年乙酉正月二十八日出生。父母克承祖风，开荒拓地，广饲牲畜，经年积蓄，家道殷实。曾日章兄弟仨人，排行老幺。大哥曾耀章，1909年4月23日，己酉三月初四日出生。二哥曾敬章，1913年3月19日，葵丑二月初一日出生。曾日章号理之，又名曾国策，参加革命工作后，曾用名曾智，化名刘佩佩、金品。

1919 年

春 3 岁的曾日章睿智聪慧,入祖父曾承恩开设的塾馆启蒙。曾延赐字承恩,1865 年 5 月,乙丑四月十二日出生,系清朝廪生,主业教徒,以儒术治家,但凡举止皆依朱子。曾承恩博览古籍,不拘章句,所设塾馆仿清代书院教程,每天多死记硬背八股。曾日章在祖父的塾馆里熟读《三字经》《百家姓》《幼学珠玑》《增广贤文》等蒙学典籍,凸显聪颖炫曜天资。

1922 年

春节过后 6 岁的曾日章入化鲁斋学堂读书,化鲁斋学堂离仁让堂近 2 公里,其前身是曾日章十四世祖曾席上耗 30 亩沃地创建的化鲁斋学馆。曾席上字毓珍,1731 年 9 月 14 日辛亥八月十八日出生,一生"勤、俭、朴","积资垒万",富甲一方后兴办学馆,传为佳话。曾日章进入学校迟,但悟性极强,天生是块读书的料,其父母一心想让他"读书及第,光宗耀祖"。在化鲁斋学堂,曾日章每门功课都很拔尖,小学课程基本上不能满足他的求知欲望。

1925 年

年近 9 岁的曾日章代父亲参加同善堂董事会议,在会上发表讲话,得到与会代表一致好评。

1926 年

春节后 曾日章在化鲁斋学堂读书,成绩优异,得到学堂的重视和表彰。

1927 年

5 月 29 日 震惊三湘的团山惨案发生。当天深夜,被国民党团防局局长尹伊仲收买的叛徒佘德贵、金希贤、陈秀清，将率领10万农军准备赴长沙攻打马日事变罪魁祸首许克祥的宝庆农民协会副委员长刘惊涛及共产党人、农民运动骨干雷毅庵、邬建龙、李柏青、李畴、吴伯屏、石纯、萧金城等8人杀害。此后，县长骆鹏与当地土匪头目陈光中勾结，组织豪绅、官吏复辟，整个宝庆笼罩在白色恐怖之中。年仅11岁的曾日章还不懂得革命的大道理，但从父亲和二哥的谈话中得知，刘惊涛等人是为劳苦大众翻身得解放而牺牲的，是广大人民景仰的英雄。

夏　曾日章由化鲁斋学堂改从曾夏梅塾师学古典文学。

1928年

夏　曾日章入稽古学校读书。稽古学校就是原来的稽古书院，坐落在牛客祖桃斯冲凤形山腰，创建于清咸丰四年（1854）。道光年间，凤形山仙峰寺和尚行为不轨、为患乡里，桃斯冲大士绅赵昌盛见义勇为，召集亲义、安平、太一三乡大士绅，将寺庙和尚驱散，没收寺产，由赵德祥、刘文煌等捐款、附近的士绅和殷实人家集资，利用寺庙原有房屋，创建稽古书院，书院大门题有"做工非专门为我，读书是预备作人"的对联。曾国藩高中进士后，曾来拜访曾日章十七世太祖曾瑞堂，为曾瑞堂母亲九皋公夫人李氏撰写《慈荫亭记》，为书院题写匾额。1920年，国民政府改旧书院为新学堂，稽古书院更名为稽古学校，唐端生被推选为首任校长。曾日章进稽古学校时，校长是安平乡士绅蒋南甫。蒋南甫思想开明，倾力教育事业，但因蒋介石在上海发动四一二反革命政变，许克祥在长沙发动马日事变，邻乡团山又发生团山惨案，以致教师无心教书，学生大量流失。曾日章在稽古学校算是"混"了一年日子，恨不得早点离开这里。

1929年

暑期　曾日章与发小曾泳沂考入其堂舅熊冲在南京创办的三民中学初中班读书。熊冲（1893—1944），字坤山，邵东廉桥安平乡人。中学期间加入同盟会，投身革命运动，是孙中山三民主义的忠实追随者。1922年毕业于北京大学，开始从政和从事学术研究，不仅是国民党政府要员，还是南京大学教授、著名的气象学家。熊冲目睹西方列强侵略中国，国家危机日甚，抱着教育救国兴国的信念，毅然弃政从教，于是年春在南京发起创办三民中学。三民中学是中国近代史上第一个以"三民主义"寓意命名的学校，得到21名国民党元老和政要的支持。熊冲与蒋介石、胡汉民、于右任、戴季陶、邵力子、朱培德、陈果夫、陈立夫、赵戴文、王陆一等11人组成董事会，被推选为校长。三民中学开设初中和高中课程，男女学生兼收。首招男生300人、女生100余人。校址坐落在清凉山麓、乌龙潭畔曾国藩纪念祠——曾公祠内。1937年，上海沦陷，南京告急，熊冲将三民中学搬迁到邵阳城内沙井头复课，学校更名为私立南京三民中学邵阳分校。后避日机轰炸，迁至东乡流泽所，借曾氏宗祠上课。1942年，复在廉桥柑子山新建校舍。1943年，日寇第4次进攻长沙，三民中学又迁到隆回金潭乡石湾村。1945年9月，日本战败投降后，熊冲胞弟熊梦将学校迁回廉桥。抗战八年，熊冲的三民中学六易校址，历经艰辛，辗转万里，可见熊冲、熊梦兄弟培养救国人才之决心。这是后话。曾日章在三民中学学习、生活了5个年头，受三民中学进步师生的影响，思想发生了很大的转变，立志要为劳苦大众谋求幸福。

1930 年

在三民中学,曾日章结识了一批思想进步的老师和同学,在他们的影响下,接触到了很多进步书刊。三民中学名义上由国民党众多"大佬"掌控,但实际上爱国爱民族、拥护共产党的思潮涌动,杨联珍、管欧、李柏荣、李国钧等进步教师先后在三民中学任教,为广大学生带来了新的思想。曾日章每次从老师或同学手里借到一本进步书刊,都如获至宝,废寝忘食地阅读。

1931 年

9月18日　深夜,日本关东军铁道"守备队"炸毁沈阳柳条湖附近的南满铁路路轨(沙俄修建,后被日本侵占),栽赃嫁祸于中国军队。日军以此为借口,炮轰沈阳北大营,是为九一八事变。九一八事变又称奉天事变、柳条湖事件,是日本在中国东北蓄意制造并发动的一场侵华战争,是日本帝国主义侵华的开端,它同时标志着世界反法西斯战争的开始,揭开了第二次世界大战东方战场的序幕。事变发生后,熊冲在学校发动800名师生成立"铁血团",编成游击和宣传两队,游击队由宋铁臂率领,宣传队由李新民率领,熊冲自任总指挥,浩浩荡荡出关杀敌。曾日章与曾泳沂踊跃报名参加了"铁血团"游击队,跟随熊冲奔赴前线抵制日寇。

12月　曾日章随"铁血团"指战员冒严寒抵达热河,与黑龙江省政府代理主席兼军事总指挥、著名爱国抗日将领马占山部取得联系,获得装备,在吉林与日军接火,失败后转移至黑龙江与敌展开游击战。

1932年

2月　国民政府电令"铁血团"旋师复课，熊冲振旅南归，曾日章随部返回南京，继续投入紧张的学习。这次出师抗敌，让曾日章成熟了许多，心中为民族解放奋斗终身的信念更加坚定。

父亲曾祥生与叔叔曾吉生兄弟俩人合伙修建继让堂。曾日章利用学校假期时间参加劳动，勤奋努力深得长辈们的赞赏。

1934年

秋　苏籍教师薛颂棠作风恶劣，欺压家境贫困学生。曾日章带领同学群起申讨，反对不平等教育，一时掀起激烈学潮。当局恐事态扩大，强行开除曾日章学籍。全校进步师生欲罢课声援，曾日章恐耽误同学学业极力阻止，一个人悄然离开学校，回到家乡宣传马克思主义和党的进步思想。

12月　中央红军血战湘江，强行突破敌人第四道封锁线后，于12月5日从广西资源进入邵阳城步境内。8日，红三、五、九军团经茶园，翻越城步老山界，到达南山宿营，后转道通道境内。中央红军翻越老山界一带用了7天时间，行程332公里，沿途打富济贫，镇压土豪劣绅，开展革命宣传，赢得广大老百姓信任与支持，扩大了红军的政治影响。曾日章早就向往红军，听到红军翻越老山界的消息后，悄悄地与同学彭柏林商量，决定赴城步投奔红军，但因彭柏林叔父彭昆光（彭柏林幼时父母双亡，由叔父抚养成人）极力阻止，未能完成心愿。

1936年

6月　大哥曾耀章因长期患病医治无效逝世，终年27岁。曾日章一时陷入极度悲痛之中。

夏　曾日章与同学刘擎天结为伉俪。刘擎天字桂淑，又名刘惊天，1916年农历十一月二十一日生于宝庆东乡黄陂桥式好堂（今邵东市大禾塘街道办事处马足堂村）。父亲刘穆阶，字隆后，1899年农历三月二十日出生。母亲赵氏，1893年农历十一月四日出生。父母忙时事农闲时小本经营，平生积攒不少家产，倾全力送子女求学，盼子女成龙成凤。刘擎天兄妹四人，排行第二。哥哥刘崇高，号伯仪，1914年农历九月十三日生，民国时期任职于湘潭田粮处，新中国成立后在邵东县工商部门工作。大妹刘芝桃1928年农历八月十九日出生。小妹刘群，1932年农历五月八日出生。

1937年

7月7日　夜，驻北平丰台的日本侵略军河边旅团第一联队第三大队第八中队，由中队长清水节郎率领，在卢沟桥以北地区举行以攻取卢沟桥为假想目标的军事演习。11时许，日军诡称演习时一士兵离队失踪，要求进城搜查。在遭到中国驻军第二十九军第三十七师二一九团团长吉星文的严词拒绝后，日军迅即包围宛平县城。8日凌晨4时50分，日军向宛平县城猛烈攻击，强占宛平东北沙岗，打响攻城第一枪。这就是揭开全国抗日战争序幕的卢沟桥事变。消息传到邵阳东乡，人们对日寇的侵略行径感到无比的震惊和愤慨。曾日章召集乡民声讨日本侵略军，强烈要求抵御外侮，保卫祖国。

8月　曾日章加入中国共产党。

9月25日　为配合第二战区友军作战，阻挡日军攻势，八路军一一五师师长林彪、副师长聂荣臻根据中共中央军委指示，率领所部临危出征，在平型关充分发挥近战和山地战的特长，与日寇号称"钢军"的板垣征四郎第五师团第二十一旅团一部及辎重车队浴血死拼取得首战胜利，有力地配合了阎锡山负责的第二战区正面战场的防御作战，迟滞了日军的战略进攻。邵阳东乡人民闻讯后欢欣鼓舞，纷纷集会庆贺。曾日章从二哥曾敬章的南货店取来长挂鞭炮，当街鸣放，庆祝平型关这一伟大的历史性胜利。

10月17日　从平、津、沪、宁等地撤退来湘的中共党员和一些进步青年、文化人，与长沙文化界人士汇合，在长沙第一师范礼堂，举行湖南文化界抗敌后援会（简称湖南文抗会）成立大会，选举吕振羽（中共党员）、李仲融、田汉、翦伯赞、张天翼等23人为理事，谭丕模（中共党员）、曹伯韩、魏猛克、杨荣国等11人为候补理事，推选吕振羽、李仲融、廖伯华、陈润泉为常务理事。文抗会成立后，组织讲演队、歌咏队、街头剧队、壁报团、慰劳队、难民指导委员会、读书会、时事讲座会、战时常识训练班，创办会刊《抗战文化》，出版《农村周报》、《抗战小丛书》等书报，通过多种形式宣传共产党的全面抗战路线，慰劳伤兵难民，指导民众开展抗日救亡活动。不几日，湖南文抗会邵阳分会成立。曾日章从同学的来信中得知邵阳分会成立的消息后，专程到邵阳申请加入组织，积极参与邵阳分会活动。此后短短4个月之内，湖南文抗会成员由600人发展到1000多人，受其直接领导和影响的救亡组织达35个，形成了一支分布于全省各地浩浩荡荡的抗日救亡队伍。翌年2月文抗会第二次会员大会后，国民党湖南省党部逐步控制文抗会的领导权，并加紧了对进步人士的排挤和迫害。为保存革命力量，同年8月，根据中共湖南省委的决定，处境危险的文抗会骨干实行转移，湖南文抗会便趋于解体。

下半年　曾日章与进步知识分子曾鲁、邓玉泉、唐典、彭柏林、刘松、赵学礼、曾泳沂、张大野、赵楚卿、赵廉逊、赵菊秋、赵会文等人在李化之组织邵阳地下工作第一站的萃英学校成立廉桥青年读书会，组织周边青年阅读《新青年》《向导》《七月》《中国社会性质问题论战》等红色进步书刊，宣传以国共两党合作为基础的抗日统一战线。

1938年

2月　从延安返回湖南、1926年加入中国共产党的李化之，甫进东乡，就迫不及待地联系同乡好友曾日章。李化之1909年出生于宝庆大东路杉树坪（今邵东市大禾塘街道办事处杉树坪村），与曾日章老家仁让堂相距不过十里，两人自幼相识。1937年底，李化之随徐特立、高文华从延安返回湖南开展抗日救亡运动，不久即受中共湖南省工委委派回邵阳工作。李化之回邵阳想到的第一个人就是曾日章，他要与曾日章一道开展革命工作。

是月　从上海回邵阳的进步知识分子敖振民，邀集李化之、唐旭之（又名唐麟）、谭涤予等人，筹集资金400块银圆，在邵阳兴记皮庄谢宅创办四开日报——《真报》。其报头由八路军驻湘代表徐特立题写，湖南文抗会派地下党员杨卓然担任主笔，4月21日正式出版发行。《真报》利用其在国民党个别开明人士手里弄来的合法发行权，巧妙地宣传党的抗日救亡方针、政策，刊登了很多关于我党抗战的消息、通讯、评论和社论。《真报》筹备肇始，李化之将曾日章介绍给敖振民、唐旭之、谭涤予等人，曾日章成为《真报》主要筹备人之一。

5月　赵勤担任本乡抗敌后援支会常务委员，特意邀请擅长演说和书写的曾日章负责出版壁报。曾日章不辞劳累，每天夜晚编辑抄写壁报，第二天天不亮就起床，将壁报贴遍六合亭、三塘坳、三斯堂等地，唤起民众抗战觉悟。

6月　曾日章利用贴壁报时和老百姓建立的联系，与赵勤在六合亭创建六三图书室，自己掏钱购买了300多册马列主义政治经济学书刊和抗日通俗读物，借给进步青年阅读。据当时登记，来六三图书室借阅革命书刊的进步青年，最多的一天有80多人，借走图书100余册。

8月　经中共湖南省委批准，中共邵阳县委成立。唐旭之任县委书记兼宣传部长，邵另人任组织部长。这意味着湖南省委非常关注邵阳的建党工作，饱受教育、思想进步的曾日章浑身充满了力量。

是月　中共邵阳县委根据中共中央《关于大量发展党员的决议》，委派李化之到邵东境内开展以建党为重点的抗日救亡工作。李化之回家乡黄陂桥杉树坪后，以萃英学校廉桥青年读书会进步知识分子为发展对象，进行建党教育。曾日章与赵勤（赵竞之）、唐春琴、彭柏林、刘松、赵学礼、曾泳沂、张大野、彭俊文、赵楚卿、赵廉逊、赵菊秋、赵会文等人协助李化之创建中共廉桥支部，隶属中共邵阳县委直接领导。是为抗战时期邵东境内第一个地下党组织。

是月　曾泳沂、赵会文、彭柏林加入党组织后，当即回流泽所开展党建工作，先后发展赵慕贤、赵卫、曾小阳等人加入中国共产党，建立中共流泽所支部，隶属中共邵阳县委。曾日章极力支持曾泳沂担任流泽所支部书记，帮助曾泳沂开展工作。

是月　曾日章经常没日没夜在外协助曾泳沂开展党建工作，引起妻子刘擎天的注意。每当曾日章深夜拖着疲惫的身子回到家里时，刘擎天总是坐在煤油灯下等候，总会立马起身端上热气腾腾的饭菜送到曾日章面前，还为曾日章打来洗脚水泡脚。看到如此贤淑的妻子，曾日章再也无法隐瞒自己所从事的革命工作，于是将自己已加入中国共产党的事悄悄地告诉了刘擎天。哪曾想，刘擎天听到后，强烈要求曾日章也介绍自己加入党组织。就这样，刘擎天在曾日章的介绍下，加入了中国共产党，成为中共流泽所支部的一名地下党员。曾日章与刘擎天是邵东境内我党第一对夫妻地下党员。

9月15日　有"南方抗大"之称的塘田战时讲学院正式开学。受中共邵阳县委选派，曾日章参加了讲学院第一期学习。这年6月，湖南省文化界抗敌后援会研究部主任吕振羽向省委和八路军驻湘代表徐特立建议，在武冈县塘田寺（今属邵阳县）创办讲学院，培训基层抗日干部。为了团结各方面人士共同抗日，减少阻力，争取学院的合法存在和发展下去，讲学院决定按照党的统战政策，利用当时湖南国民党内CC派、复兴派、何键派之间的矛盾，邀请国民党中央政府司法院副院长覃振（覃理鸣）任院长，湖南省参议会议长赵恒惕任董事会董事长。讲学院校舍是塘田寺对河、芙夷水畔清末中宪大夫、太子少保席宝田（东安人，靠镇压湘、桂、黔边界少数民族暴动起家）的塘田别墅，第一期招收学员120余人，编为研究一班、研究二班和补习班。曾日章被编在研究一班。

是月底　根据讲学院"深入社会，深入民众"的要求，曾日章与同学们组建抗日救亡宣传队，抽取时间和精力参加社会活动，到周边的广大乡村、集市宣传抗日，在塘田寺街上、周家村、水西唐家、油塘李家等地开办儿童识字班、成人识字班、妇女识字班和民众夜校，启发群众觉悟，鼓舞群众抗日斗志。

10月　讲学院根据形势的发展，陆续派遣学员回乡，以乡村小学为中心，建立抗日救亡活动据点。曾日章与申苏民（又名申剑涛）、杜启基、杜启贤、彭俊文等东乡籍同学回到家乡，建立青年抗战服务团，在宋家塘、范家山、廉桥、火厂坪、两市塘、水东江等地建立了20多个文化宣传站、民众阅览室、民众夜校和歌咏队、救护队，发展团员700多人。

10月底　讲学院负责人吕振羽发动师生参加共产党领导的进步青年组织——中华民族解放先锋队（简称民先队），曾日章不但自己率先报名，而且在老家廉桥、团山、火厂坪一带发动60多名青年加入了这一组织。

11月初　中共邵阳县委根据李化之已领导建立廉桥和流泽所两个支部的实际情况，指示李化之建立中共廉桥区委，任命赵勤为区委书记，曾日章为宣传委员，彭柏林为组织委员。中共廉桥区委有党员30多人，其中区委机关有党员7人，是中共邵阳县委直辖的唯一一个农村区级党组织，成立时间早于邵阳城关区委，是邵阳县委领导的第一个区级地下党组织。

同期　曾日章、申苏民、杜启贤等讲学院学生在老师雷一宇的指导下，在火厂坪成立了青年抗战服务团，发展团员700多人。服务团有30多名骨干后来加入了中国共产党。

同期　曾日章与李化之、赵勤、彭柏林等人在廉桥开办明月楼饺面馆。这里很快成为廉桥区委的活动据点，区委30多名党员每天乔装打扮，在廉桥街上办图书室、出墙报，宣传抗日，发展抗日民族解放先锋队队员，吸收先进分子加入中国共产党，为党的事业作出重大贡献。

11月中旬　受李化之委派，曾日章会同区委书记赵勤到三斯堂（今流泽镇六合亭村境内）开展建党工作，相继发展赵毅（又名赵求淑，化名张启宜）、赵四求、赵画屏、赵戒芝、赵绿波、赵爱吾（又名赵修甲）、赵彭南（又名彭满秀，人称泽五奶）、赵端容、赵启仁、赵娥真、唐兰英（人称哲五娘）等人加入中国共产党，成立中共三斯堂支部，直属中共廉桥区委领导。曾日章力举赵毅担任三斯堂支部书记。

11月下旬　长沙文夕大火后，为了保存革命力量，八路军驻湘通讯处在周恩来、叶剑英的指挥下，由长沙经沅陵迁往邵阳。同时迁来的还有中共湖南省委、长沙市委、省青委、文化界抗敌后援会、中华民族解放先锋队、《观察日报》社等中共组织、机关和团体。博古（秦邦宪）、叶剑英、徐特立、王凌波、任作民、高文华、杨第甫、帅孟奇、聂洪均、郭光州、王涛、袁学之、蔡书彬、李锐等100多名党的优秀干部和领导人先后来到邵阳，以八路军驻湘通讯处为掩护，从事抗日救亡革命活动。徐特立以八路军驻湘代表身份做上层人士的统战工作，王凌波担任通讯处主任。八路军驻湘通讯处驻扎下来后，曾日章、赵勤等人陪同李化之，在一天深夜赶到通讯处驻扎地邵阳县城（今邵阳市）东门外回澜街两路口曾家院子，向通讯处汇报工作。李化之与通讯处许多负责人在延安时就认识，1937年底还随徐特立、高文华从延安返回湖南开展抗日救亡运动。老熟人见面自然亲热，他们相互嘘寒问暖，手拉着手久久不肯松开。在这里，曾日章见到了博古（秦邦宪）、叶剑英、徐特立、帅孟奇等老一辈无产阶级革命家，深受他们的革命精神感染，更加坚定了为党的事业奋斗终身的革命意志。

11月29日　随八路军驻湘通讯处和中共湖南省工委迁来邵阳的《观察日报》正式复刊，报社设在离城区较远的鼓楼亭陈氏乡堂内。该报名义上为私人主办，实际上是湖南省委的机关报，由省委负责人聂洪钧、蔡书彬直接领导，完全按照《新华日报》的宗旨办报，发表了大量的抗战新闻，宣传我党抗日救国的方针政策，还全文刊登了毛泽东同志的《论持久战》《论新阶段》等著作，因而引起国民党反动派的极端仇视。翌年4月18日，邵阳反动当局以未办理登记手续为由，强行将《观察日报》封闭。《观察日报》复刊出版的当天，曾日章想尽办法弄到了一张散发着油墨香味的报纸，如获至宝，一口气读完了上面刊载的全部内容，还与廉桥区委的其他同志交流了读报心得。以后每期《观察日报》，曾日章都是通篇览读，也正是通过《观察日报》，曾日章全文阅读了毛泽东同志的《论持久战》和《论新阶段》等著作，写下一万余字的学习笔记。

11月底　在湘西大庸加入党组织的李仁回乡投奔廉桥区委。曾日章得知李仁在老家受人尊重、是颇有名气的读书人后，委派李仁回老家发展党员。李仁按照曾日章的要求，在老家保厘乡（今邵东市两市塘办事处湖塘村一带）发展了一批党员，成立了中共两市塘支部，李仁任书记。曾日章在宋家塘姚家院子开办纱厂时，李仁带领两市塘支部的党员参加纱厂工作，全部转入柳公桥支部。

11月　曾日章在小东路主要交通驿站水东江，组织中华民族解放先锋队和青年抗战服务团成员，开展墟日文艺演出，宣传党的抗日方针政策。水东江地处邵阳、衡阳、祁阳"三阳"交界之处，水路、陆路交通较为便利，国民党反动派的控制也因路途遥远而相对弱一些。这里每5天赶一次墟场，每场有上千人。每次墟日的先天晚上，曾日章组织人员在水东江街上张贴标语、墙报、漫画。墟日当天，选一处过往行人多的地方，演出《放下你的鞭子》《打鬼子去》等剧目，深受群众喜爱。

12月初　曾日章、赵勤等人组织成立出征军人家属优待委员会，发动周边各祠堂不办冬至酒（祭祖），将办酒的钱粮捐献出来优待军人家属，得到各族长老支持，共筹集稻谷20担和一大批御寒衣物慰问军属。

12月中旬　曾日章受李化之委派，到八路军驻湘通讯处驻地向徐特立、高文华、王凌波汇报东乡党建工作。徐特立等人对东乡在短时间内就建立起邵阳县第一个区级地下党组织表示充分肯定，指示曾日章回去后要巧妙地隐蔽自己，保存革命力量，坚持与敌人斗争到底。

12月30日　邵阳各界民众在火神庙（今资江小学内）举行"反汪锄奸"大会，申讨汪精卫叛国投敌的丑行，曾日章率领中共廉桥区委部分党员和廉桥、流泽所、火厂坪一带的20多名进步青年参加了大会。起因为12月29日，汪精卫在越南河内发表臭名昭著的"艳电"，宣称愿以日本首相近卫文麿提出的"善邻友好、共同防共、经济合作"三原则进行谈判，公开投靠日本侵略者，引起了广大国人的共同愤慨。大会上，曾日章聆听了八路军驻湘通讯处高级参议徐特立发表的慷慨激昂的演说，进一步明白了抗战必胜的道理，进一步坚定了抗战到底的斗志。

12月末　明月楼酒家遭国民党邵阳县特派员卿国魁查封，曾日章、李化之、赵勤、彭柏林等人被迫转移。他们组织地下党员赵舜锋、赵旭程、曾泳沂、李仁、彭俊文等人，在棠下桥、周官桥、火厂坪、流光岭、团山、流泽所等地建立联络点，成立多种外围组织，继续宣传党的抗日纲领。一时间，连国民党邵阳县党部都在传说："东乡已经'赤化'了。"

是年底　曾日章跟随李化之、赵勤到流光岭开展建党工作，发展尹如圭（抗战时期担任太一乡抗日游击队队长，解放战争时期担任中国人民解放军湘中二支队司令员）、尹粹甫、尹舫仙等人加入中国共产党。翌年5月，中共流光岭支部成立，有党员7人，尹如圭任支部书记。

1939年

1月1日　中共邵阳县委组织以塘田战时讲学院师生为骨干的邵阳中华民族解放先锋队（简称民先队）的部分队员，在驿传街战时书报供应社举行文艺晚会，演出各种短小精悍的节目，宣传我党抗日方针、政策。曾日章参加了这次文艺晚会，与申苏民、申振中、申伟翼等人领唱《义勇军进行曲》《长城谣》《大刀进行曲》等抗日歌曲，上百名民先队队员合唱，歌声响彻整个会场。

2月初　湖南省工委在曾家院子召开全省第一次扩大会议（当时又称省党代表会议），到会的代表有省委委员、特委和中心县委负责人、县委书记及各抗战团体负责人，约30人，会期5天。省委书记高文华主持会议，中共中央南方局负责人博古（秦邦宪）出席会议并传达中共中央六届六中全会精神。会议选举产生"中共湖南省委"，共选出委员7人，候补委员2人。高文华任省委书记，郭光洲、任作民、徐特立、聂洪钧、蔡书彬、王涛任委员，帅孟奇、袁学之任候补委员。作为中共廉桥区委宣传委员的曾日章，及时向所属党组织和党员宣传贯彻中共中央六届六中全会精神，传达落实省委党代表会议明确的今后工作任务：一是继续深入开展抗日救亡宣传活动，壮大党的队伍，提出了"巩固地发展党的组织"的口号；二是继续举办党训班，加强党员的纪律教育和保密教育；三是开展军事学习，使党员具有游击战争的知识，准备建立敌后抗日根据地；四是派党员军事干部打入地方武装，使其成为抗日同盟军。在此后的一段时间里，曾日章一直围绕省委党代表会议明确的四大任务开展工作。

2月　党代表会议后，中共湖南省委在通讯处楼上举办了3期党员骨干训练班，每期学员10余人，都是从邵阳、湘乡、衡阳、溆浦、宁乡、益阳、岳阳等地甄选来的党的地下骨干力量。受中共邵阳县委派遣，曾日章参加了第一期训练班学习，听取了徐特立、王凌波等人有关《党的性质》《论持久战》《群众路线》《游击战术》等精彩授课。训练班规定，学员不准外出、不准与外界联系、不准互相打听姓名和对方情况。通过这次学习，曾日章的理论水平进一步得到提高。

是月　根据中共邵阳县委指示，曾日章、赵勤、彭柏林到团山开展建党工作。曾日章、彭柏林在与从塘田战时讲学院回乡的地下党员禹竹楼取得联系后，首先发展团山中学进步教师禹问樵加入党组织。后又发展曾新光、禹洁加入了中国共产党，随即成立中共团山支部，有党员5人，禹问樵任支部书记。

3月　团山党支部书记禹问樵组织抗敌后援会会员和中华民族解放先锋队队员编写《晨钟》壁报，五日一期，张贴于流光岭、团山、完善堂、崇山铺、青玉寺等集镇和交通要道，宣传党的抗日救亡主张。曾日章及时与战时书报供应社取得联系，为《晨钟》壁报免费弄来三日一期的《壁报资料》，供《晨钟》壁报编写人员参考，还为《晨钟》壁报图书室购置了《联共（布）党史简明教程》《新哲学大纲》《费尔巴哈论》《论持久战》《论新阶段》等马列毛主席著作160余册和《新华日报》《救亡日报》《观察日报》等报刊10余种。在曾日章等人的鼓励和支持下，《晨钟》壁报由五日一期改为三日一期，在东乡的影响力进一步扩大。

是年春　曾日章、赵勤、彭柏林到太二乡燕子塘、杨塘一带开展建党工作，发展曾智园、曾虎贲等人加入中国共产党，5月建立中共燕子塘支部，有党员6人，曾虎贲任支部书记。

4月20日　国民党武冈县政府发出布告：勒令解散讲学院，湖南省六区保安司令部和武冈县政府派出3个连队的兵力，分别从邵阳、桃花坪、武冈出发，用武力强行封闭讲学院。次日，讲学院发出《塘田战时讲学院全体学生告别武冈人士书》《告湖南全省同学书》《告全国人民书》等。曾日章召集杜启基、申苏民、杜启贤、彭俊文等东乡籍讲学院学生聚会，愤怒控诉国民党反动派的罪行，揭露他们假抗日真反共的丑恶嘴脸。

4月　中共湖南省委在邵阳召开第二次扩大会议。会议进一步总结了前段工作经验和教训,深入贯彻党的六中全会精神,要求全省各级党组织认真区分秘密和群众工作,扭转过去党和群众工作大轰大擂的方式,把群众工作放到合法团体——文化宣传基站里去,并通过各地文化宣传站,开办工人夜校、农民识字班,争取保甲长,发动群众反汪肃奸,反对分裂投降,坚持抗战。会议结束的当天晚上,中共邵阳县委就将省委第二次扩大会议的精神传达到了所辖各地方组织。曾日章参加了县委传达省委扩大会议精神的会议,进一步明确了下阶段的工作任务和工作方向。在接下来的工作中,曾日章广泛动员党员和进步群众,着力建立文化宣传站,开办工人夜校和农民识字班,在廉桥、流光岭一带掀起了"反汪肃奸,反对分裂投降,坚持抗战"的高潮。

5月　曾日章、赵勤、李化之等人向中共邵阳县委汇报了流光岭、团山、燕子塘等地成立党支部的情况,县委当即指示成立中共流光岭总支委员会(简称中共流光岭总支),辖流光岭、团山、燕子塘3个支部,有党员50余人,尹舫仙任总支书记。是为中共邵阳县委领导的唯一一个农村总支委员会。

6月12日　驻平江国民党第二十七集团军执行蒋介石密令,杀害新四军通讯处主任涂正坤和罗梓铭等数人,制造了震惊全国的"平江惨案"。惨案发生后,徐特立等在邵阳以"第十八集团军驻湘通讯处同仁"的名义发表《悼涂正坤、罗梓铭等死难烈士》的文章。第二天下午,曾日章将200余名进步群众召集到三斯堂一块空地里,他站在方凳上,慷慨激昂,给进步群众朗读徐特立撰写的文章,义正辞严地声讨国民党反动派的暴行,呼吁"铲除一切出卖民族利益的叛徒!"

6月下旬　中共宝属工委决定各地党员或就地寻找职业隐蔽，或开辟新的据点，建立单线联系，严格控制接头，以对付蒋介石集团反动派的搜捕。曾日章携妻子刘擎天，联络李仁、吴伯安（又名吴巩）、唐春甫、许泰来、姜红初、姜独芝等10人筹集资金，在宋家塘姚家院子其妻妹刘群家里开办柳公桥纱厂，以纱厂为掩护秘密开展党的活动。

6月　曾日章、彭柏林根据中共邵阳县委的指示和李化之的安排，凭借在塘田战时讲学院与申苏民、杜启贤、杜启基、彭俊文等地下党员是同学的关系，发展申雨露、申光国、周宪章等人加入中国共产党，建立起中共火厂坪特别支部委员会（简称中共火厂坪特支），杜启贤任特支书记。后又发展赵镇常、申能安（又名申筱平）、申振中、曾冬阳、萧钰（又名萧卓）、申伟翼（又名申同生）、李昆仑、杜振绶、周德卿、李武等人加入党组织，党员分布在水东江、佘田桥、火厂坪、棠下桥等地。是为中共邵阳县委直接领导的唯一一个农村特别支部委员会。

7月　中共邵阳县委书记兼组织部长谢竹峰被国民党特务盯梢，处境十分危险，上级党组织安排谢竹峰到曾日章老家仁让堂隐蔽。邵阳县委初驻摇铃巷，后迁青云街，谢竹峰一个人单独住一栋房子，但不知怎么的，严于防范的谢竹峰最终还是被狡猾的特务盯上了。在掩护谢竹峰的十余个日日夜夜里，曾日章夫妇一方面确保谢竹峰的安全，另一方面无微不至地安排谢竹峰的衣食住行。在这里，谢竹峰与前来汇报工作的三斯堂支部书记赵毅相识相知，最终结为革命伴侣。

是月底　曾日章撰写《乡长哥哥当土匪》一文，刊发在《铁报》上，揭露亲义乡乡长之兄为虎作伥、通匪窝盗、鱼肉乡民的罪行。迫于舆论压力，亲义乡乡长不得不下令缉匪，匪盗一时敛迹，百姓称快。

8月1日　5时至7时，国民政府湖南省临时参议会第一届第一次大会在长沙二里牌文艺中学举行开幕典礼，会议选举赵恒惕、陈润霖为正副议长，有参议员和候补参议员73人。由此，湖南省临时参议会正式登上历史舞台。这73名参议员和候补参议员，大多数是国民党走狗，仇视共产党，经常制造白色恐怖，残害革命党人。曾日章听到消息后，无比愤慨，连续撰写了4篇抨击时势的杂文，刊发在李化之受湖南中共党组织委派，与杨卓然、唐旭之、敖振民等人在邵阳创办的《真报》上，旗帜鲜明地揭露国民党反动派的丑恶嘴脸，宣传抗日民族统一战线。可惜的是，这些文章均已失轶。

8月　中共邵阳县委第一任书记唐旭之被国民党特务盯梢，省委考虑其安全，将其调离邵阳，改由谢竹峰担任县委书记。谢竹峰的妻子赵毅是中共三斯堂支部书记，两口子与曾日章夫妇交往甚密，建立了同志加战友加兄弟姐妹的关系。谢竹峰在邵阳工作期间，给曾日章提供了无私的帮助。

9月　为加强宝庆地区所属地下党的工作，中共湖南省委决定，成立中共宝属工作委员会（简称宝属工委，亦称邵属工委、中共邵阳中心县委），管辖邵阳、新化、安化、武冈、新宁、城步、绥宁等县党组织，谢竹峰调任宝属工委书记兼组织部长。中共邵阳县委保留组织机构，书记由此前已兼任县委组织部长的廉桥区委书记赵勤接任。根据工作需要，组织安排彭柏林留驻邵阳张家冲主持县委的农村工作，曾日章担任中共廉桥区委书记。

是月 曾日章组织在柳公桥纱厂工作的地下党员李仁、吴伯安、唐春甫、刘擎天（化名刘佩芝）、赵彭南等人，成立中共柳公桥支部，隶属中共邵阳县委（中共宝属工委建立后，仍保存中共邵阳县委组织机构），曾日章任支部书记。

10月 徐特立、王凌波二人离开邵阳，转移到衡阳，结束了八路军驻湘通讯处和中共湖南省委在邵阳的工作。此前的8月初，国民党第九战区向通讯处发出"湘中腹地，没有设办事处之必要，立即停止办公"的通令。由于顽固派逼迫日甚，经请示中央批准，八路军驻湘通讯处于8月11日停止在邵阳办公，仅留徐特立和王凌波分别以八路军驻湘代表、八路军总部秘书的名义坚持日常工作，其余人员分别前往桂林、重庆等地工作。徐特立、王凌波等人离开邵阳时，曾日章与这些领导人依依惜别，深感肩上的担子更加沉重。

是年冬 曾日章按照中共邵阳县委要求，在妻子刘擎天、妻妹刘芝桃的掩护下，以柳公桥纱厂为据点，组织柳公桥支部的党员和当地的积极分子，积极开展党的秘密活动，宣传抗日救国，揭露国民党假抗日真反共的罪行，将共产党坚持抗战、坚持团结、坚持进步的方针影响到了两市塘、黑田铺、水井头等地。

年底 迁往衡阳的八路军驻湘通讯处和中共湖南省委领导人，分散隐蔽于湘乡永丰镇（今双峰县城）近郊，继续领导全省抗日救亡工作。永丰镇与东乡接壤，山连山水连水，从廉桥到永丰镇相距不过二十几公里，更方便曾日章与省委领导联系。

1940年

1月 湖南以薛岳为首的国民党顽固派根据蒋介石消极抗日、积极反共的方针，对我地下党组织大肆进行破坏，逮捕或暗杀我党干部、党员和进步分子。谢竹峰、唐旭之、曾日章等人被列入黑名单。

2月 李化之受中共宝属工委指派，化名李旋，携妻子彭柳英（化名彭凯），以邵阳义务教育处教员的公开身份，赴新化县开展党的工作。没多久，由于叛徒告密，李化之被捕。国民党新化县警察局局长邹务三奉湖南省保安司令薛岳密杀令，派特务何聿怀将李化之杀害后沉尸资江河。李化之牺牲后，邵阳的革命形势更加严峻，上级党组织安排已经暴露身份的赵勤赴桂林寻找新四军办事处，安排彭柏林接任中共邵阳县委书记。彭柏林大曾日章5岁，与曾日章既是同乡又是同学，对曾日章的工作能力绝对放心。

本月 彭柏林不幸被捕。国民党邵阳县反动头目卿国魁为抓到中共邵阳县委书记而弹冠相庆，但又害怕革命力量组织营救，于是在一个伸手不见五指的夜晚，指使爪牙用麻袋将彭柏林捆绑成"粽子"，丢进资江双清亭下的高庙潭活活淹死。彭柏林遇害后，中共宝属工委任命曾日章为中共邵阳县委书记。前有赵勤暴露，后有彭柏林遇害，这时候接任邵阳县委书记，曾日章明白自己肩上担子的份量。但他没有被敌人的白色恐怖所吓倒，毅然走上了工作岗位。

4月初 廉桥支部地下党员刘松被国民党特务追杀，躲进邵阳城投奔曾日章。曾日章与刘松同庚，都当过教员。曾日章为刘松在高家巷租了一爿小店铺,以经营百货日杂为生安顿了下来。很快,这里就成了中共邵阳县委的联络站。

5月 国民党反共气焰日趋嚣张。中共宝属工委根据中央"隐蔽精干,长期埋伏,积蓄力量,以待时机"的十六字方针和中共湖南省委关于党员干部职业化、社会化的指示,要求各地党员尽快谋求"正当"职业,隐蔽身份,埋伏下来。曾日章组织境内200余名地下党员和广大进步人士,或在城郊,或在山村,或开办手工织袜厂、纺纱厂,或经营饭店、小吃店等,以此为掩护,坚持在白色恐怖下,继续从事党的秘密活动,与国民党反动派展开残酷的斗争。

6月底 受中共宝属工委派遣,以学生身份打入廉桥三民中学高12班的该校地下党支部书记谢国安,因学制期满不得不毕业离校,且有可能已经暴露身份。曾日章听取谢国安汇报后,与廉桥区委决定,由李力行接任三民中学党支部书记,谢国安以最快的速度赴桂林投奔新四军办事处。不料,7月4日晚,谢国安在邵阳中河街谢同胜客栈被廉桥保安团营副彭伯循等4名反动分子绑架,当晚杀害于张家冲一丘甘蔗田里。国民党为掩盖其暴行,第二天在《中央日报》刊发简讯称:"三民中学一新化籍学生因'桃色案'在宝庆城郊被杀。"曾日章看到新闻时肺都气炸了,当即匿名撰文刊发在共产党掌握的《力报》上,揭露国民党反动派的阴谋。

7月底 曾日章将妻子刘擎天接到邵阳县城,组建新的家庭,掩护开展地下工作。他时而装作教书先生,时而装作小商小贩,时而装作挑脚苦力,行走在县城的大街小巷,传达省委和宝属工委的指示,联络各地党员秘密开展活动。

8月初　中共宝属工委要求由邵阳县委选派两名意志坚定的党员,去南乡洞口县开辟新据点。曾日章决定由一直隐蔽在姚家院子纺纱厂工作的女共产党员赵彭南装扮成母亲,由在高家巷经营百货日杂店的刘松装扮成儿子,去洞口县汽车站附近半边街继续以开日杂店为掩护,建立一个新的交通联络站。不曾想,刘松挑着货郎担赴洞口途中,竟被国民党军队抓了壮丁。年已四十的赵彭南没有辜负宝属工委书记谢竹峰和曾日章的期望,在当地进步群众的帮助下,一个人不畏险阻将交通联络站建了起来。洞口沦陷后,赵彭南在与党组织失去联系的情况下,始终坚守在半边街,直到1949年新中国成立,这里一直是我党的秘密交通联络站。

8月中　国民党反动派掀起新一轮反共高潮,大肆搜捕、暗杀共产党员和革命群众,邵阳城乡的斗争环境越来越恶化,敌人的魔爪正伸向曾日章等一批地下党组织负责人。为了保存革命力量,中共宝属工委决定,曾日章暂时撤离邵阳,远赴福建抗日根据地投奔新四军队伍。

8月底　曾日章将妻子刘擎天送回老家继让堂,离家当晚,他与父母及兄嫂彻夜交谈,一再交待父母和兄嫂要坚定革命信心,革命一定能成功,要少买田地少买房,多送子女多读书,共产主义一定能实现,将来建设祖国要更多的优秀人才参与。第二天天一亮,他和申学明、张曼娇三个人经湖南衡阳、江西吉安,直奔福建而去。

曾日章途经福建省崇安县(今武夷山市),遭国民党反动派逮捕,羁押于敌看守所。其兄曾敬章筹巨款直汇崇安监狱,但未能挽回曾日章年轻的生命。

1952年

曾日章遗孀刘擎天从流泽所仁让堂搬到宋家塘姚家院子小妹刘群家居住。刘群一家老少待刘擎天甚好，还将1957年出生的长子姚卫中过继给刘擎天作儿子，改名叫曾卫中。从此刘擎天一直在小妹刘群家一住就是30年。

1956年

10月11日　中央人民政府批准曾日章为烈士，烈士证登记号为"湘烈字第65329号"，烈士生前职务系"中共宝庆县委员会书记"，执证人是两市镇胜利街第九组（今邵东市两市塘街道办事处胜利街居委会第九组）刘擎天。刘擎天当时居住在弟弟刘崇高家里。这里需要说明的是，烈士生前职务系"中共宝庆县委员会书记"属笔误。1928年以前，邵阳县称宝庆县，此后一直称邵阳县无变更。因此，烈士生前职务"中共宝庆县委员会书记"应为"中共邵阳县委员会书记"。

1957年

曾日章二哥曾敬章邀集曾氏家族长老，在曾家祠堂举行继嗣仪式，将曾佑桥过继给曾耀章作儿子，将曾铁桥过继给曾日章作儿子。这样，曾日章有了曾卫中、曾铁桥两个儿子。

1983年

10月1日　国家民政部再次为曾日章颁发《革命烈士证明书》。证明书载明"曾日章同志在抗日战争中壮烈牺牲，经批准为革命烈士。"此证现保存在曾日章嗣子曾卫中家中。

1986年

6月17日　曾日章侄儿曾小山兄弟到邵东人民医院看望叔母刘擎天。刘擎天拉着曾小山的手、噙着眼泪说："小山，我为你叔父单身守寡四十多年，希望我去世后，你们要将我归葬曾家坟山，我要去陪你们的叔叔。"曾小山兄弟满口应承。

6月20日　曾小山兄弟四人将叔母刘擎天，从宋家塘姚家院子接回到流泽，安顿在自己家里居住，精心服侍。

7月2日（农历五月二十六日）　心愿已了的刘擎天在流泽安然离世，享年70岁。曾小山兄弟和养子曾卫中及孙辈们为刘擎天披麻戴孝，为她开路用七举行隆重的葬礼，将她安葬在柿山岭曾家坟山。

2020年

6月　湖南省政协《文史博览》刊登《曾日章：牺牲在寻找新四军的路上》。

2021年

4月4日　曾日章侄儿，湖南省工商联第十届、第十一届副会长，全国工商联第八届、第九届执委，贵州省第十届人大代表，湖南省第九届、第十届、第十一届政协委员曾佑桥，在湖南省政协主办的《文史博览·力量湖南》发表署名文章《叔父曾日章的革命人生》，追忆曾日章光辉而短暂的一生。

6月25日　曾日章侄孙、湖南省娄底市人民政府代市长曾超群在《湖南日报》上发表《烈士证里悟初心》一文，鲜活地讲述了叔爷爷烈士证里的故事，明确表示一定要赓续红色血脉、传承红色基因，扎实走好新时代的长征路。6月28日，《人民日报》

客户端原文转载了这篇文章,标题改为《珍藏一张烈士证书,体悟一代人红色初心,走好新时代长征路》。

10月 中国共产党成立100周年之际,曾日章大侄儿、第十届全国人大代表、天山铝业(股票代码002532)创始人曾小山,率弟弟曾佑桥、曾左桥、曾铁桥及叔叔嗣子曾卫中,在家乡阳和岭下的新仁堂建造大型雕塑《终归故里》,总算圆了曾日章和妻子刘擎天及家乡人民盼君凯旋归来的梦。

附 录

（附录一）

叔父曾日章的革命人生

曾佑桥

我的叔父曾日章，名国策，号理之，1916年出生于邵东流泽镇，21岁加入中国共产党，1940年牺牲于福建省崇安县。

叔父自小天资聪颖，悟性过人，5岁就被祖父送进族人私校——鲁化训蒙，后转入私塾读国学。在老师与家人眼中，叔父是块"读书的料"。1930年9月，他便考入当时办在邵东的南京三民中学（现邵阳二中）。

然而，叔父志不在"读书及第、光宗耀祖"。当时邵东南京三民中学是民国时期第一个以孙中山"三民主义"命名的学校，在这所学校，叔父饱读大量进步书籍，很早就接受了红色思想的熏陶，更是在学校老师、邵东共产党地下组织负责人李化之

（1940年牺牲）的引领下，由一名有革命思想的进步学生成为一名真正的革命者。

由于参与革命活动的原因，叔父很少与家人联系，家人只知道他一直在外，却不知道在干什么。1936年的一天，叔父突然写信给家人，告知他要回家结婚，对象是三民中学的同学，名叫刘擎天（桂淑）。两人都是邵阳地区早期的中共地下党员，是共同的革命理想让他们结成了红色伉俪。

新婚才几日，叔父就"离家外出"，奔赴武冈，佯装去外谋差，实际上是接受组织派遣，跟随李化之去邵阳筹办革命刊物《真报》。那段日子，叔父跋山涉水，穿村走巷，四处宣传革命思想，播撒红色火种。

1937年，卢沟桥事变爆发，日本发动了全面侵华战争，中华民族陷入民族存亡的危机。这一年，叔父全身心投入抗日救国运动中。

1938年6月，中共湖南省工委和八路军驻湘通讯处在邵阳武冈县塘田寺创办塘田战时讲学院，招募临近县乡的热血青年以及从各地流亡到此的青年学子，传讲抗日救国思想，培养革命新生力量。叔父受中共邵阳县委的委派，和邓艾民（解放后任北京大学哲学系主任）等一起前往深造学习。在这个红色的大熔炉里，叔父迅速淬炼成了一名坚定成熟的革命者。

同年11月，八路军驻湘通讯处从长沙迁往邵阳。博古、叶剑英、徐特立、王凌波等100多名党的高级领导干部，先后辗转到此，在八路军驻湘通讯处的掩护下，开展抗日救亡活动。此时的邵阳，已然成为全省抗日救亡革命活动的中心。

与此同时，中共邵东廉桥区委成立，叔父被选为廉桥区委宣传委员。地处湘中腹地的邵东廉桥，素来是商业重镇，三教九流汇聚，可谓鱼龙混杂。叔父虽出身商贸世家，却不曾站过一天柜台。为便于开展地下工作，他与李化之、彭柏林等革命同仁"搭伙"，在镇上开起了明月楼饺面馆、图书馆等。1939年，又在中共邵阳县委的授意下，租借宋家塘姚家院子创办小型纱厂。在这些表面生意的掩护下，叔父与同仁们把地下工作做得风生水起，纱厂的许多普通工人后来都被他们发展成为共产党员和农会的积极分子。

1940年，当时办在邵东地界的中共湖南省委机关报《观察日报》被国民党当局查封。中统特务头子卿国魁坐镇邵阳，厉行白色恐怖，邵阳的革命形势可谓"黑云压城城欲摧"。叔父临危受命，奔赴邵阳，担负邵阳党组织的联络工作。他经常乔扮成乞丐、盲人、脚夫、货郎，使用刘佩佩、金品等化名，辗转于邵阳各地，传递党组织的工作指示，发展民众加入抗日民族先锋队，与日寇和敌特进行斗争。

1940年2月，邵阳县委书记彭柏林牺牲，经组织安排，3月叔叔接任邵阳县委书记。

由于参加活动频繁，露面次数太多，他与一些地下党的同志受到了特务的严密跟踪与监视。鉴于斗争形势日趋严峻，为保存革命力量，湖南省委决定将在白区暴露了身份的部分党员干部转移，一批远派陕西延安，一批近遣闽皖两省，投奔新四军。

1940年6月，邵阳共产党组织遭受破坏，叔父接到党组织的入闽指令，于是先将婶母送回流泽老家，只身前往福建寻找共产党组织。9月24日,在进入福建省崇安县境时,叔父不幸被捕,不久后惨遭杀害,英年24岁。

家中得知叔父被捕入狱的消息后,曾不惜家资多方营救,但等来的是却是悲天噩耗。祖母为此悲痛欲绝,不久谢世;祖父亦因殇子染病,双目失明;婶婶痛不欲生,孀居48载,直至1986年离世。

叔父一生短暂,如流星闪烁,但他那划破黑暗的一束流光,却为后人所景仰。叔父牺牲至今已有整整80年,但足以告慰叔父的是,他们这一辈用鲜血和生命换来的新中国,早已实现国富民强。曾家后人也一直秉承着叔父坚韧不拔、一往无前的进取精神和不怕牺牲、迎难而上的奋斗意志,活跃于商界、政界及其他领域,人才辈出、大有作为,未辱先祖,更不辱使命。

摘自湖南政协《文史博览》

（附录二）

珍藏一张烈士证书，体悟一代人红色初心，走好新时代长征路

曾超群

我家里珍藏着一张革命烈士证书。小时候，爷爷经常会给我们讲起证书背后的故事。

这张证书是1983年10月1日中华人民共和国民政部颁发给我的叔爷爷曾日章的。曾日章是我爷爷的亲弟弟，名国策，号理之，1916年4月出生在湖南省邵东县流泽镇，1935年参加革命，同年加入中国共产党，生前系中共邵阳县委书记，1940年在福

建省崇安县被杀害，牺牲后即葬在崇安。

1956年10月11日，叔爷爷经中央人民政府批准为烈士，证书登记号为湘烈字第65329号。执证人为两市镇胜利街第九组刘擎天，她是我的叔奶奶，是叔爷爷早年在三民中学就读时的同学，也是邵阳地区早期的中共地下党员。叔爷爷牺牲后，她终身未嫁，孀居48年，和带养的儿子相伴走完一生。

烈士证书见证了叔爷爷为革命献身的红色历史，也是我们赓续红色血脉、传承红色基因的鲜活载体。党史学习教育开展以后，我便循着这张证书，先后翻阅了有关史料，并托人到福建崇安等地了解相关情况，查阅中华英烈网、邵阳市志、邵东县革命烈士英名录和相关当事人的回忆录。关于叔爷爷的点点滴滴，一帧一帧串起了波澜壮阔的历史大幕。

有关细节已经不可考证，已经融入中国革命的历史纹理之中。比如叔爷爷牺牲时的身份，有说是邵阳廉桥区委宣传委员，另有说是新四军战士；比如入党时间，有说是1935年，有说是卢沟桥事变爆发后1937年加入的；还比如牺牲的过程，有说是1940年9月24日入闽投奔新四军途中不幸被捕杀害的，也有说是皖南事变中牺牲的。

尽管如此，叔爷爷的形象却越来越立体，心路历程也越来越清晰。他少年求学追求进步，青年入党胸怀天下，面对白色恐怖，服从组织，勇于斗争，为了革命事业不畏牺牲，舍小家顾国家、舍小我成就大我。虽一生短暂，却在我心里树起了永不磨灭的红色丰碑，有如他的理想信仰一般，高远、坚定而纯粹。

追忆先烈过程中，我时常会想，叔爷爷牺牲前的那个晚上，是个什么样的状况,他心里在想什么?又身处在哪里,是在国民党的某个监狱,还是在即将突围的某个阵地?望着监牢黑乎乎的铁窗,是否想过未来会怎样,是否在憧憬革命终将胜利的那一天?一个风华正茂的青年,家境富裕,饱读诗书,人生可选择的道路千百条,投身革命道路是否后悔过?面对重重包围的敌人,家里还有亲人,还有志同道合的娇妻,是否会想起他们,心里有过担忧吗?

随着追忆的不断深入,我的这些问题渐渐都有了答案。作为一名共产党员,无论身处何种处境,什么是应该顾的,什么是不能顾的,什么是顾不过来的,心中应该早已有杆秤。他心里装着的,只有崇高理想和忠贞信仰,只有党的事业和革命道路,只有民族独立和人民解放。

叔爷爷什么都没有留下,除了这张烈士证书和他的革命精神。也许会有点遗憾,他还没跟亲人道别就牺牲了;但他又是幸运的,近代以来全国牺牲的约2000万名烈士当中,还有1800余万名是不可考的无名英烈!

"每一代人有每一代人的长征路,每一代人都要走好自己的长征路。"和叔爷爷他们相比,我们这一代共产党人不需要再面对敌人的刺刀子弹,但是也有各种风险和挑战,有的艰难险阻也让我们备受煎熬和磨砺。叔爷爷他们那一代人"无论什么时候,始终把党和人民的利益放在个人生死得失荣辱之上"的初心永不过时,必将超越时间和空间,代代传承,指引我们走好新时代的长征路。

摘自《湖南日报》2021年6月25日版

主要参考文献

1.《中国共产党历史》第一卷（1921—1949）上、下册，中共中央党史研究室编，中共党史出版社2011年1月出版。

2.《中国共产党湖南历史》第一卷（1920—1949），中共湖南省委党史研究室编，湖南人民出版社2008年6月出版。

3.《中国共产党邵阳历史》第一卷（1919—1949），中国共产党邵阳市党史研究室，邵阳市中共党史联络组，中共党史出版社2006年12月出版。

4.《邵阳市志》，邵阳市地方志编纂委员会编，湖南人民出版社1997年8月出版。

5.《邵东县志》，邵东县志编纂委员会编，中国城市出版社1993年10月出版。

6.《中国共产党湖南省组织史资料》第一册（1920年冬—1949年9月），中共湖南省组织史资料编纂领导小组编，1993年10月印刷。

7.《中国共产党湖南省邵阳市组织史资料》（1925—1987），中共湖南省邵阳市组织史资料编纂领导小组编，中共党史出版社1998年出版。

8.邵阳党史资料丛书第1辑《抗日战争时期党在邵阳的活

动》，中共邵阳地委、中共邵阳市委党史资料征集办公室1985年10月编。

9.邵东党史资料丛书之一《邵东英杰》，中共邵东县党史办、邵东县民政局编，1991年6月印刷。

10.邵东县地方党史资料丛书之八《邵东地下党》，申喜平主编，2011年7月印刷。

11.《狼烟昭阳：邵东人民抗战史》，申喜平、申文杰著，汕头大学出版社2015年9月出版。

12.《邵东文史》第二辑，邵东县政协文史资料研究委员会编，1989年4月印刷。

13.《长夜苦斗记》，谢竹峰著，李举云、李震之协助整理，湖南人民出版社1987年4月出版。

14.《崎岖》，曾佑桥著，中国文联出版社2002年12月出版。

15.《父亲的足迹》，曾佑桥著，中华工商联合出版社2005年10月出版。

16.《民企一帜，曾氏之光——纪念曾氏宏大集团创业25周年》，邵阳市诗词协会、邵阳市楹联学会、曾氏宏大企业报合编，2007年3月印刷。

17.《风雨楼杂俎》，曾泳沂著，1998年10月印刷。

18.《曾氏企业报》1997—2021年版。

19.《湖南省烈士英名录》，2010年版。

后　记

工作之余，舞笔弄墨已成为我的爱好、习惯与追求。2005年，我的拙作《父亲的足迹》出版，得到各方面鼓励，因此备受鼓舞。于是，就开始考虑以类似手法和笔触，为叔叔出书立传。

叔叔的一生跌宕起伏，自参加革命后远走他乡，红色足迹遍布各地。时过境迁，收集叔叔当年浴血奋战的红色史料并非易事。加上本人企业经营管理事务繁多，写作曾一度搁浅、几经反复。

值得欣慰的是，《浴血青春——我的叔叔曾日章》一书写作编辑过程中，有幸得到诸多贵人相助。2018年，我编写的《曾氏源流与太平房系》一书在岳麓书社出版时，著名作家唐浩明老

◎ 流泽仁让堂

师为我推荐聂双武编辑整理书稿。一来二去，彼此熟络，成为好友。双武老师学识渊博，为人实在，办事认真，是难得的优秀编辑。2019年，我请他帮忙，在为叔叔出书时整理加工，双武老师欣然应允，伸出援助之手。感谢他的悉心指导和热心帮助，为本书最终成稿增色不少。特别感谢九十高龄的熊清泉老书记为本书作序，妙笔生花，画龙点睛。感谢湖南人民出版社不遗余力地支持，做了大量编辑校核等工作。同时还要感谢邵东市委办公室常务副主任申喜平同志，热情帮助匡正邵阳历史资料。

历史是一面镜子。谨以此书告慰九泉之下的叔叔，并向老一辈革命烈士致敬！

曾佑桥

2022年2月21日

本作品中文简体版权由湖南人民出版社所有。
未经许可,不得翻印。

图书在版编目(CIP)数据

浴血青春:我的叔叔曾日章 / 曾佑桥著. —长沙:湖南人民出版社,2022.10
　ISBN 978-7-5561-2908-9

　Ⅰ. ①浴… Ⅱ. ①曾… Ⅲ. ①革命故事—中国—当代 Ⅳ. ①I247.8

中国版本图书馆CIP数据核字(2022)第056554号

YUXUE QINGCHUN:WO DE SHUSHU ZENG RIZHANG
浴血青春:我的叔叔曾日章

著　　者　　曾佑桥
出版统筹　　陈　实
责任编辑　　聂双武　傅钦伟
责任校对　　蔡娟娟
装帧设计　　谢俊平

出版发行　　湖南人民出版社 [http://www.hnppp.com]
地　　址　　长沙市营盘东路3号
电　　话　　0731-82683313

印　　刷　　长沙超峰印刷有限公司
版　　次　　2022年10月第1版
印　　次　　2022年10月第1次印刷
开　　本　　640 mm × 960 mm　1/16
印　　张　　26.5
字　　数　　190千字
书　　号　　ISBN 978-7-5561-2908-9
定　　价　　68.00 元

营销电话:0731-82683301　　(如发现印装质量问题请与出版社调换)